Theodor Mügge
Weihnachtsabend

Theodor Mügge
Weihnachtsabend

1.Aufl.
Taschenbuch – Literatur - Klassiker
Herausgeber Frank Weber, Marburg
Bibliografische Information der Deutschen Nationalbibliothek:
Die Deutsche Nationalbibliothek verzeichnet diese Publikation in der Deutschen
Nationalbibliografie; detaillierte bibliografische Daten sind im Internet abrufbar über
http://dnb.dnb.de
© 2021 Theodor Mügge
ISBN: 9783753441399
Herstellung und Verlag: BoD – Books on Demand, Norderstedt

Theodor Mügge

Weihnachtsabend

Roman

Es begab sich an einem kalten und stürmischen Dezemberabende des vergangenen Jahres, daß tief im untersten Grunde eines mächtigen fünfstöckigen Hauses, welches im comfortabelsten Theile der Stadt, dicht an der schönsten und vornehmsten Straße steht, ein fleißiges junges Ehepaar emsig arbeitend beisammen saß, als es beinahe Mitternacht schlagen wollte. Dies fleißige Pärchen gehörte zu der bedeutenden Zahl moderner Troglodyten in den großen Tummelplätzen der menschlichen Gesellschaft, die ihre Parias nicht allein fünf oder sechs halsbrechende Treppen hoch in Dachwinkeln und Bodenkammern unterbringt, sondern sie auch tief in den Schoß der mütterlichen Erde hinabsteigen läßt, um allda zwischen feuchten, dumpfigen Mauern zu versuchen, was Hunger und Fieber ihnen anzuthun vermögen.

So übel jedoch sah es in der Kellerwohnung nicht aus, in welcher die beiden Arbeiter saßen. Es war ein ziemlich großes, grün angestrichenes Zimmer, dessen Decke sich tonnenartig wölbte; auch lag es nicht gar tief unter der Oberfläche der Straße. Denn die Fenster waren gut erreichbar, hatten helle große Scheiben und waren von außen mit dichten Läden geschlossen. Es war ganz sichtlich ein noch ziemlich neues Haus und über diesem kleinen tiefen Raume lag ein Schimmer jenes wohlthuenden Geistes der Ordnung und Sauberkeit, der auch mit Armuth zu versöhnen weiß.

Wenige Geräthe waren in dem Zimmer. Ein breites Bett stand an der langen Wandseite, eine Kommode, über welcher ein kleiner Spiegel hing, befand sich ihr gegenüber. Im Hintergrunde glänzte die blanke Front eines Spindes und neben ihm hatte ein andres mit Glasscheiben Platz genommen. Mitten in dem Gemach aber stand ein Tisch und zwischen Fenster und Ofen ein zweiter ganz niedriger, an welchem die beiden Personen saßen.

Es war warm, reinlich und behaglich in dieser unterirdischen Wohnung. Die obere Hälfte des Zimmers lag in schweigender Nacht und Stille, die untere Hälfte war voll Licht und Rührigkeit. Die kleine Lampe hatte einen breiten Schirm; ihre Strahlen fielen auf eine Glaskugel und durch diese mit scharfem Glanz auf die Arbeit des fleißigen Mannes, der mit großer Behendigkeit an einem feinen Stiefel nähte. Es war ein noch ziemlich junger Mann, der hier mit aufgestreiftem Hemd und weißer Arbeitsschürze hinter der Glaskugel saß. Sein langes, glänzend schwarzes Haar fiel über eine hohe und gewölbte Stirn, ein listiges und lustiges Lachen lag auf seinen Lippen, und wenn er aufblickte und seiner Gefährtin bei dieser nächtlichen Arbeit dann und wann ein paar ermunternde Worte sagte, zeigte er zwei Reihen so prächtiger weißer Zähne, wie sie je schwarzes Brod tapfer zermalmt haben.

Die Frau ihm gegenüber war ebenfalls jung und rüstig. Ihre braunen Flechten legten sich an ein gesundes Gesicht mit starken, vollen Zügen und hellen Augen, die entschlossen um sich schauten. Sie sah wie Eine aus, die zu arbeiten weiß und Hände wie Mund auf dem rechten Fleck hat. Während sie mit dem Einfassen einiger Schuhe sich beschäftigte, die vor ihr standen, trat sie dann und wann mit dem Fuß auf den Läufer einer Wiege, welche an ihrer Seite stand, sobald der kleine Schläfer darin sich bewegte. Der rumpelnde Ton der Wiege unterbrach dann die tiefe Stille und wurde abgelöst durch das Heulen des Windes, der an den Fensterläden rasselte, oder durch den dumpfen bebenden Ton rasch rollender Wagen, die auf der großen Straße vorüberfuhren und die Grundmauern des Gebäudes erschütterten.

Nach einer geraumen Zeit sagte die Frau gähnend: Höre auf, Anton, es muß beinahe Mitternacht sein.

Der Schuhmacher warf einen schnellen Blick auf die schwarzwälder Uhr in der Wandecke.

Alleweil punkt halb erst, liebste Guste, gab er zur Antwort, aber bist müde geworden den lieben langen Tag.

Na, es geht noch so, erwiederte sie; bei dem schlechten Geschäft wird man so müde eben nicht.

Schlechte Zeiten! brummte der Mann halb laut, werden aber auch darüber fort kommen.

Die Frau seufzte vor sich hin. Man mag es machen wie man will, sagte sie, es ist kein Vorwärtskommen.

An Fleiß fehlts nicht, murmelte er leise.

An meinem Willen auch nicht, setzte sie hinzu.

Bist gut, rief er die Hand freundlich ausstreckend, es wird sich schon machen. Jung sind wir, arbeiten wollen wir, zur Noth geht's noch, und alleweil mag kommen was da will, manchem ehrlichen Kerl geht's wohl noch schlechter. Die Frau erwiderte sein Lächeln, sagte aber dann mit einem besonders scharfen Blick: Ich meine nur, Anton, es könnte besser gehen, wenn Du nur wolltest.

Hörst wie der Wind pfeift? fragte er. Es ist ein schandbares Wetter draußen und um nichts danke ich alleweil dem lieben Gott mehr, als daß ich kein Wetterhahn geworden bin.

Ah! geh' doch mit Deinen Possen, antwortete sie gereizt, ich weiß schon, was es bedeuten soll.

Na, meinte er lachend aufschauend, ich sitze hier warm, lasse den Wind fahren wohin er will, und wenn es mich kränkt im Herzen, seh' ich Dich an und die Wiege da, so wird's wieder gut.

Wenn Du uns beide ansiehst, Anton, sagte die Frau, müßte es Dir doch einfallen, daß es gut wäre für uns Alle, wenn Du es machtest, wie es so Viele gemacht haben.

Ihre letzten Worte verloren sich unter dem erschütternden Rollen mehrerer Wagen, die schnell hintereinander vorüberfuhren.

Sakerment! rief der Schuhmacher, was ist das heut für Spektakel. Wir wohnen doch hier um die Ecke und bekommen den Lärm erst aus zweiter Hand, aber es ist als ob die Steine sich bewegten.

Die Herrschaften fahren nach Haus, erwiederte die Frau.

Hole sie der Henker! brummte Anton vor sich hin. Was ist denn eigentlich heute los bei Geheimraths?

Es ist ein Ball oder so etwas, sagte sie. In allen Zimmern brannten die Kronen als ich vorüberging und gefährlich viel Wagen und Menschen standen vor dem Hause.

Dazu haben sie immer Zeit und Geld, meinte der Schuhmacher mit einer gewissen zornigen Betonung.

Du würdest es auch nicht besser machen, wenn Du Geheimrath oder Baron wärst, fiel sie ein.

Hast vielleicht Recht, Guste, sagte er lachend, alleweil ist blos schade darum, daß ich es nicht bin. Aber wenn ich es wäre, würde ich doch meinen Mitmenschen das Leben nicht saurer machen, wie es schon ist; würde mich hüten, es so zu machen, wie sie es mir anthun. Ließe Jeden denken und meinen und glauben was er Lust hat und thäte mich blos darum bekümmern, macht der Anton Mertens mir gute Stiefeln und Schuhe, so ist er mir recht. Mehr kann ich nicht von ihm verlangen.

Ja, wenn Du auch so denkst, rief die Frau, andere Leute sind nun einmal nicht anders; ihre Gründe haben sie auch und mit dem Kopf durch die Wand ist noch Keiner gekommen. Man sieht es ja, wie Viele untergehen oder wenn sie klug sind bei Zeiten zu Kreuze kriechen; wer aber nichts hat und doch nicht klug sein will, der muß nicht Andere anklagen.

Anton antwortete nicht. Er warf seine langen Haare von der Stirn zurück, schüttelte den Kopf dabei und arbeitete eifrig weiter.

Ich habe es Dir nicht gesagt, fuhr seine Frau fort, aber gestern begegnete ich der Frau Geheimräthin und Fräulein Elise auf der Straße. Nun, wie geht's Auguste? fragte sie, als ich bei ihr vorüber ging und grüßte. Nicht zum allerbesten, sagte ich. Ist Jemand bei Euch krank? fragte sie. Gott sei Dank! gesund sind wir Alle, sagte ich, aber das Geschäft geht schlecht, wir haben viele Kunden verloren; dazu ist mein Kind jetzt unruhig von wegen der Zähne, helfen kann ich Anton auch nicht so viel, wie ich möchte, denn Wirthschaft und Hausstand verlangen Ordnung und nehmen mehr Zeit fort wie man denkt. So haben wir denn mancherlei Sorgen, obwohl es an Fleiß nicht mangelt. Da seid Ihr selbst schuld, gab sie zur Antwort. Lieber Gott, ich bin gewiß nicht schuld, sagte ich. Nein, Du nicht, sagte sie, Du bist immer vernünftig gewesen, aber Dein Mann taugt nichts.

Donnerwetter! rief Anton ärgerlich lachend, indem er mit seinem Stiefel aufklopfte. Das sagte die alte Hexe Dir ins Gesicht?

Bsch! winkte Guste, wecke das Kind nicht auf.

Er ist fleißig und ordentlich, sagte ich, ich kann nicht über ihn klagen.

Aber er hat keinen Glauben und keine Gesinnung, rief sie so laut, daß ich mich schämte, und das muß ein Mann haben, mit dem man sich einlassen soll.

Als ob ich mich mit ihr einlassen wollte, rief der Schuhmacher.

Liebe, gnädige Frau Geheimräthin, sagte ich, Anton macht seine Arbeit doch gewiß gut und immer sind Sie uns gewogen gewesen, und haben viel für uns gethan.

Aber ich habe nur Undank davon gehabt, fuhr sie auf. Der Geheimrath hat Deinen Mann erziehen lassen, wie sein Vater starb, der es auch wohl verdient hat, daß man sich um das Kind kümmerte, denn er war zwanzig Jahre lang ein treuer Diener. Wir haben Anton in die Schule geschickt, haben ihn in die Lehre gebracht, ihn unterstützt, wo es nöthig war, und aus meinem Hause hat er Dich geheirathet. Was ich damals gethan habe, will ich nicht weiter erwähnen, aber der Geheimrath lieh Euch obenein zweihundert Thaler zu Eurem Geschäft, und wie wir nur konnten, sorgten wir, daß Ihr Kunden bekamt. Für alle diese Güte habt Ihr oder Dein Mann, uns schlecht vergolten. Er hat im vorigen Jahre alle die Tollheiten und Dummheiten mitgemacht.

Ach, gnädige Frau, sagte ich, das haben ja so Viele damals gethan, die weit mehr bedeuten, wie er.

Das war recht, Guste! rief der Schuhmacher jubelnd, hast ihr Eins drauf gegeben wie sich's schickt. Ich habe den Geheimrath selbst reden hören damals, als wäre er dunkelroth bis in die Nieren. Eine dreifarbige Kokarde hatte er am Hut, dreimal so groß wie meine; auf die Wache ist er gezogen, obwohl er es gar nicht nöthig hatte, und was ich damals zu ihm sagte, war ihm noch lange nicht links genug. Sie mochte es auch wohl merken, daß es ein Stich sein sollte, fuhr die Frau fort, denn sie sah mich groß an, aber ich machte ein unschuldiges, betrübtes Gesicht. Höre, sagte sie, an vergangenen Dingen läßt sich nichts ändern, was geschehen ist, ist geschehen, aber jetzt, wo die Vernunft wiederkehrt, ist es doppelte Sünde und Schande, noch zu den Unvernünftigen zu gehören. Und das sage Deinem Mann und thue dazu, wie eine Frau, die weiß, was Recht ist. Er soll Einsehen haben, es ist die höchste Zeit. Wir haben ihm seit längerer Zeit unsere Arbeit entzogen, und das aus gutem Grunde. Ebenso haben es unsere Freunde gethan, und jeder rechtliche Mensch wird es thun. – Man giebt Denen nur Arbeit und Verdienst, die sich als rechtschaffene Leute erweisen, es nicht mit den Rotten der Elenden halten, die alle Ordnung vernichten, alle Pfeiler der menschlichen Gesellschaft umstürzen wollen.

Daß dich die Pest! murmelte Anton. – Die verfluchten Aristokraten!

Ach du mein Gott! gnädigste Frau Geheimräthin, sagte ich, Anton ist ein ruhiger, bescheidener Mann.

Er hat sich geweigert, in den patriotischen konservativen Verein zu treten, gab sie zur Antwort, obwohl ich es ihm dreimal gesagt habe. Auch Elise hat es ihm wiederholt gesagt, nicht wahr, Elise?

Das Fräulein sah mich stolz an und sagte dann: halte Dich nicht weiter auf, Mutter, wir müssen weiter. Herr Anton Mertens hat mir geantwortet, er könne sein Gewissen doch nicht verkaufen; so mögen denn seine Gesinnungsgenossen für dies zarte Gewissen sorgen.

Die ist von der rechten Sorte, rief Anton.

Nun geh, sagte die Geheimräthin, fuhr die Erzählerin fort. Ich habe immer noch Mitleid mit Euch. Schicke Deinen Mann in den Verein, und wenn er sich aufrichtig bekehrt, so wollen wir sehen was zu thun ist. Sonst aber glaube mir, Auguste, es sollte mir leid um Dich thun, aber es kommt noch schlimmer. Die zweihundert Thaler fordert mein Mann zurück; es hat schon geschehen sollen und kann morgen so kommen. Stürzt Euch nicht muthwillig in's Elend.

Die hartherzigen, erbärmlichen Menschen! schrie Anton wild. Die wollen Christen sein?

Aber Du kannst es doch auch thun, sagte die Frau. Warum willst Du ihnen denn den Gefallen nicht erzeigen? Du gehst in den Verein, da sind viele vornehme und reiche Leute. Sie drücken Dir die Hände, klopfen Dir auf die Schulter, loben Dich, trinken sogar mit Dir und bezahlen es obenein, und Du hast nichts dafür zu schaffen, als zuzuhören, was sie sagen. Du weißt doch, was uns neulich erst Dein Freund Peschke davon erzählte, der doch auch hingegangen ist.

Was ist denn da los? rief der Schuhmacher, indem er seine Arbeit sinken ließ und aufhorchte.

Ein dumpfer Lärm mehrerer Stimmen drang von der großen Straße herüber. Gleich darauf erscholl ein wildes Geschrei, dem ein scharfes, schnell wiederholtes Pfeifen folgte.

Es müssen welche arretirt werden sollen, sagte Anton aufspringend.

Vielleicht sind es Spitzbuben, fiel die Frau ein.

Hörst Du nichts? Es kam mir vor, als ob Gewehre klirrten.

Daß Du hier bleibst, Anton, sagte sie bittend und befehlend, indem sie die Hände nach ihm ausstreckte.

In diesem Augenblicke fiel ein Schuß. – Allmächtiger Gott! sie schießen, schrie sie auf. Du rührst Dich nicht, Anton. Sie hielt ihn am Aermel fest und faßte mit der andern Hand nach der Wiege, wo das Kind weinend aufgewacht war.

Laß mich los; sagte er, ich will bloß an der Kellerthür hören, was los ist. Nicht einen Schritt gehe ich weiter.

Mit einer raschen Bewegung war er frei, und ohne weiter auf das Rufen seiner Frau zu hören, sprang er durch den dunklen Raum, wo er seine Waaren feil hielt, die Treppe hinauf, schob den Riegel von der Thür und öffnete vorsichtig in demselben Augenblick, wo ein athemloser Mensch in diese Oeffnung und in seine Arme stürzte.

Um ein Haar wäre Anton mit seiner Last rückwärts übergeschlagen, aber er hielt sich an dem Ringe der Thür fest, die dadurch sogleich wieder zuschlug. So stand er einige Minuten lang, während draußen viele Männer wild schreiend vorübereilten. Dann schob er leise die Riegel wieder vor und flüsterte dem Flüchtling ein paar Worte zu, die ohne Antwort blieben. Dieser lag mit den Armen um Antons Nacken, der Kopf hing über dessen Schulter; er faßte ihn mit aller Kraft um den Leib und trug ihn die Stufen hinunter.

Komm mit Licht, Guste, rief er mit gedämpfter Stimme. Die Thür that sich auf, Lampenschein fiel herein, aber mit einem Schrei prallte die Frau zurück; sie sah in ein mit Blutstreifen überzogenes, todtblasses Gesicht.

Schweig still! rief Anton seiner Frau zu, indem er den leblosen Körper von der Schulter in seine Arme gleiten ließ. Nicht einen Laut gieb von Dir und stülpe den Deckel auf die Lampe, damit sie draußen den Lichtschein nicht sehen.

Ist er denn ganz todt? fragte sie erschrocken. Wo ist er hergekommen und warum hast Du ihn hier hereingeschleppt? Was sollen wir jetzt mit ihm anfangen? Und wenn es herauskommt, brocken sie Dir eine Suppe ein. Am Ende ist es ein Räuber, ein Spitzbube, ein Mörder, ein Bösewicht, der Schandthaten begangen hat. Ach, mein Gott! wie läuft das Blut von ihm. Nur nicht aufs Bett, leg' ihn hierher auf die Decke, wir wollen das alte Lederkissen unterschieben. Ich wollte, Du hättest Deine Füße verstaucht, ehe Du die Treppen heraufgekommen wärst. Aber so bist Du; in Alles mußt Du Dich mischen, überall Deine Nase haben, nur nicht da, wo Du sie haben sollst.

Geduldig und ohne ein Wort zu erwiedern ließ Anton seine Frau weiter keifen. Er mochte wohl fühlen, daß sie nicht so ganz Unrecht hatte, dennoch aber wußte er gewiß, daß ihr Mitleid endlich über ihre Besorgniß und ihren Aerger siegen würde.

Er lief ja alleweil grades Weges in den Keller und in meine Arme hinein, sagte er aufathmend, als er den Leblosen auf die Decke und auf das Lederkissen gelegt hatte. Es war eine Schickung, Guste, daß ich eben die Thür aufmachen mußte, wie er jählings um die Ecke sprang, und eher wollt' ich meinen Hals zuschnüren lassen, ehe ich den Konstablern etwa zugerufen hätte: hier ist er, da habt Ihr ihn! Pfui Teufel! das wirst Du doch nicht von mir erwarten.

So, antwortete Frau Mertens, das soll ich erwarten? aber was sollen wir denn nun anfangen? Und wenn er todt ist oder wenn es ein Mörder ist?

Bring' Wasser her, rief der Schuhmacher entschlossen. Hier liegt er nun einmal, und annehmen müssen wir uns seiner, was da auch kommen mag. Ein Räuber oder Mörder wird er nicht sein, sieh doch her, was er für feine Hände hat. Ein schmales, schlankes Bürschchen ist es, wohl guter Leute Kind, das durch einen Zufall Streit bekommen mit den Himmel-Sakermentern, sich nicht mißhandeln lassen wollte und das sie dann unmenschlich behandelt haben. Man weiß ja, wie sie es machen. Bring' Wasser her, Frau, so rasch Du kannst. Ich glaube, er lebt, eben zuckte er mit den Armen. Gieb den Schwamm da und setze die Lampe auf den Schemel. Jetzt halt ihm den Kopf in die Höhe, oder wart', ich will es thun.

Er kniete an der Seite nieder und hob den Kopf des Liegenden empor. Dieser hielt in der einen Hand krampfhaft den Hut fest, den er getragen hatte, und machte damit eine plötzliche heftige Bewegung, indem er zugleich einen tiefen Seufzer ausstieß. –

Es mag ihm wohl wehe thun, dem armen Schelm, murmelte Anton, und doch bin ich so vorsichtig, wie ich sein kann. Er schob seinen Finger behutsam unter das blutgetränkte Haar, unterstützte mit der anderen Hand den Rücken und suchte den Körper ein wenig aufzurichten und auf die Seite zu wenden.

Aber schon nach einigen Augenblicken hielt er erstaunt inne. Ein Knoten oder eine Flechte schien sich aufzulösen und eine Fülle langen, dunklen Haars fiel auf das Lederkissen herunter. Alle Wetter! rief Anton halblaut, was ist das? Es ist ein Weib oder ein Mädchen, so wahr ich lebe!

Bei dieser Entdeckung erneute sich der Zorn seiner Frau. Eine schöne Wirthschaft ist das, sagte sie. Ein liederliches Weibsbild, die sich Nachts in Männerkleidern umhertreibt, Gott weiß woher kommt, aufgegriffen werden soll, wie es sich gehört, die schleppt er mir hierher und da liegt sie nun in ihren Sünden. Wirf sie hinaus und laß sie liegen, sie werden schon kommen und sie abholen. Wirf sie hinaus, sag ich Dir, oder ich laufe auf die Straße und schreie nach Hülfe.

Das wirst Du bleiben lassen, Guste, antwortete der unerschütterliche Mann, indem er von seinen Knien zu seiner erzürnten Ehehälfte aufsah. Er hatte den Schwamm in dem Wasser ausgedrückt und fuhr damit leise über Gesicht und Stirn seines Schützlings. So schlecht bist Du nicht, fuhr er dabei fort, daß es Dein Ernst sein könnte von mir zu fordern, ich sollte dies Weib, wer sie auch sein mag, in Nacht und Eis auf die Straße werfen. Element ja! wenn's wahr wäre, rief er, stärker den Schwamm drückend, ich könnte Dich nicht mehr ansehen. Aber wenn ich es thun wollte, Du würdest sie wieder hereinholen. Todt ist sie nicht, jetzt athmet sie ja, und da hat sie den Schlag auf den Kopf bekommen. Es ist eine lange blutige Schramme, muß ein Säbelhieb sein, aber viel hat es nicht auf sich, wenn es weiter nichts ist. Die Betäubung ist das meiste, Angst und Schreck obenein. Bald wird sie wieder munter sein wie ein Fisch und ehe es irgend ein Mensch gewahr wird, kann sie gehen und sehen, was sich weiter mit ihr zuträgt.

Eine zuckende Bewegung der Unbekannten endete seine Ermahnungen. Sie schlug die Augen einen Augenblick auf und schloß sie wieder; ein paar unverständliche Laute kamen über ihre Lippen und endeten mit einem dumpfen Stöhnen.

Das Wasser macht ihr Schmerzen, flüsterte der gutmüthige Schuhmacher, und sieh mal da, Guste, was es für ein feines, blasses Gesicht ist. Die sieht nicht aus wie Eine, die einen schlechten Lebenswandel führt.

Ein ordentliches, anständiges Mädchen thut das nicht, sagte die Frau, noch immer grollend. Du bildest Dir wohl am Ende ein, einen Tugendspiegel Nachts um 12 Uhr in Rock und Hosen aufgefangen zu haben. – Bei alle dem aber beugte sie sich zu der Leidenden nieder, horchte auf ihr leises schnelles Athmen und unterstützte, ohne ein Wort weiter zu sprechen, die Bemühungen ihres Mannes, dem sie endlich den Schwamm fortnahm und die Waschung selbst verrichtete.

Hole ein reines Tuch aus der Kommode, sagte sie nach einer kleinen Weile, wir müssen es zusammenlegen und einen feuchten Umschlag machen.

Anton sprang auf und brachte, was er fand.

Ach, bewahre Gott, rief Guste, das ist ja ein baumwollenes. Rechts in der Ecke liegen die beiden feinen Leinentücher, die mir Fräulein Elise zur Hochzeit geschenkt hat.

Die willst Du nehmen? fragte Anton erstaunt. Wirst das Blut nicht wieder herauskriegen.

Ich habe nichts anderes, was paßt, sagte sie ärgerlich. Warum hast Du uns das Unglück in's Haus gebracht.

Anton machte ein Gesicht als wollte er lachen, aber er unterdrückte es zur rechten Zeit und nach wenigen Minuten lag eine Kompresse auf der langen Schnittwunde, die eine zerrissene Oberfläche zeigte, dann wurde das zweite Tuch vorsichtig darüber gebunden und nun sagte Guste: hole rasch den großen Lederstuhl herein, das ist der einzige Platz, wo man sie niedersetzen und wo sie den Kopf anlehnen kann.

Auch dieser Befehl wurde auf der Stelle vollzogen. Der Schuhmacher trug aus seinem Laden den Stuhl herein, auf welchem er seinen Kunden Maß zu nehmen pflegte. Es war ein bequemer Sessel mit Armen und hoher Lehne. Vorsichtig faßte er den Körper unter den Schultern, die Frau trug ihn an den Beinen und nach einer Minute war das Werk vollbracht. Die kleine Lampe brannte wieder unter dem dichten Schirm, das tiefe Schweigen kehrte zurück, die beiden barmherzigen Samariter aber standen ängstlich und ungewiß vor der Unbekannten, die noch immer nicht erwachen wollte.

Das jugendliche und einnehmende Gesicht lag vorn über, der Brust zugeneigt, die sich dann und wann in kurzen heftigen Schlägen hob. Die Arme fielen schlaff auf die Lehnen des Stuhls, über welche die weißen, schmalen Hände herabhingen.

Gearbeitet hat die nicht, murmelte Anton seiner Frau zu.

Es ist mir so, als hätte ich sie schon früher gesehen, flüsterte diese zurück, aber ich weiß nicht, wo es gewesen ist. Sie lüftete den Deckel der Lampe ein wenig und plötzlich fiel ein hell zuckender Lichtstrahl auf den ruhenden Kopf. Es war ein schönes Oval mit hochgewölbter Stirn. Kühn geformte Augenbrauen liefen darunter hin, und lange Wimpern, welche die geschlossenen Augen bedeckten, bildeten einen schwarzen Schatten, der seltsam auf der bläulichen Blässe des Gesichts ruhte. Im Verein mit den festgeschlossenen schmalen Lippen und der Nase, die wie bei einem Todten scharf und blutlos hervortrat, schien es wirklich, als sei das Leben aus dieser Hülle entflohen, wenn nicht die einzelnen krampfhaften Bewegungen dagegen gezeugt hätten.

Und jetzt als das blendende Licht ihre Augen berührte, thaten sich diese rasch auf und sandten einen wirren fragenden und befremdeten Blick umher. Dann umklammerte die linke Hand die Lehne des Stuhls, der Kopf richtete sich von der Brust empor und mit größerer Gewalt als sich vermuthen ließ, rief die Kranke: Was ist mit mir vorgegangen? Wo bin ich? Wer seid ihr? Mein Gott, was ist das? Sie fuhr mit der Hand an ihren Kopf, fühlte das Tuch und ihr nasses Haar und als kehre ihr in diesem Augenblick die volle Erinnerung zurück, stieß sie einen Schrei des Entsetzens aus, indem sie von dem Stuhle sich aufrichtete und ihre Umgebungen anstarrte.

Beruhigen Sie sich, sagte Anton, ihren Arm fassend, und verhalten Sie sich still. Sie sind nicht im Gefängniß, nicht unter den Konstablern und dergleichen, sondern alleweil bei ordentlichen Leuten, die sich Ihrer angenommen haben, so weit es geschehen konnte.

Weil es so hat sein sollen, Mamsell, oder wer Sie sind, fuhr Frau Mertens fort, als die Fremde sich wieder niedersetzte. Weil es so hat sein sollen, denn eine Fügung ist es jedenfalls, daß Anton eben die Thür aufmachte, wie Sie ihm in die Arme sprangen, aber allemal geschieht das nicht, und sonderbar genug ist es auch, daß Damen um Mitternacht in Mannskleidern sich blutige Köpfe auf offener Straße schlagen lassen.

Na, wer weiß denn, was es für Gründe hat, sagte Anton ihr zuwinkend. Man kann zu allerlei Schaden kommen, man weiß selbst nicht wie, und heut zu Tage steht die Welt auf dem Kopf, es geschehen Geschichten, wie man sie nie erlebt hat. Mags also sein, wie es will, soviel ist gewiß, daß es für diesmal keine Gefahr mehr hat. Draußen ist Alles ruhig geworden, denn nachdem sie in allen Winkeln umhergeschnüffelt haben und geflucht haben wie sich's gehört, sind sie abgezogen, und hier können Sie nun so lange bleiben bis Sie auf den Beinen fort können.

Das heißt spätestens bis es Tag wird, fiel Guste wiederum ein. Jeder muß am besten wissen, was er zu thun hat und ob er sich bei Tage sehen lassen darf.

Ich danke Ihnen von Herzen für die Güte, welche Sie mir erwiesen haben, sagte die Fremde mit mattem und sanftem Ton, indem sie die Hand von ihrem Gesicht nahm. Ich hoffe in einer halben Stunde schon mich fortbegeben zu können, und nehme es Ihnen nicht übel, wenn Sie Mißtrauen gegen mich hegen. Die Verkleidung, in welcher Sie mich finden, betrifft eine Angelegenheit, welche für Sie kein Interesse haben kann. Durch einen Zufall gerieth mein Begleiter mit einem Polizeisoldaten in Wortwechsel. Der brutale Mensch wollte ihn verhaften, er schleuderte ihn von sich, es kamen zwei andere herbei, die sofort Gewalt brauchten.

Siehst Du wohl, Guste, rief Anton frohlockend, da haben wir die Geschichte, wie ich dachte.

Sie zogen ihre Säbel und in dem Bemühen, uns zu schützen, in der Verwirrung und Bestürzung, empfing ich einen harten Schlag und wurde von meinem Begleiter getrennt, der sich fortgesetzt vertheidigte. Plötzlich fiel ein Schuß, ich floh, verlor die Besinnung und weiß nichts weiter.

Und wer sind Sie denn? Wo ist Ihre Wohnung? fragte die Frau, halb nur gläubig, wie es schien.

Das, Madame, erwiderte die Fremde, muß ich Ihnen verschweigen, aber ich werde Ihnen dankbar sein, gewiß, ich werde dankbar sein, – wenn auch nicht sogleich, fuhr sie fort, denn im Augenblick besitze ich nichts, was ich für Ihre große Güte und Freundlichkeit Ihnen bieten könnte.

Der Ton ihrer Stimme und die Art, wie sie dies sagte, hatte eben so viel Herzliches wie Bestimmtes. – Wir haben nichts um Lohn gethan, erwiderte der Schuhmacher großmüthig. Bleiben Sie hier, bis es hell wird, wir wollen schon mit einander auskommen.

Nein, nein! ich darf nicht bleiben, versetzte die Fremde aufstehend, und von heftiger Unruhe erfüllt, die ihr Gesicht röthete, setzte sie mit größerer Lebhaftigkeit hinzu: Ich fühle mich wohl, und kann nicht länger zögern. Man wird sehr besorgt um mich sein. Oeffnen Sie die Thür und seien Sie überzeugt, daß ich nicht vergessen werde, was mir hier geschehen ist. Leben Sie wohl, Madame, leben Sie wohl! – Sorgen Sie nicht, es geht mit mir, es geht recht gut, ich fühle mich kräftig genug.

Nach einigen Minuten kam Anton lachend zurück. – Fort ist sie, sagte er. Es ist rabenfinster und eben schlägt es Eins. Wie ein Schatten schlüpfte sie an den Häusern hin und verschwand. Die Hand hat sie mir gedrückt, die war so klein und fein und warm. Es muß was Vornehmes sein, Guste.

Aber die Tücher, rief die Frau plötzlich erschreckend. Wo sind die Tücher? Ja, die hat sie wahrhaftig alle beide mitgenommen.

Das Ehepaar sah sich stumm an. Die sind fort auf Nimmerwiedersehen, rief die junge Frau endlich voller Aerger. Das haben wir für unsere Dummheit, oder für Deine Dummheit vielmehr, denn Du bist an Allem schuld. Es dauerte lange, ehe Anton den Sturm besänftigen konnte.

Die glänzende Wohnung des Geheimraths Wilkau zeigte am folgenden Morgen deutlich genug die Spuren des Festes, welches am Abend vorher hier gefeiert wurde; allein mit dem ersten Licht des Tages waren fleißige Hände geschäftig, die gewohnte Sauberkeit und Ordnung wieder herzustellen. Drei oder vier rüstige Frauen und Mägde, ein Bedienter mit bedenklich rother Nase und eine Wirthschafterin von gereiftem Alter, die mit leiser Stimme Befehle und handgreifliche Püffe in aller Stille austheilte, liefen auf Socken durch die Zimmer, räumten die Geschirre fort, setzten Stühle und Geräthe an Ort und Stelle, lüfteten und wischten, fegten und bohnten die Fußböden und säuberten jeden Fleck, dem sich beikommen ließ, bis nach einigen Stunden Alles so stattlich, prunkend und nobel aussah, als je vorher. Endlich wurden die Oefen geheizt, die Fenster geschlossen, die Vorhänge niedergelassen, und wenn die Wirthschafterin bisher mit aller Strenge darauf gehalten hatte, daß kein Gepolter und Gelärm entstand, so kehrte nun die tiefste Stille in diese schönen, dämmernden Räume zurück, in denen das Geräusch des Lebens auf der Straße lange Stunden träumerisch wiederhallte.

Zehn Uhr war vorüber, als eine Flügelthür geöffnet wurde und eine junge Dame, fröstelnd in einen Morgenmantel gewickelt, hereintrat. Die Thür blieb offen stehen und zeigte einen Ecksalon mit Decken belegt; auf der Mitte des großen Tisches waren alle Vorbereitungen zum nahen Frühstück getroffen.

Dem Fräulein folgte eine Zofe, welche dienstfertig und geschmeidig die Vorhänge in dem Wohnzimmer aufzog und eine lustige Bemerkung machte, daß die Sonne schon bis auf die Straße gelangt sei.

Ist meine Mutter aufgestanden? fragte das Fräulein.

So eben aufgestanden, sagte das Mädchen. Auch der Herr Geheimrath waren schon munter. Friedrich mußte Erkundigung einziehen wegen des Skandals vor unserm Hause.

Nun, was ist es denn gewesen? fragte Fräulein Elise gähnend.

Ein paar Vagabonden, erwiederte die Kammerjungfer, die sich lange schon umhertrieben und an unserer Thür Posto gefaßt hatten. Wahrscheinlich hatten sie die Absicht, sich einzuschleichen und wenn Alles zu Ende war, unser Silberzeug näher zu besehen. – Die Schutzmänner nahmen sie ins Gebet, da schoß der eine Kerl eine Pistole ab, und richtig sind sie davongekommen.

Wie? davongekommen?

Es ist merkwürdig, sagte das Mädchen lachend. Der Eine ist verschwunden, wie ein Gespenst. Der Andere lief mitten durch Alle, die ihn halten wollten und schlug mit seiner Pistole Einen noch an den Kopf, daß er das Aufstehen vergaß. Ein Dutzend waren hinter ihm her, die Kirchstraße hinunter, wo er mit einem Satz über die Kirchhofmauer sprang. – Da standen sie nun wieder und besannen sich, denn nachspringen wollte und konnte Keiner. Endlich halfen sie sich hinüber, aber stundenlang haben sie mit Licht jeden Winkel untersucht und nichts gefunden.

Das Fräulein verließ ihre geschwätzige Dienerin, denn sie hörte die Stimmen ihrer Eltern im Nebenzimmer. – Der Geheimrath saß schon am Kaffeetisch, die Zeitung in der Hand, seine Gattin versenkte sich so eben an der andern Seite in den bequemen Polsterstuhl. Der lange, hagere Herr, leicht ergrautes Haar um seine hohe Stirn, sein eckiges Gesicht mit hervortretender gerader Nase voll scharf ausgeprägter bureaukratisch stolzer Züge, bildete einen grellen Gegensatz zu seiner wohlbeleibten Frau, deren vollwangiges Antlitz einige kupferfleckige Stellen enthielt.

Nach der ersten Begrüßung trat ein Schweigen ein, während Elise Theil am Frühstück nahm, der Geheimrath weiter las und das Klappen der Tassen allein die Stille unterbrach.

Wird Gravenstein heut Vormittag kommen? fragte die Dame endlich, nachdem sie einige halblaute Worte an ihre Tochter gerichtet hatte.

Er hat es versprochen, erwiederte diese.

Nun, und? sagte sie mit einem lächelnden Blick, der Elisen erröthen machte.

Ich glaube beinahe, daß Du Recht hast, flüsterte diese.

Die Geheimräthin lachte auf. – Du glaubst es beinahe, rief sie, wir haben nichts dagegen, Kind. Unsere Ansichten kennst Du. Gravenstein ist ein herrlicher Mensch, und Du weißt, was seine verstorbene Mutter, meine gute Cousine Clara, immer gewünscht hat. Deßwegen ist er gekommen, er hat uns überrascht.

Der Geheimrath legte die Zeitung auf den Tisch und mischte sich in's Gespräch, als seine Tochter eine Antwort gab, die ihm nicht ganz zu gefallen schien.

Wenn Gravenstein nur gekommen ist, sagte Elise, weil seine Mutter es begehrte, würde ich mich doch sehr besinnen, meine Zukunft davon abhängig zu machen.

Possen, sprach der Geheimrath. Alfred ist viel zu selbstständig und starrsinnig, wie wir wissen, um etwas so wichtiges zu thun, wenn er es nicht aus Ueberzeugung thun will.

Aus wahrer Herzensneigung, fiel die Dame ein.

Meinetwegen, sagte ihr Gemahl, aber das kann ich Euch versichern, daß er nicht auf Wunsch der Verewigten gekommen ist, sondern weil ich ihn darum ersucht habe.

Du? riefen Mutter und Tochter zu gleicher Zeit.

Ich, erwiederte der Geheimrath lächelnd, weil ich mit ihm eine für ihn wichtige Angelegenheit zu besprechen habe.

Welche Angelegenheit, Papa?

Vor der Hand ist das nichts für Euch, sagte Wilkau; übrigens ist es eine Geld- und Geschäftssache. – Alfred kam gestern eben noch zur rechten Zeit, um an dem Balle Theil zu nehmen. Heut Vormittag aber wird er nicht allein Dich, sondern auch mich besuchen. – Ich habe mit Vergnügen gesehen, daß er sich mit alter Freundschaft bei uns gefallen und mit Dir viel getanzt hat.

Er war der schönste Tänzer auf dem Balle, rief die Geheimräthin.

Nun, was das anbelangt, Mutter, erwiederte Elise spöttisch, so ließe sich wohl Manches dagegen einwenden.

Also ist er nicht der beste Tänzer, fiel der Geheimrath mit amtlicher Entschiedenheit ein. Ich glaube es gern. Alfred scheint mir zu schwer und zu ernsthaft, es mag sich mancher flinker drehen, Assessor Stephani zum Beispiel, aber darauf kommt es nicht an. Gute Tänzer, liebe Elise, sind nicht immer gute Männer. Ein Mann aber, der ein bedeutendes Vermögen und ein paar Rittergüter besitzt, mag immerhin ein schlechter Tänzer sein. –

Man kann es sich wenigstens gefallen lassen, lachte das Fräulein. Du hast ganz Recht, Papa.

Der Geheimrath legte über den Tisch fort seine Hand auf Elisens Arm und sagte freundlich blickend: Du siehst heute angegriffen aus, gestern blühtest Du wie eine Rose. Alfred war entzückt, wie er Dich sah; er sprach von Deiner prächtigen Entwickelung mit dem Feuer, dem man anmerkt, woher es stammt. – Du bist ein Schmetterling Elise, es kann jedoch kaum anders sein. Das Hofmachen verdreht allen Mädchen die Köpfe, und Du machst keine Ausnahme von der Regel. Ich wundere mich auch nicht darüber, daß man Dir zu gefallen strebt. Du bist jung, hübsch, lebhaft und bist meine Tochter, aber eines möchte ich Dir empfehlen. Zeichne keinen Deiner Anbeter ferner aus, auch wenn sie noch so schön tanzen und schwatzen; behandle den jungen Herrn Stephani wie Du unsern würdigen Hauswirth, den alten Rentier Zippelmann behandelst, das heißt, jeden in seiner Weise, wenn Du meinst, es sei wohlgethan, an ein ernsthaftes Einlassen mit Alfred zu denken. Er ist stolz, reizbar und von strengen Grundsätzen. – Unseren Segen hast Du auf jeden Fall. Alfred von Gravenstein ist ein junger

Mann, wie es wenige giebt. Alle anderen Vorzüge abgerechnet, ist er ein gediegener Charakter; durchaus konservativ in jeder Beziehung, sowohl in der Liebe, wie in der Politik. Vielleicht geht er darin fast zu weit, selbst bis zum Extrem, denn er hat mit Wort und Schrift und That gegen die Umstürzer gekämpft, und sich nicht gescheut, seinen Namen bei allen Bestrebungen voran zu stellen. Dafür findet er jetzt die gebührende Anerkennung – und, wenn er will, eine glänzende Zukunft. Ich weiß, daß er in die Kammer gebracht werden soll, wo er eine Rolle spielen wird. Seine Partei hofft etwas von ihm, seine Verwandten können ihn durch ihren Einfluß unterstützen; er kann leicht einmal in's Kabinet kommen.

Ich zeige Dir das alles nur, Elise, fuhr er fort, als er sah, daß das Fräulein einige stolz lächelnde und nachsinnende Blicke auf ihn richtete, weil Du Verstand und Takt hast. Mische Deine Karten, Ihr Weiber versteht das; ich sage nur das noch: Von allen den jungen Herren, die hier umherschweben, weiß ich keinen, der solche Zukunft hätte. Stephani ist ein ehrgeiziger Kopf, aber sein Vermögen ist unbedeutend. Die Uebrigen kommen nicht weiter in Betracht. Bedenke also wohl, was Du thust. Ich lege Deinem Herzen keinen Zwang an, wünschenswerth würde mir diese Partie aber gewiß sein. Sie brächte mich auch politisch Personen näher, die alberner Weise mir manches nicht vergessen können, was sie nicht besser gemacht haben.

Hier wurde das Gespräch durch den Bedienten unterbrochen, der den Polizei-Kommissarius des Bezirks meldete.

Was will denn der? fragte der Geheimrath verdrießlich. Die Polizei ist ein Institut, ohne welches kein civilisirter Staat bestehen kann. Es ist ganz richtig: je mehr Polizei, je mehr wahre Freiheit, denn um so besser werden Verbrecher gefaßt und gestraft; aber dennoch ist mir persönlich alles was Polizei heißt zuwider. – Doch was hilft's, laß ihn herein kommen.

Nach einigen Minuten trat ein breitschultriger starkbärtiger Herr herein, den der Geheimrath mit herablassender Freundlichkeit empfing.

Ich bitte um Entschuldigung, sagte der Kommissar, aber ich halte es für meine Pflicht, Ihnen einen Besuch zu machen, Herr Geheimrath.

Es betrifft die nächtliche Ruhestörung vor Ihrem Hause, fuhr er fort, als der Geheimrath mit einer einladenden Handbewegung antwortete.

Die beiden Vagabonden oder Diebe, fiel die Geheimräthin erfreut ein. Sie haben sie also gefangen?

Noch nicht, gnädige Frau, erwiederte der Beamte, aber auf keinen Fall werden sie uns entgehen. Der Eine ist durch mehrere Hiebe verwundet worden, der Andere wahrscheinlich auch. Wir werden uns die größte Mühe geben, diese Verbrecher in unsere Gewalt zu bekommen, denn die Frechheit, eine Pistole abzufeuern und mit dem Kolben Löcher in Gesichter und Köpfe der Polizeiwache zu schlagen, ist noch nicht dagewesen.

Ich wünsche sehr, daß es Ihnen gelingt, ein Beispiel zu geben, sagte der Geheimrath, was mich jedoch betrifft, so weiß ich von den beiden Dieben nichts, auch nicht, daß wir bestohlen wären.

Ich komme eben deßwegen, sprach der Kommissar höflich, um Ihnen die Mittheilung zu machen, daß allem Vermuthen nach auch kein Einbruch beabsichtigt wurde.

Nicht? fragte Wilkau. Und was denn?

Ein Mord! erwiderte der Beamte.

Himmlischer Vater! schrie die Geheimräthin auf. Wer sollte ermordet werden?

Beruhigen Sie sich, gnädige Frau, beruhigen Sie sich, sprach der Kommissarius mit Selbstgefühl. Kein Haar soll Ihnen gekrümmt werden.

Darf ich um näheren Aufschluß bitten, was die mörderische Absicht der beiden Schelme beweist? fragte der Geheimrath.

Ich habe hier die Aussage des Mannes, der zuerst die Inculpaten bemerkte, beobachtete, festhielt und den Kampf mit ihnen begann. – Er zog einige Bogen Papier hervor und las:

»Gegen neun Uhr bemerkte ich zwei Männer, welche vor dem Hause auf und abgingen, und wohl eine Stunde lang trotz des bösen Wetters nicht vom Platze wichen. Es kamen immer noch Wagen, welche bei dem Geheimrath vorfuhren und jedesmal sah ich, daß die Verdächtigen die Aussteigenden genau beobachteten. – Ich drängte mich in ihre Nähe, allein ich konnte von ihren Gesichtern wenig sehen, da sie die Kragen ihrer Ueberzieher bis über die Ohren hochgezogen hatten. – Ihr Flüstern aber und ihr ganzes Benehmen verstärkte meinen Verdacht. Endlich, es hatte eben zehn Uhr geschlagen, fuhr wieder ein Wagen vor, aus welchem ein großer schlanker Herr stieg, der schnell ins Haus ging.

Ist er das? rief der Eine mit gedämpfter Stimme. Der Andere nickte, hielt seinen Kameraden aber am Arm fest. – Laß mich los, fuhr der Erste fort, ich will ihm nach, ich treffe ihn auf der Treppe. Aber der Andere schien mich bemerkt zu haben, er zog ihn zurück und sagte flüsternd: Noch nicht, hier nicht!

Der Elende! rief nun der Erste, er tanzt, aber ich will ihm Musik machen. Sei sicher, der Verräther soll uns nicht entkommen. Bei diesen Worten gingen sie fort und über eine Stunde lang war nichts von ihnen zu sehen. Dann aber kamen sie nochmals vorüber, und da ich mit meinen Kameraden inzwischen Abrede genommen, vertrat ich den beiden Menschen den Weg und forderte sie auf, mich zu begleiten, was sie trotzig verweigerten.«

Das Uebrige ist bekannt, sprach der Kommissar.

Es kommt aber nun darauf an, ob Sie, Herr Geheimrath, Ihre Frau Gemahlin oder das gnädige Fräulein sich nicht erinnern, wer von Ihren Gästen so spät gekommen ist?

Der Geheimrath warf einen raschen Blick auf Frau und Tochter, und zuckte die Achseln. – Es sind um zehn Uhr und gegen zehn Uhr mehrere Herrn gekommen, die ich nicht genau namhaft machen kann, sagte er.

Ist aber nicht Jemand dabei, der sich durch seine Gesinnung den besondern Haß wüthender Anarchisten zugezogen haben kann? fragte der Beamte.

Glauben Sie, daß es solche Subjecte waren? erwiederte der Geheimrath.

Der Eine trug einen Hut mit breiter Krempe und breitem Bande, der Andere soll einen dichten Bart rund um's Gesicht gehabt haben. Man erkennt den Vogel an den Federn.

Herr Alfred von Gravenstein, sagte der Bediente eintretend, indem er dem Geheimrath eine glänzende Karte hinhielt.

Sehr willkommen, erwiederte dieser, doch halt! Führe den Herrn von Gravenstein in mein Zimmer, ich komme sogleich.

Es ist nichts! sagte der Geheimrath zu dem Beamten.

Wenn einer unserer Freunde wirklich von den mörderischen Drohungen fanatischer Schurken berührt werden könnte, so müßte es Alfred von Gravenstein sein. Ist er nicht etwas spät gekommen, Elise?

Gewiß, lieber Vater, er kam spät; ich glaube jedoch nicht, daß es zehn Uhr war.

Unsinn! fuhr der Geheimrath, die Hände reibend, fort. Gravenstein ist gestern erst hier angekommen, er ist seit Jahren nicht hier gewesen, wer sollte ihm auflauern? – Die ganze Geschichte scheint mir, offen gestanden, wenig auf sich zu haben; vielleicht kommt uns nähere Aufklärung durch weitere Nachforschungen und jedenfalls haben wir nichts mehr damit zu thun. Wir lassen die Damen Toilette machen, Herr Kommissar, sobald sich jedoch irgend etwas ermittelt, hoffe ich es von Ihnen zu hören, während wir in der Stille ebenfalls unser Heil versuchen wollen.

Nach einigen scherzenden Worten begleitete er den Beamten hinaus, aber im Vorzimmer hielt er ihn plötzlich fest.

Ich bin dennoch beunruhigt, sagte er, denn eine Möglichkeit ist allerdings vorhanden, daß die energische patriotische Gesinnung unseres jungen Freundes ihm wüthende Feinde gemacht hätte. Jedenfalls würde es gut sein, ihn genau zu beobachten.

Wo wohnt er? fragte der Kommissar.

Für jetzt noch im russischen Hofe, aber er wird heute oder morgen eine Privatwohnung nehmen.

Ich werde dafür sorgen, daß ihm keine Gefahr zustößt, sagte der Kommissar zuversichtlich.

Sie werden mich auf's Erkenntlichste verbinden, erwiederte der Geheimrath, ihm die Hand drückend, wenn Sie bestmöglichst für ihn sorgen.

Er soll keinen Augenblick ohne eine Sicherheitswache sein.

Aber er darf nichts davon merken, fuhr Wilkau leise fort. Er ist stolz und empfindlich.

Seien Sie unbesorgt, flüsterte der Beamte lächelnd, er wird nicht ahnen, daß er keinen Schritt thun kann, ohne gut beschützt zu sein.

Und darf ich darauf rechnen, daß Sie mir Nachricht geben über Alles, was ihn betrifft?

Sie sollen jeden Morgen einen kleinen Rapport darüber erhalten, wie Herr von Gravenstein seinen Tag verlebte.

Vortrefflich sagte der Geheimrath, dem Kommissar nochmals die Hand reichend, ich hoffe mich Ihnen erkenntlich zeigen zu können. Alfred von Gravenstein ist der Sohn meines theuersten Freundes. Er steht mir und meiner Familie sehr nahe. Ich darf meiner Frau und Tochter nicht die geringste Besorgniß erregen. Sie verstehen!

Ich verstehe vollkommen, sagte der Kommissar sich verbeugend.

Und ich kann mich auf Sie verlassen?

Auf's Bestimmteste, Herr Geheimrath. Ich versichere nochmals, er soll keinen Schritt thun können, ohne daß wir es wüßten.

Der Geheimrath nickte ihm lebhaft zu, öffnete dann selbst die Glasthür des Corridors und ging mit Befriedigung nach seinem Zimmer.

Mein theurer Alfred! sagte er hereintretend und beide Hände dem jungen Herrn entgegenstreckend, der sich von dem Platze am Fenster erhob, wo er wartend mit einem Buche in der Hand gesessen hatte, entschuldigen Sie mich und so auch die Meinigen. Wir haben sämmtlich bis in den Tag hinein geschlafen. Wie ist Ihnen der Abend bekommen?

So gut mir Ungewohntes bekommen kann, erwiederte Alfred von Gravenstein. Ich bin heut in aller Frühe schon umhergelaufen, um eine für mich passende Wohnung zu finden, weil das Gasthausleben mir tief zuwider ist.

Sie sind ein Mann der Ruhe und Ordnung, lachte der Geheimrath. Ich erinnere mich, daß als Sie noch hier studirten und in unserem Hause wohnten, Alles in Ihrem Zimmer aufs Sauberste aussah und Ihre Pünktlichkeit bewundernswerth war.

Zu den Flüchtigen und Zerstreuten, das heißt, zu den liebenswürdigen Verwirrten habe ich nie gehört, erwiederte Alfred lächelnd. Ich halte den Sinn für Ordnung für Etwas, was mit dem Lebensglück der Menschen in engster Wechselwirkung steht. Eben dieser Sinn für Ordnung ist es, der den Meisten leider fehlt, daher die Unordnung, der Leichtsinn, die wachsende Verarmung, und so in Kettenschlüssen weiter: die wachsenden Verbrechen, die Eingriffe in die Rechte und das Eigenthum Anderer, der Aufruhr, der Verrath.

Sehr wahr, nur zu wahr! rief der Geheimrath, der diese Worte mit beifälligem Kopfnicken begleitete, aber wer will der Prophet in der Wüste sein, und was nützt es den Leidenschaften Weisheit zu predigen? Sie haben dazu die volle Energie gehabt, Alfred, haben sich dem Strom entgegengeworfen, haben Sie aber nicht dafür auch den Haß und die Rache einer ganzen Partei auf sich geladen.

Der junge Herr von Gravenstein lächelte verächtlich. Er schlug die Arme über seine breite Brust und hob stolz seinen Kopf auf, der nicht aussah, als wohne ein Gefühl der Furcht darin. Die hohe kräftige Gestalt sah ritterlich genug aus, um Helm und Harnisch seiner Ahnen aus dem vierzehnten Jahrhundert wieder umzuschnallen. Kurzes blondes Haar fiel auf eine eckige Stirn, unter welcher große blaue Augen glänzten, die nur zu starr blickten, um schön zu sein. Ein kurzer blonder Bart hielt Lippe und Kinn besetzt, und dies Gesicht voll entschlossener, fester Züge hatte etwas zurückschreckend Strenges und Hartes.

Die Feigheit dieser sogenannten Partei, sagte er, ist wenigstens eben so groß wie ihre Verworfenheit.

Nun, sprach der Geheimrath, es kommen doch noch immer Fälle vor, an denen man sieht, daß verwegene Bursche, die zum Aergsten entschlossen sind, der Rotte nicht fehlen.

Sie nennen das rechte Wort, erwiderte Alfred. Eine Rotte von Elenden aller Art soll uns jedoch nicht mehr beschäftigen, als unumgänglich nöthig ist.

Ich fürchte dennoch, fiel Wilkau lächelnd ein, daß Sie mancherlei mit ihr zu thun haben werden, eben weil es unumgänglich nöthig ist. Ich habe Sie in meinem Briefe darauf vorbereitet.

Sie haben mir geschrieben, sagte Alfred, daß die fünftausend Thaler, welche meine verstorbene Mutter dem Herrn Herzer geliehen hat, in Gefahr sind, verloren zu gehen, und mich aufgefordert, die nöthigen Schritte zu thun.

So ist es, gab der Geheimrath zur Antwort, und ich halte mich doppelt verpflichtet Ihnen beizustehen, weil ich es war, der Ihre Mutter bewog, das Geld herzugeben.

Es sind jetzt zehn Jahre her, Herzer war damals uns genau befreundet, er brauchte das Geld zur Vergrößerung seiner Fabrik musikalischer Instrumente, zum Bau einer Schneidemühle und Dampfmaschine, und da er ein eben so geschickter Künstler wie spekulativer Kaufmann war, trug ich gern dazu bei, Ihre Mutter zu bestimmen, ihm ein Kapital anzuvertrauen. Haben Sie die Schuldverschreibung mitgebracht?

Hier ist das Instrument in bester Form Rechtens, erwiederte der junge Mann. Das Kapital soll in zehn Jahren nicht gekündigt werden, es sei denn, daß die Zinsen nicht pünktlich erfolgen.

Haben Sie diese stets richtig erhalten?

Pünktlich und richtig bis auf Tag und Stunde.

Für das Kapital, fuhr der Geheimrath fort, bürgen alle Einrichtungen, Geräthe, Maschinen und Bestände der Fabrik, überdies aber sämmtliches Mobiliarvermögen des Schuldners.

Meine Mutter hat sich vorgesehen, sagte Alfred.

Nach Ablauf der zehn Jahre erfolgt die Rückzahlung, es sei denn, daß eine Verlängerung von beiden Theilen genehmigt wird. Hat Herzer bei Ihnen darauf angetragen?

Er hat bei seiner letzten halbjährigen Zinszahlung allerdings geäußert, daß es ihm angenehm sein würde, wenn ich eine Verlängerung eintreten ließe.

Und was haben Sie geantwortet?

Ich habe ihm im Allgemeinen geschrieben, daß ich keineswegs geneigt wäre, einem wackeren Manne Verlegenheiten zu bereiten.

Einem wackeren Manne! Freilich, wer wird das thun! sagte der Geheimrath, aber einem *Betrüger* wird man zuvorzukommen suchen.

Meinen Sie, daß Herzer an Betrug denkt? fragte Alfred betroffen.

Er ist ruinirt, erwiderte Wilkau, fassen Sie zu, wenn Sie etwas von Ihrem Gelde retten wollen. – Noch sucht er vor der Welt sich zu halten, seinen Schuldnern Sand in die Augen zu streuen, heimlich aber trifft er Vorbereitungen, sich in die Zufluchtshöhle aller Spitzbuben und Schufte, nach Amerika zu begeben. – Ein großer Transport kostbarer Instrumente soll in wenigen Tagen über Hamburg nach New-York abgehen. Angeblich will er dort ein Magazin errichten. Sein Sohn Felix ist mehrere Jahre jenseit des Wassers gewesen und vor einem Monate erst zurückgekommen. Vater und Sohn haben nun den allerliebsten Plan geschmiedet, erst was sie noch besitzen und dann sich selbst in Sicherheit zu bringen.

Und woher, fragte Alfred von Gravenstein, wissen Sie das Alles so genau?

Sein eigener Verwandter und früherer Kompagnon, unser Hauswirth, Herr Zippelmann, hat mir Eröffnungen darüber gemacht. – Es ist ein reicher, allgemein geachteter und angesehener Mann. – Hören Sie ihn darüber, er kennt Herzer am besten.

Ich habe eine andere Meinung von ihm gehabt, sagte der junge Mann. Er schien sehr thätig, unterrichtet und verständig zu sein.

Ich erinnere mich mit Vergnügen des Kreises dieser gebildeten Familie, die mir, so jung ich war, immer als ein Muster schöner Häuslichkeit vorschwebte. Den jungen Herzer habe ich wohl kaum einmal flüchtig gesehen, aber eine Tochter – wenn ich nicht irre, hieß sie Clara nach meiner Mutter, die sie über die Taufe gehalten versprach ein ausgezeichnetes musikalisches Talent zu werden. Es thut mir daher doppelt weh, von Ihnen zu hören, wie übel es mit dieser einst so glücklichen Familie steht.

Es steht so, sagte der Geheimrath mit einem bösen Lächeln, daß Sie eilen müssen, wenn Sie etwas haben wollen.

Gravenstein schüttelte den Kopf, indem er einen scharfen Blick auf den Geheimrath richtete. Sie waren einst, wie ich denke, ein sehr vertrauter Freund des Mannes.

Ich war es, erwiderte Wilkau, so lange ich es sein konnte. Herzer's Haus war lange Jahre lang äußerst angenehm; er selbst ein begabter Mensch. Kein Fremder von Talent und Namen kam hierher, der nicht bei ihm eingeführt wurde. Obenein galt er als vermögend und auf dem Wege zu großem Reichthum.

Um so mehr Grund für seine Freunde aus guter Zeit, fiel Alfred mit mühsam verhaltenem Unmuth ein, ihn zu stützen, als trübe Tage kamen. Ich kann mir denken, daß Herzer's großes Geschäft durch den Aufruhr und die Handelsstockungen furchtbar gelitten hat.

Ganz gewiß, sagte der Geheimrath. Er steckte tief in verwickelten Geschäften als die Revolution losbrach, beschäftigte überdies eine große Zahl Arbeiter und kam in Wien bei dem Sturm und Brand zur Herstellung der Ordnung um ein Magazin, das von den Kroaten gänzlich zertrümmert wurde, ohne daß eine Entschädigung zu erreichen gewesen wäre.

Der arme Herzer! rief Alfred von Gravenstein. Das sind schwere unverschuldete Schicksale.

Was seine Schuld betrifft, fuhr der Geheimrath kalt lächelnd fort, so besteht diese darin, daß er sich mitten in die Wühlereien warf, Theil nahm an den wildesten Klubs und unter der Zahl der Schlechtgesinnten leider noch jetzt mit obenan steht.

Was sagen Sie da! rief der junge Baron mit geröthetem Gesicht.

Ich sage, erwiderte Wilkau, daß die ganze Familie wie aus einem Gusse ist. Der Sohn macht dem Vater den Rang streitig. Im Frühjahr, wo er hier war, machte er es so arg, daß man ihn fortschicken mußte, und ganz von demselben Stoffe ist das süße Clärchen.

Wenn es so ist, sagte Gravenstein düster blickend, dann freilich haben Sie Recht, dann wäre Mitleid Mitschuld. Es wäre mehr als Thorheit, sich betrügen zu lassen. Morgen läuft das Darlehn ab, ich werde es einfordern und mein Recht behaupten.

Und Beschlag auf Alles legen, ehe er sich besinnen kann, fiel der Geheimrath ein.

Auch darin haben Sie Recht. Ich werde Ihrem Rathe folgen.

So geben Sie mir den Schuldschein, sprach der Geheimrath, während seine Augen von lebhafter Befriedigung glänzten. Ich werde mit einem Freunde über die nöthigen Mittel sprechen, um Alles in Bereitschaft zu halten, damit er Ihnen nicht entgehen kann. – Und jetzt, theurer Alfred, kommen Sie zu Elisen herüber. Wir haben den ganzen Morgen von Ihnen gesprochen und sind glücklich, Sie wieder bei uns zu sehen. Nichts in der Welt hätte uns größere Freude machen können.

Der Geheimrath führte Alfred von Gravenstein in das große Wohn- und Empfangzimmer; als er jedoch die Thür öffnete, war seine Laune auf einen Augenblick gestört, denn er fand nicht, wie er erwartete, die Damen allein.

Zwei Herren unterhielten die Geheimräthin, während Elise am Tische sitzend in einem Hefte zu lesen schien.

Nun da ist Alfred, sagte der Geheimrath, zugleich nickte er dem Besuch freundlich entgegen und setzte dann hinzu: das trifft sich ja herrlich, Sie so früh bei uns zu sehen. Herr Professor Viereck, Herr Alfred von Gravenstein, Herr Zippelmann, unser lieber Freund und Hauswirth. Er deutete dabei auf die beiden Herren und auf Alfred, der die Vorstellungsverbeugungen kurz und steif erwiderte.

Herr Zippelmann, eine ziemlich hagere Gestalt, machte dagegen eine sehr unterthänige Reverenz. Sein kahler Kopf, der von grauen Haar- streifen bedeckt war, die aus dem Nacken aufwärts gekämmt, höchst kunstvoll und lebensgefährlich an den Ohren vorbei nach dem Scheitel aufwärts liefen, neigte sich so tief, als wollte er versuchen, ob es mög- lich sei, mit der langen, schmalen Nase die Stiefelspitzen zu erreichen. Sein Rücken blieb eine volle Minute dann in so horizontaler Richtung, daß Alfred von Gravenstein unwillkürlich lächelte, weil ihm die Geschichte einfiel, in welcher ein Fürst seinem devoten Minister aus Zerstreuung die Kaffeetasse auf den gekrümmten Rücken setzt und nach einer halben Stunde sie noch auf derselben Stelle findet. Er war überzeugt, daß Herr Zippelmann es ganz eben so gemacht haben würde, obwohl er diesmal nicht so lange aushielt, sondern mit einem Blinzeln aus seinen grauen Augen und einem einnehmenden Grinsen sich wieder aufrichtete.

Ganz unähnlich diesem höflichen Nachbar schien der Professor, ein im Hochgefühl seines Ichs schwelgender Mann zu sein. Er war klein und rund, eine gewaltige Silberbrille saß auf einer etwas dicken, aufgestülpten Nase, zu der sein röthliches, aufgedunsenes Gesicht vortrefflich paßte. Aber er trug sich stolz, und ein gewisses herausforderndes Wesen begleitete den kurzen stummen Gruß und den messenden Blick, welchen er auf Alfred warf.

Der Herr Professor ist so gütig gewesen, lieber Wilkau, sagte die Geheimräthin, uns die erfreuliche Nachricht zu bringen, daß unsere Weihnachtssammlung einen höchst günstigen Fortgang hat. Sie müssen wissen, lieber Alfred, daß wir in unserem patriotischen, konservativen Vereine den Beschluß gefaßt haben, unseren ärmeren leidenden Mitbürgern und deren Kindern eine Weihnachtsfreude zu machen.

Ein höchst edler und menschlich schöner Entschluß, erwiderte der junge Mann, indem er sich zu Elisen wandte.

An welchem die Damen mit ihrem schönen Mitleid das meiste Verdienst sich zusprechen dürfen, wie ich die Ehre habe zu bemerken, fiel der Professor mit einer pathetischen Handbewegung ein.

Wissen Sie was, Professor? sagte Herr Zippelmann sich grinsend die Hände reibend, es ist eine schöne Idee, ungefähr so wie die deutsche Einheit, Hehe! – Ist es nicht wahr, Herr Geheimrath, wie die deutsche Einheit? Ganz akkurat so wie die deutsche Einheit! Der Professor zuckte mit einem stieren Blick auf Herrn Zippelmann die Achseln. – Ich weiß in der That nicht, sagte der Geheimrath lachend, wie Sie Ihren Vergleich rechtfertigen wollen.

Hehe! sagte Herr Zippelmann, die deutsche Einheit war auch so eine Bescheerung für das deutsche Volk, das sich dazu freute, wie Kinder zum Christbaum, und von der Nichts übrig geblieben ist, gerade so wie von unserer Sammlung Nichts übrig bleiben wird, als das Gelüste, es möchte bald wieder Weihnachten sein und unsere Taschen sich dann noch etwas weiter aufthun.

Ich denke, fiel die Geheimräthin mit einem frommen Blicke ein, Jeder wird die Taschen so weit aufthun, wie er es immer vermag, um seine leidenden Mitbrüder zu unterstützen.

Die darauf ein heiliges Recht besitzen, wie ich die Ehre habe zu bemerken, rief der Professor, indem er eine rednerische Stellung einnahm und mit Würde umherblickte. Wir Alle sind die Söhne einer großen Mutter, die Kinder eines Vaters, der seinen Geschöpfen das Gefühl gegeben hat, glücklich zu sein. Leider gelingt dies aber Vielen nicht; so ist es denn Pflicht der glücklichen Brüder, ihnen die Hand zu reichen und sie emporzuheben.

Edle Grundsätze! sehr edle Grundsätze! sagte die Geheimräthin, indem sie Alfred anblickte.

Hehe! schrie Zippelmann grinsend dazwischen, sehr edle Grundsätze! Aber je mehr man giebt, je mehr soll man geben, und je schlechter die Aussichten, je schlechter sind die Menschen. Geben, herausgeben, theilen, ungerechten Mammon abnehmen, das nennen sie soziale Gedanken. Ich gebe recht gern, wenn es sein muß, aber ich sage Ihnen, was heut geschieht, um zu zeigen, daß wir unsere armen Brüder lieben, wird über's Jahr von den lieben Brüdern gefordert werden und noch etwas dazu. Es ist akkurat so, wie mit der deutschen Einheit.

Sie vergessen, Herr Zippelmann, sagte der Professor stolz, daß es unsere Pflicht ist, den Verlassenen Trost zu bringen.

Sie zu wahren Menschen zu machen durch unser Beispiel, sprach der Geheimrath.

Sie zu uns zu erheben, wie der Professor so schön sagt, fuhr seine Gemahlin fort. Ihre Herzen der Tugend und der Liebe zu öffnen.

Ja, rief der Professor mit Energie, das ist die Aufgabe unseres Lebens: Liebe auszusäen, den Haß zu vernichten, brüderliche Gefühle in die Herzen zu bringen und einen Bund zu errichten, der uns Alle zu glücklichen Menschen, das heißt zu Kindern Gottes macht. Ich habe die Ehre Ihnen zu bemerken, daß ich manche meiner Freunde schon auf dem Wege fand, den Herr Zippelmann geht. Noch gestern äußerte mein Freund, der Oberst von Arnstein: alle unsere Vereine und Bestrebungen würden doch nichts helfen, und ein anderer meiner Freunde, Graf Buchholz, meinte, man verwöhne nur damit den großen Haufen, der uns an der Nase umherführe. Ich bewies beiden jedoch so eindringlich ihr Unrecht, daß sie mir mit tiefer Rührung die Hände reichten.

Hehe! sagte Herr Zippelmann, es ist aber doch wahr. Sie nehmen das Geld und die Geschenke und behalten ihre schlechte Gesinnung bei, nachher wie vorher. Die sitzt fest bei dem Volke. Es giebt nur Ein Mittel, um die Demokraten los zu werden, das besser ist, als alle Weihnachtsgaben. Ein einziges praktisches Mittel.

Welches Mittel? fragte der Professor angeregt.

Aufhängen! rief Herr Zippelmann vergnügt, einfach aufhängen! Hehe, was meinen Sie, Herr Geheimrath. Wüßten wir beide nicht ein Paar, die gleich baumeln sollten?

Das Sicherste wäre es jedenfalls, erwiderte Wilkau lachend, indeß muß ich dem Herrn Professor doch Recht geben, daß die sanften Mittel der Menschenliebe viele Verirrte und Irrende zur Wahrheit und Vernunft zurückführte. Mit den Unverbesserlichen wird man sich nicht einlassen, allein den Schwachen und Zagenden muß man die Hand reichen, ihnen muß man zeigen, daß ihre wiederkehrende gute Gesinnung Beistand und Hülfe zu erwarten hat. So betrachte ich unseren Verein und diese Weihnachtssammlung. Wir sind eine Art Freimaurerorden. Unsere Bundesbrüder haben Rechte an uns, wer zu uns tritt, muß Schutz finden. Er muß unsere Zeichen tragen, unseren Fahnen folgen, unsere Götter anbeten.

Wollte man sich damit einlassen, Jedem zu geben, so würde ich es abgeschmackt finden, denn wir haben einen bestimmten Zweck bei unseren Wohlthaten.

Es fällt uns auch gar nicht ein, die Demokraten zu bestechen, sagte der Professor mit einem strengen Blick auf Herrn Zippelmann. Im Gegentheil, wir wollen mit diesem fabelhaften Wesen nichts gemein haben. Ich habe die Ehre, fabelhaft zu sagen, denn ich möchte wissen, was denn eigentlich ein Demokrat sei?! Ich weiß es nicht, rief er, sich auf die Brust schlagend, und wie Viele ich schon darnach gefragt habe, es weiß es kein Mensch. Die Demokraten wissen es am allerwenigsten.

Hehe! rief Herr Zippelmann, es ist Schade, daß Sie nicht vor einer halben Stunde etwa mich besucht haben, Professor Viereck, es war gerade Einer bei mir, der Ihnen eine gute Erklärung darüber geben konnte: der junge Herzer, Felix Herzer, Sie kennen ihn doch?

Der Professor wurde roth und stierte den Rentier wild an. Ich habe die Ehre Ihnen zu bemerken, sagte er dann stolz, daß ich mit der Gemeinheit mich nie befasse, sondern nur mit Leuten umgehe, die eine Debatte wissenschaftlich zu führen wissen. Mein Freund, der Baron Hellwitz, sagte neulich: Gott sei Dank, daß wir uns wieder gehörig waschen und mit Handschuhen in Gesellschaft gehen dürfen. Das haben wir endlich glücklich erreicht. Wir haben die Gemeinheit wieder in den Winkel gebracht und können das Sprichwort von Neuem anwenden: Sage mir, mit wem du umgehst und ich will dir sagen, wer du bist. Er schleuderte einen seiner vernichtenden Blicke auf Herrn

Zippelmann, der ihn schalkhaft angrinste und seine langen, magern Hände rieb, während der Professor von der Geheimräthin zum Fenster genöthigt wurde, wo sie ihn mit der Weihnachtssammlung beschäftigte, um den Streit abzubrechen.

Alfred von Gravenstein hatte während dieser ganzen Zeit am Tisch Elisen gegenüber gesessen und mit ihr Vielerlei halblaut und heimlich gesprochen. Ihre zahlreichen Erinnerungen aus früheren Tagen beschäftigten sie, Personen und Verhältnisse boten reichlichen Stoff, und Gravenstein hatte dabei Gelegenheit, die schöne Tochter des Geheimraths seiner kritischen Prüfung zu unterwerfen. – Elise war in der That eine glänzende Erscheinung. Groß und schlank, ein wenig blaß, aber die Hautfarbe durchsichtig klar und die graublauen Augen nicht ohne Feuer und Stolz, war sie aller ihrer Vorzüge und Ansprüche sich bewußt. Ihre fein gewählte Toilette war eben so einfach wie zierlich, und was Alfred immer bewundert hatte, den Reiz ihrer Unterhaltung, ihre lebhaften Fragen und Antworten und ihre muthwilligen Neckereien und Scherze, die von einem allerliebsten Lachen begleitet wurden, fand er im reichsten Maße wieder.

Ich wollte, sagte sie endlich halblaut bei dem Gezänk des Professors, wir könnten ungestört unsere Herzen ausschütten. Diese langweiligen Pedanten mit ihren Vereinen und politischen Salbadereien fangen an mir unerträglich zu werden.

Ei, erwiderte Alfred lächelnd, haben Sie gar keine politischen und patriotischen Sympathien, Elise?

Wie können Sie zweifeln, war die Antwort. Ich glaube wirklich, daß ich mir einiges Verdienst zuschreiben darf, meinen Vater von kleinen Abirrungen auf den rechten Weg geführt zu haben. Mir ist nichts widerlicher als das souveräne Volk und was damit zusammenhängt. Ich habe einigen Volksfesten und Volksbällen beiwohnen müssen, die mir den Geschmack auf immer verdorben haben.

Aber wenn ich nicht irre, sagte er mit einem spöttischen Zucken der Lippen, sind Sie durch diesen glorreichen Professor und seines Gleichen nicht sehr viel gebessert. Die konservativen Bälle und Feste um Gevatter Schneider und Handschuhmacher zu veredeln und patriotisch heraufzubilden, sind nach den Beschreibungen, welche ich davon erhalten habe, auch nicht besonders einladend.

Elise nickte ihm lustig zu. Ich werde dafür sorgen, flüsterte sie, daß Sie nächstens selbst die Probe machen. Es ist herzzerreißend, aber es hat doch viel Komisches, zu sehen, wie Herren und Damen aus den feinsten Kreisen, die früher um keinen Preis sich in die Nähe dieser Handwerker und Arbeiter gewagt hätten, jetzt mit spartanischer Selbstverläugnung Geld, Zeit und sich selbst wegwerfen, um sie zu unterhalten, zu belustigen, zu erfreuen und in brüderlicher Vertraulichkeit bei guter Laune zu erhalten.

Wir werden auch darüber fortkommen, versetzte Alfred stolz lächelnd, indem er zu Zippelmann und dem Professor hinblickte, und solche Subjecte, wie diese da, nicht mehr brauchen.

Ich müßte mich irren, sagte sie lachend, oder Sie haben gegen dies würdige Paar, das mich oft schon köstlich belustigt hat, einen unverdienten Widerwillen gefaßt. Beide sind meine Verehrer und bringen mir Huldigungen dar, die mich stolz machen müssen.

Alfred betrachtete die schöne Dame mit tadelndem Ernst. Man soll mit Narren und Taugenichtsen auch nicht einmal Scherz treiben, sagte er.

O! Sie sind doch immer noch der alte Moralist, erwiderte sie; ich muß versuchen, Ihnen das abzugewöhnen. Um's Himmels willen! Alfred! wir haben seit Jahr und Tag so viel von den ernsthaften Narren zu leiden gehabt, daß es uns wohl vergönnt sein kann, über die Gecken zu lachen. Fangen Sie keine Händel mit mir an, wie ehemals, fuhr sie fort, als er etwas antworten wollte. Ach, glauben Sie, mein theurer Freund, ich habe so viel Sorge um Sie, und möchte so gern Sie heiter und froh wissen, daß alle meine Laune vergeht, wenn Sie mich nicht augenblicklich wieder freundlich ansehen.

Ihre Augen begegneten sich und Alfred fühlte ein stärkeres Klopfen seiner Pulse. Er glaubte etwas in Elisens Blicken zu lesen, das einen überwältigenden Eindruck auf ihn machte. Ehe er jedoch zu seinem beglückten Lächeln das passende Wort finden konnte, legte der Geheimrath die Hand auf seine Schulter und winkte ihm geheimnißvoll zu. Einen Augenblick, lieber Alfred, sagte er, Sie sollen etwas Neues hören.

Kommen Sie hierher, fuhr er fort, indem er ihn zum Ofen führte, wo Herr Zippelmann so eben bequem angelehnt eine Priese aus seiner großen goldenen Dose nahm, die er wohlgefällig besichtigte. Sie sollen hören wie es Herzer macht. Sein Sohn ist heut bei Herrn Zippelmann gewesen: lassen Sie sich erzählen, was er wollte. Ach, sagte Herr Zippelmann, mit einem wehmüthigen Blick auf Alfred von Gravenstein, ich höre mit Bedauern wie es mit Ihrem Kapitale steht.

Sie haben keine Deckung, nicht die geringste Deckung, und wenn Sie nicht zufassen, gleich morgen bei richtiger Zeit, werden Sie wenig mehr finden, was sich der Mühe verlohnt zu nehmen.

Erklären Sie sich näher, wenn ich bitten darf, erwiederte Alfred.

Hehe! grinste Herr Zippelmann, indem er mit dem Zeigefinger zierlich auf seinem kahlen Scheitel kratzte: das ist wieder so eine Geschichte, grade wie von der deutschen Einheit. Ist es nicht wahr, liebster Geheimrath? Absolut, wie von der deutschen Einheit! Der junge Edelmann warf einen stolzen und ungeduldigen Blick auf ihn. Ich habe gehört, daß der junge Herzer Sie heut besucht hat? sagte er.

Ich sage, es ist gerade so damit wie mit der deutschen Einheit, fuhr Herr Zippelmann ungestört fort; das heißt, es ist Schwindel und geht pleite. – Ist es nicht so, meine Herren? Hehe! auf mein Wort, es ist so.

Der Geheimrath hielt es für Zeit sich einzumischen, denn Alfred war im Begriff das Gespräch aufzugeben. Die Sache ist einfach die, sprach er leise, daß der junge Herzer in keiner andern Absicht unsern Freund aufsuchte, als um ihm Geld abzuschwindeln. – Herr Zippelmann ist mit Herzer verwandt; er ist früher sogar ein Theilnehmer des Geschäfts gewesen, hat sich aber zurückgezogen und ist so glücklich gewesen sein Kapital zu retten.

Ich merkte den Braten längst, hehe! sagte Herr Zippelmann, sich vergnügt die Hände reibend.

Herzer behauptete hierauf, daß sein Compagnon größere Summen aus dem Geschäft gezogen habe, als ihm gebührten. Es entstand ein höchst verwickelter Prozeß daraus, Rechnungen und Gegenrechnungen erforderten Vorsicht. Quittungen wurden beigebracht und bestritten und endlich ein Eid geleistet, worauf in letzter Woche Herzer abgewiesen und verurtheilt worden ist.

Alfreds Auge ruhte nachdenkend auf dem Rentier, in dessen magerem Gesichte ein höhnisches Lächeln von Falte zu Falte flog.

Nun denken Sie sich die Schlechtigkeit dieser Menschen, sagte er in seiner Weise grinsend. Vor einer Stunde kommt der Felix zu mir, also der Sohn, ich weiß nicht, ob Sie ihn kennen. Er ist lange fort gewesen, ich habe ihn in Jahren kaum ein paar Male gesehen, aber im Sommer, als er damals sich hier aufhielt, hat er mich einmal auf's tiefste gekränkt, denn ein gröberer, unbändigerer Bursche wird nicht leicht gefunden. – Sie wissen auch ein Lied davon zu singen, liebster Geheimrath, hehe!

Er kam, fiel der Geheimrath ein, um von Neuem die abgeschlagenen Forderungen geltend zu machen, oder doch eine Art Vergleich zu Stande zu bringen und wollte durch Vorstellungen etwas erreichen.

Hehe! rief Herr Zippelmann seine grauen Augen zukneifend, er wollte mich rühren, wollte mein Herz erweichen; stellen Sie sich vor, er wollte mich erweichen!

Das gelang ihm ohne Zweifel nicht, sagte Alfred von Gravenstein mit unverhehlter Verachtung.

Nicht einen Groschen, nicht einen Pfennig sollen sie haben, lächelte Herr Zippelmann sanft den Kopf schüttelnd. – Der Bursche erzählte mir höchst beweglich, daß sein Vater unverschuldet in großer Verlegenheit sei, daß seine Redlichkeit und übergroßes Vertrauen ihn dahin gebracht hätten, seine Aussichten aber sehr glänzend sein würden, wenn nur erst diese Krisis überstanden wäre. – Es ist Alles so wie mit der deutschen Einheit, hehe! gerade so wie mit der deutschen Nation, die auch mächtig und groß werden wird, wenn nur erst die Krisis glücklich überstanden wäre.

Nun, sprach der Geheimrath, der junge Herzer theilte Herrn Zippelmann mit, daß er in wenigen Tagen mit einem Transport schöner und kostbarer Instrumente nach New York abgehen werde. Er bestätigte Alles, was ich Ihnen darüber schon mitgetheilt habe.

Und ich gab ihm meinen Segen, sagte Herr Zippelmann, wohlgefällig nickend. Amerika ist ein schönes großes Land, die ganze deutsche Einheit flüchtet sich dahin. Warum sollen die freien deutschen Bürger nicht dort ihre schwarz-roth-goldenen Kokarden tragen können? Aber Geld, um sie fortzuschaffen, habe ich nicht. Nicht einen Groschen, nicht einen Pfennig!

Die Hauptsache ist, flüsterte der Geheimrath, daß so viel feststeht, Herzer will, was er noch hat, fortschicken. Als Herr Zippelmann sich auf nichts einlassen wollte, wurde der junge Herzer grob und heftig, und überhäufte unseren redlichen Freund, der sich nicht beschwatzen ließ, mit Beleidigungen, die ihm übel bezahlt werden können, denn zufällig ist ein Zeuge in der Nähe gewesen.

Gott bewahre! sagte Herr Zippelmann sanftmüthig, ich will nicht klagen gegen den Bettler und Tagedieb, aber eine redliche Freude wird mein Herz erfüllen, wenn ich etwas beitragen kann, dem Herrn von Gravenstein zu seinem Gelde zu helfen. – Der Herr Geheimrath, fuhr er fort, hat mir den Schuldschein gezeigt, der wohl eine kleine

Hoffnung geben kann, wenigstens Etwas zu retten, wenn man sich nicht irre machen läßt und den richtigen Weg einschlägt.

Was würden Sie mir also rathen? fragte Alfred.

Hehe! lachte Herr Zippelmann, seine langen Hände reibend, ich möchte Ihnen einen Vorschlag machen, möchte Ihnen die Schuld abkaufen.

Das wäre vielleicht so übel nicht, fiel der Geheimrath ein.

Aus redlichem Gemüthe ist es gesagt, fuhr Herr Zippelmann fort, aber junge vornehme Herren sind selten geeignet solche Sachen zu betreiben, und bei aller Sorgfalt kann doch viel oder Alles verloren gehen. – Es ist ein Mann der Herzer, der in alle Schuhe paßt, aber es wäre zu versuchen, ich möchte beinahe um die Hälfte gehen. Wirklich ich könnte mich entschließen um die Hälfte zu gehen. Es ist auch so eine Geschichte, accurat wie die deutsche Einheit. Wenn man das ganze Reich nicht zusammenkriegen kann, nimmt man mit ein Stückchen Union vorlieb, kommt zuletzt mit der schönen Idee nach Haus, und verliert am Ende auch die unterwegs aus der Tasche. – Hehe! Herr Geheimrath, was meinen Sie dazu?

Ich meine, sagte der Geheimrath, daß es hier allein auf den Willen des Herrn von Gravenstein ankommt, Ihren Vorschlag anzunehmen.

Aber der junge Freiherr schüttelte schweigend den Kopf.

Nun, wie Sie wollen, rief Herr Zippelmann süß grinsend; wie Sie wollen, Herr Baron, ich habe nichts dagegen. Zwei Tausend fünf Hundert Thaler will ich geben, baar, heut noch oder vielmehr sie können auf die Minute Geld bekommen. – Hehe! was ich für ein dummer Teufel eigentlich bin, will mich da mit Geschichten einlassen, die mich nichts angehen. – Also Sie wollen nicht, Herr von Gravenstein, oder wollen Sie?

Alfred schwieg noch immer, indem er Zippelmann betrachtete, während der Geheimrath sich zu ihm neigte und mit leiser Stimme sagte, Sie sollten es thun, aber vier Tausend fordern.

Ich thue es allein darum, weil ich ein Menschenfreund bin, fuhr inzwischen Herr Zippelmann fort. Wenn ich bedenke, daß Sie um Ihr Geld kommen sollen, fühle ich ein Mitleid in meinem Herzen, und bedenke ich wieder, daß Herzer die volle fünf Tausend Thaler bezahlen soll, bei seiner jetzigen Noth, so bin ich wieder davon ergriffen.

Sie wollen also eigentlich zum Vortheil Ihres Verwandten mir die Schuld abkaufen, um ihm zu dienen? fragte Alfred.

Freilich, rief Herr Zippelmann seine langen Hände faltend und einen andächtigen Blick nach oben sendend, das ist mein gutgemeinter Wille. Es ist eine sündhafte Familie, die von Gottesfurcht nichts weiß und ihr zeitliches und ewiges Verderben verschuldet. Aber dennoch werde ich thun, was ich thun kann, was zu ihrem wahren Besten gereicht.

Aus den kleinen glänzenden Augen des Wucherers drang ein triumphirender Blick, der zugleich so boshaft und doch so heuchlerisch demüthig war, daß er den Widerwillen des jungen Mannes nur verstärken konnte.

Ich danke für Ihr gütiges Anerbieten, sagte er kalt, ich werde die Schuld nicht verkaufen.

So, so! sagte Herr Zippelmann, ihm freundlich zunickend, das heißt Sie wollen die vollen dreitausend haben.

Auch die will ich nicht haben, fiel Alfred ein.

Ich glaube nicht, Herr Zippelmann, sagte der Geheimrath, daß es der Baron unter viertausend thut.

Meinen Sie? rief Herr Zippelmann. Aber der arme Herzer! Man muß doch einiges Mitgefühl haben selbst für Menschen, die es nicht verdienen.

Ich habe kein Mitgefühl für Menschen dieser Art, sprach Alfred. Es giebt für mich also keinen Grund mein Geld auch nur theilweis zu verlieren. Da Hoffnung vorhanden ist, daß ich bekommen kann was mein ist, so will ich dies selbst versuchen und danke Ihnen nochmals.

Sie haben Recht, grinste Zippelmann, ganz Recht Herr Baron. So wahr ich lebe, ich bin froh darüber. Fassen Sie ihn nur ordentlich an; Alles oder nichts! Gerade so wie die deutsche Einheit, Herr Geheimrath. Man muß nur zusehen, daß nicht etwa das Nichts übrig bleibt, wenn man die Hand aufmacht.

In diesem Augenblick öffnete sich die Thür und ein noch junger Mann trat herein, dessen einnehmendes kluges Gesicht Alfred schon gestern bei dem Balle bemerkt hatte. Als der Geheimrath ihn Assessor Stephani nannte, erinnerte er sich auch des Namens wieder, aber eine dunkle Wolke schwebte an ihm hin, als er dem stattlichen Mann nachblickte, der die Damen mit zwangloser Feinheit begrüßte.

Der Assessor war ein junger schlanker Herr mit dunklen lebhaften Augen und geistvollen Zügen. Leicht gelocktes Haar lag auf seiner Stirn; er bewegte sich rasch und frei, seine Blicke hatten etwas Kühnes und scharf Beobachtendes, seine ganze Erscheinung aber etwas sehr

Einschmeichelndes und Angenehmes. Es war unmöglich ihn nicht mit Wohlgefallen zu betrachten. Sein freies Gesicht mit dem einnehmenden Lächeln gab nicht allein Anlaß dazu, die feinen und gefälligen Formen trugen mehr noch dazu bei. – Was er sagte und erzählte hatte den Reiz der Frische, der unmittelbar anregt und belebt. Seine Fragen flogen nach allen Seiten: er wußte den ganzen Kreis zu beschäftigen und was er mittheilte war für Alle berechnet.

Alfred von Gravenstein hörte eine Zeitlang zu wie er den Professor aufs Lustigste aufzog und ihn zu einer Reihe lächerlicher Auf-schneidereien verführte. Der Geheimräthin erzählte er in drolliger Weise eine Anzahl Klatschgeschichten vom Hofe, sammt Neuigkeiten aus der Stadt, und sprach dann mit Elisen von den Herrlichkeiten des Balles mit allerlei Neckereien und pikanten Ausfällen auf Personen, die er dazu ausersehen hatte.

Von Zeit zu Zeit fiel sein Blick auf Alfred, und ging gleichgültig weiter. Während er alle Anwesenden erheiterte, selbst mit Herrn Zippel-mann scherzte und die Einen auf Kosten der Anderen belustigte, stand Gravenstein steif und nachdenkend bei dem Wucherer, der noch immer nicht die Absicht aufgegeben hatte, den Schuldschein an sich zu bringen.

Wie sich Alles gut trifft und paßt, sagte der Geheimrath endlich. Da ist der Herr Assessor Stephani, ein Sohn des Präsidenten und ein so hoffnungsvoller junger Mann, daß er Gehülfe der Ober-Staatsanwalt-schaft geworden ist. – Hören Sie einen Augenblick, lieber Assessor, rief er laut, ich möchte eine Frage an Sie richten.

Mit der freundlichsten Miene unterbrach der junge Herr seine Unterhaltung mit Mutter und Tochter. – Was befehlen Sie, Herr Geheimrath? fragte er lächelnd.

Zuvörderst weiß ich nicht, ob sich die Herren schon kennen, erwiederte Wilkau. Herr Alfred von Gravenstein. –

Ich habe gestern schon die Ehre gehabt, fiel der Assessor ein, und bin sehr erfreut, Herr von Gravenstein, heut Ihre Bekanntschaft zu erneuen.

Sagen Sie mir, fuhr Wilkau fort, als Alfred sich schweigend verbeugte, kennen Sie die Familie Herzer?

Herzen genug, aber keine Herzer, lachte Stephani. Wahrscheinlich soll es jedoch der Fabrikant sein.

Hier ist ein Dokument, was ist damit zu thun?

Der Assessor blickte hinein, las und sagte dann: damit ist nichts zu thun, als morgen das Geld fordern und wenn nicht gezahlt wird, sofort von Gerichtswegen in Beschlag zu nehmen, was sich auffinden läßt. Macht das Umstände?

Nicht die geringsten. Ich will die Sache heut noch in Ordnung bringen, wenn es Ihnen gefällt.

Könnten Sie es? fragte Alfred.

O! mit dem größten Vergnügen, sagte der Assessor verbindlich, es kostet nur ein paar Gänge, die ich gern thue.

Und rathen Sie mir dazu? fragte Alfred.

Es ist das Einzige was geschehen kann, erwiederte Stephani. Ich würde kein Bedenken haben, wenn sonst nicht Rücksichten vorhanden sind.

Ich glaube kaum, fiel der Geheimrath ein, daß dergleichen in Betracht kommen.

Ich denke allerdings noch immer darüber nach, sprach Gravenstein ernst, ob ich mit solcher Strenge gegen einen Mann verfahren soll, der meiner Mutter Freund einst war.

Der aber jetzt ein Mensch ist, den die Verewigte hassen und verabscheuen würde, flüsterte der Geheimrath mit Blicken des Unmuths.

Ach richtig! lachte der Assessor, dieser Herzer ist ein Dunkelrother. Er ist neulich erst in eine Untersuchung verwickelt worden, wegen heimlicher Versammlungen und Beleidigung der Obrigkeit.

Aber die Familie, murmelte Alfred vor sich hin.

Es ist an der ganzen Familie nichts, wie Sie mehrseitig gehört haben, sagte Wilkau, indem er den Kopf über die Schwäche seines Verwandten schüttelte.

So will ich nicht länger mich bedenken, sagte Alfred, ich gebe Ihnen mein Wort darauf. – Würden Sie die Güte haben, die Einleitungen zu treffen?

Mit Freuden, erwiderte Stephani. Wir wollen die Sache nachher ordnen und morgen früh soll der Exekutions-Direktor bereit sein, Ihre Anordnungen zu vollziehen.

Jetzt aber, fuhr er fort, dürfen wir den Damen Gesellschaft leisten, die ohne Zweifel sehr neugierig sind, welche wichtige Geheimnisse hier verhandelt werden, und gar keine Aufmerksamkeit mehr für unseren geistreichen Professor haben, der nächstens einen neuen Verein zum vielgetreuen Schäfer gründen wird.

Am nächsten Morgen, als es kaum Tag geworden war, wurde Alfred von Gravenstein in seinem Hotel von dem Besuche des Assessors überrascht. – Der höfliche, junge Herr brachte ihm die Nachricht, daß Alles bereit sei, um sofort die Exekution eintreten zu lassen. – Ich habe es so veranstaltet, sagte er, daß, sobald sie gewiß sind, Ihr Kapital wird heut Mittag nicht gezahlt, Sie nur nöthig haben, den Exekutions-Direktor zu benachrichtigen, der mir versprochen hat, einen Augenblick bei Ihnen einzutreten, um nähere Abrede zu nehmen.

Ich bin Ihnen zu vielem Danke verpflichtet, sagte Gravenstein, ohne zu wissen, wie ich ihn abtragen soll.

Ich betheure Ihnen, es gern zu thun, erwiderte der Assessor lachend; diene Ihnen aber um so mehr mit Freude, weil der Geheimrath sich dafür interessirt, der mich gestern Abend noch dringend mahnte, nichts zu versäumen. Es wäre unnöthig gewesen, was ich übernehme, versäume ich nie. Wenn es irgend möglich ist, sollen Sie jedenfalls zu Ihrem Gelde kommen.

Es ist mir in der That weniger um die Summe zu thun, als darum, daß ich von einem Manne, der mir von allen Seiten als verkehrt und entsittlicht geschildert wird, mich nicht betrügen lassen will.

Sie haben Recht, sagte Stephani, nichts ist empörender als die heuchlerische Lüge, die unter der Maske der größten Ehrlichkeit und Biederkeit abgefeimte Gaunerkünste verbirgt.

Auch das habe ich also zu gewärtigen? fragte Alfred.

Ich weiß es nicht, fuhr der Assessor fort, aber ich bin als Kriminalist zu bekannt mit dergleichen heruntergekommenen Leuten, um nicht zu wissen, wie sie es gewöhnlich machen, um die Herzen ihrer Gläubiger oder Richter zu erweichen.

Ich möchte nicht in Ihrer Stellung sein, sagte Alfred. Sie müssen oft entsetzliche Beobachtungen machen und die Verworfenheit der menschlichen Gesellschaft im allerschlimmsten Lichte kennen lernen.

Richter und Aerzte, erwiderte Stephani, sind allerdings die wahren Beichtväter der Menschen; sie erfahren und bewahren mehr Geheimnisse als Priester, und vermögen die besten psychologischen Beobachtungen zu machen, um sogenannte Menschenkenner zu werden.

So vermögen sie auch die beste Abhülfe zu schaffen, sagte Alfred, um durch gute Gesetze und Einrichtungen unseren Irrthümern und Fehlern entgegenzuwirken.

Da irren Sie, sprach der Assessor spottend. Die Gesetze machen nicht die Menschen, sondern die Menschen die Gesetze. Die Richter sind keine Erzieher, sie sind die unerbittlichen Rächer der beleidigten Gerechtigkeit, das heißt der Gesetzparagraphen.

Aber doch der Schutz aller Unschuldigen und unschuldig Verfolgten?

O! gewiß, lachte Stephani, aber es ist mit Schuld und Unschuld oft eine eigenthümliche Sache. – Ich, als Staatsanwalt, habe häufig die Aufgabe, Menschen auf Tod und Leben anzuklagen, und mit allem Aufwand von Gründen und juristischer Beredtsamkeit ihre Schuld darzuthun und festzustellen, die trotz dessen völlig freigesprochen werden.

Weil ihre Unschuld sich ergiebt, sagte Alfred.

Gott bewahre, entgegnete der Assessor, vielleicht blos durch eine Zufälligkeit, durch eine Meinungsverschiedenheit, durch eine Ansicht, die ein pfiffiger Advokat geltend macht; oder weil einer der Herren Richter auf die Jagd ging und nicht in die Sitzung kam, oder weil sechs Geschworene den Angeklagten für einen Verbrecher, die anderen sechs für einen Unschuldigen erkannten. Hat man das Jahre lang gesehen und erfahren, so weiß man, daß Schuld heute Unschuld und morgen dieselbe Unschuld schwere Schuld genannt und solche bestraft werden kann.

Sie meinen also, daß Schuld und Unschuld überhaupt wankende Begriffe sind; auch der Unschuldigste sich aber in Acht zu nehmen hat, vor den Richter gestellt zu werden?

Das meine ich aus Herzensgrunde, lachte Stephani. Es ist noch immer wahr, was ein berühmter englischer Richter einst ausrief: Gebt mir drei geschriebene Worte von dem Unschuldigsten, und ich bringe ihn an den Galgen!

Sie haben wenig Vertrauen und Glauben zu ihrem eigenen Stande, sagte Alfred.

Ich thue meine Pflicht nach bestem Wissen und Gewissen, erwiderte Stephani, mehr kann man nicht verlangen.

Wird mir befohlen, einen Prozeß einzuleiten, so handle ich danach und beweise meinen Scharfsinn, meine Gesetzeskenntniß und meine Beredtsamkeit.

Ich würde lieber richten als anklagen, wenn ich zwischen beiden zu wählen hätte, erwiderte Alfred.

Es kommt darauf an, welches Ziel Ihnen vorschwebt, sprach der Assessor. Die Staatsanwaltschaft ist die Bahn der Ehre und des Ruhmes. Wer Carriere machen will, muß sich da hinein werfen. Der Richter scheint allerdings unabhängiger, der Ankläger mehr Werkzeug des Regierungswillens; wenn jedoch des Richters Ansicht nicht zu den Regierungsansichten von Schuld und Unschuld paßt, so bringt er es nicht allein zu nichts, sondern man versetzt ihn an einen Platz, wo er unschädlich ist.

Glauben Sie, daß das geschieht? fragte Alfred, ihn streng betrachtend.

Herr von Gravenstein, sagte Stephani lächelnd, Sie sind ein treuer Freund des Rechts und der Regierung, ein Politiker und Parteimann, dabei auf dem Wege, ein Staatsmann zu werden, denn wie ich höre, ist Ihnen ein Platz in der Kammer zugesagt. – Eine Regierung, welche es auch sei, muß vor allen Dingen sich der Richter versichern, wenn sie Macht und Ansehn behaupten will. Wenn die Richter sie in ihren Prozessen verlassen, ist sie verloren. Die Pflicht der Selbsterhaltung gebietet ihr daher, die Gerichtshöfe so zu purifiziren, daß sie nichts zu fürchten hat.

Ich sollte meinen, erwiderte Alfred stolz, daß die Regierung dergleichen nicht nöthig habe; daß ihre gute Sache vielmehr ganz von selbst die Richter und das Recht auf ihre Seite stellen.

Die Verwirrung ist groß und die Köpfe verdorben, sagte der Assessor. Die Erfahrung hat das hinlänglich bewiesen. Die Regierung hat daher meines Erachtens sehr wohl gethan, vorsichtig zu handeln und die Böcke auszusondern und anzubinden. In unserer Zeit der politischen Prozesse müssen die Richter Männer sein, auf deren Gesinnung man sich verlassen kann. Bei alledem aber können sie parteilos das Recht handhaben, fiel Gravenstein ein.

Nein, versetzte der Assessor, das können sie nicht, wir dürfen uns den Irrthum wohl eingestehen. Bei politischen Verbrechen ist Parteilosigkeit ein Unding, namentlich in einer Zeit, wo Alles Partei ist. Man kann von dem Richter nicht verlangen, daß er seine menschlichen Empfindungen abstreife und in göttlicher Objektivität über Etwas urtheile, was ihn als Bürger im Staate zunächst mit angeht. Eben deßwegen aber handelt die Regierung auch vollkommen richtig, wenn sie nur solche Bürger zu Richtern in Israel einsetzt, von denen sie keine Parteinahme für diejenigen voraussetzen darf, die sie verfolgen läßt.

Was mich betrifft, fuhr er dann fort, als Alfred von Gravenstein schwieg, so bin ich in der That objectiv, das heißt, ohne allen Haß und ohne Parteileidenschaft.

Also eine Ausnahme von der Regel, die Sie selbst aufstellen, sprach Alfred ihn fixirend.

Ich habe einigen Ruf in politischen Prozessen erlangt, fuhr der Gehülfe des Staatsanwalts fort, und diese sind die eigentliche Schule für Staatsdiener wie die Regierung sie braucht. Es ist mein eifriges Streben, mich hervorzuthun, doch von Fanatismus bin ich weit entfernt. Steht man auf solchem Standpunkte, so überblickt man die Verhältnisse mit diplomatischem Takte und handelt im Gefühl der Nothwendigkeit.

Das heißt, erwiderte Alfred, wenn ich recht verstehe, Sie widmen sich Ihrem Berufe voller Eifer, in der Ueberzeugung, daß dies das Beste für Sie sei.

In der Ueberzeugung, daß ich damit mir den Weg zu einer Stellung bahne, die meinen Fähigkeiten angemessen ist, sagte Stephani gleichgültig ihm zunickend. Die Staatsanwaltschaft ist einmal die hohe Schule für fähige Köpfe. Es wäre Thorheit, wenn man sein Licht nicht leuchten lassen wollte. – Halten Sie mich nicht für anmaßend, Herr von Gravenstein, fuhr er lachend fort, aber wir sind beide sehr jung, beide gewiß auch ehrgeizig. Ich biete Ihnen die Hand zu unserer Befreundung und gestehe Ihnen, daß ich mich gern Ihnen nähere.

Ich bin sehr erfreut darüber, erwiderte Alfred höflich, die dargebotene Hand annehmend.

Wir werden manche Anknüpfungspunkte finden, die uns vereinbaren, fuhr Stephani fort. Mein Vater, der Präsident, hat keinen ganz geringen Einfluß, Ihnen ist eine bedeutsame Zukunft geöffnet. Hoffentlich sehen wir uns bald beide in der Kammer und unterstützen uns als Freunde dort auf denselben Bänken, da ich glaube, wir wissen, wohin wir uns, Recht und Vernunft gemäß, zu setzen haben. – Der Geheimrath Wilkau ist Ihnen verwandt?

Ziemlich entfernt durch seine Frau.

Da sehen Sie das Beispiel eines Parteimannes, fuhr der Assessor fort. – Das sind die Folgen, wenn man begangene Fehler wieder gut machen muß.

Was hat der Geheimrath gut zu machen? Nun, sagte Stephani, es ist nicht ganz unbekannt, daß er im vorigen Jahre die Lage der Dinge verkannte und sich von den Ereignissen fortreißen ließ. Er glaubte an den erwachenden Völkerfrühling und wahrscheinlich wurde es ihm unheimlich bei dem Bewußtsein, das Unglück zu haben, Geheimrath zu sein. Kurz und gut, er hat Mancherlei zu bereuen und Sie wissen, wer zu bereuen hat, will wieder gut machen. Auch seine tiefe Entrüstung gegen den ehemaligen Freund, Herzer, liefert den Beweis dafür.

Ich weiß von allen diesen Hergängen nichts, erwiderte Alfred.

Und ich mag davon nichts wissen, rief der Assessor lachend. Der Geheimrath hat vom Baume der Erkenntniß gekostet und ihm ist vergeben worden. Sein Ansehen, sein Vermögen, seine Verbindungen, seine aufrichtige Besserung und sein Eifer für die gute Sache haben ihn gerettet. Er steht mit an der Spitze eines sehr wirksamen patriotischen Vereins, umgiebt sich mit Leuten, die fleckenlos sind, wie z. B. der Professor Viereck, eine höchst lustige Person wie Viele meinen, aber ein ausgezeichneter Patriot, und scheut keine Mühen und keine Opfer, um zu beweisen, wie ernst es ihm mit der innern Menschwerdung ist.

Das erklärt allerdings seine tiefe Abneigung gegen einen Mann, der fortfährt auf schlechten Wegen zu gehen, fiel Alfred ein.

Was das betrifft, fuhr Stephani fort, so habe ich gestern einige Aufschlüsse darüber erhalten. Herzer blieb nicht allein ein Verstockter, er trieb seine Roheit sogar so weit, dem Geheimrath die bittersten Vorwürfe öffentlich zu machen, und dieser hat den wohlbegründeten Verdacht, daß leidenschaftliche, höhnende Angriffe in den Blättern der Demokraten, die dem Geheimrath sehr gefährlich und fatal sein mußten, von Herzer herrühren.

Das ist niederträchtig! rief Alfred.

Aber ganz wie es sein muß, sagte Stephani. Schonung kennen die erbitterten Parteien nicht. Lüge, Verläumdung, jede Gemeinheit ist ihnen Waffe. Die Familie hat viel darunter gelitten, um so mehr, da die gegenseitige Verbindung früher sogar eine zärtliche Wendung genommen zu haben scheint.

Welche zärtliche Wendung? wiederholte Alfred von Gravenstein.

Ich sage was ich gehört habe, lachte der Assessor. – Ich bin seit einem Jahre mit der Familie näher bekannt und weiß nichts davon, aber dem Gerüchte nach soll der junge Herzer früher ein begünstigtes Verhältniß zu Fräulein Elise angeknüpft haben.

Das ist nicht wahr! rief Alfred und eine plötzliche Röthe färbte sein Gesicht. Es ist undenkbar, setzte er ruhiger hinzu, denn Wilkau in seiner Stellung, bei seinem Vermögen und wie ich ihn kenne, wird nicht ein Verhältniß begünstigt haben, das einem unbedeutenden Menschen seine einzige Tochter zuwirft.

Sie haben gewiß Recht, sagte Stephani. Die liebenswürdige, feine und edle Elise und der rohe Sohn des Handwerkers sind kaum neben einander zu denken. Ich glaube, daß man auch dies der Familie zur Schmach erdacht hat; verbreitet aber wurde das Gerücht und wahr ist wenigstens, daß zur Zeit, als noch Freundschaft zwischen den beiden Vätern war, diese sich ganz natürlich auch zwischen den Kindern fortsetzte.

Man sollte sich hüten, verläumderischen Gerüchten Nahrung zu geben, die für eine junge Dame von Stande ehrenrührig sind, sagte Alfred stolz.

Gewiß, erwiderte Stephani, aber durch heftigen Widerspruch macht man ein Gerede oft noch schlimmer. Der junge Herzer ist, wie man mir sagt, ein junger Mann von mancherlei Gaben, voll Kühnheit, wilden begehrlichen Sinnes und männlicher Schönheit. Ein schöner, stolzer Mann erobert Mädchenherzen, selbst wenn diese Gräfinnen und Prinzessinnen gehören.

Sie halten also die Gerüchte für wahr? fragte Alfred gereizt.

Ich halte sie eben für Gerüchte, sagte Stephani im leichten Tone, bei denen es mir ganz gleichgültig ist, ob sie wahr oder falsch sind, denn so viel ist gewiß, daß das liebenswürdige Fräulein jetzt vollkommen von jeder Neigung geheilt ist. Sie spricht von der ganzen Familie mit der allertiefsten Verachtung.

Hier wurde das Gespräch der beiden jungen Männer von dem Exekutions-Direktor unterbrochen, der seinem Versprechen gemäß erschien und nach Darlegung des Schuldinstruments und des gerichtlichen Befehls sich bereit erklärte, sofort die Beschlagnahme zu veranstalten, sobald Alfred unbefriedigt seinen Schuldner verlasse. Es wurde Abrede dafür genommen und Stephani empfahl sich mit dem Diener des Gesetzes, nachdem er Alfred gebeten, am Abend mit ihm zu speisen und ihn mit seinem Gegenbesuch zu erfreuen.

Nach einigen Stunden ließ sich Alfred zu der Wohnung des Fabrikanten Herzer fahren. Er war in einer tief mißmuthigen, gereizten Stimmung. Was er von dem Assessor gehört hatte, war ihm im höchsten Grade verletzend und erfüllte ihn mit Unruhe und Zorn. Daß ein gemeiner, roher Mensch Elise von Wilkau's Ruf in solcher Weise anzutasten vermochte, wie es der Sohn dieses alten Betrügers gethan, erbitterte ihn um so mehr, je länger er darüber nachdachte. Nicht der leiseste Hauch eines Fleckens darf auf Elisen haften, murmelte er vor sich, aber was kann sie dafür, wenn solche Elenden ihren Weg durchkreuzen. Welcher Abgrund von Schlechtigkeit aller Art muß bei diesen Menschen aufgespeichert sein. Der Vater macht verläumderische Pasquille auf seinen Freund, der ihn vom Verderben retten will, der Sohn bringt die Tochter in's Gerede. Ich will mit dieser Rotte ein schnelles Ende machen. Stephani hat Recht, keine Maske darf mich täuschen, keine Heuchelei erweichen. Man muß einen kalten, unantastbaren Standpunkt einnehmen, und keinen Glauben haben, um keinen verlieren zu können.

Der Wagen hielt vor einem großen Hause, entfernt von dem fashionablen Theile der Stadt, aber in einer lebhaften Geschäftsgegend. Ein großer Hofraum war mit weitläuftigen Gebäuden besetzt, aus denen ein hoher Dampfschornstein aufragte. Einige Holzvorräthe lagen unter einer Bedachung, in einem lichten Saale mit hohen Fenstern sah Alfred eine Anzahl Arbeiter hämmern und klopfen. Es schien kein geringes Geschäft hier noch immer in voller Thätigkeit zu sein, und seinem geübten Blick entging es nicht, daß wenigstens kein äußeres Zeichen der Zerrüttung irgendwo zu erkennen sei. Auf einem großen Messingschilde in Mitte der Hauptthür des Erdgeschosses las er den Namen: ›Comptoir von Franz Herzer‹, und widerstrebend ergriff er den Drücker und trat hinein.

Ein Doppelpult war am Fenster aufgestellt, darüber lehnte ein Mann schreibend und beschäftigt, der nicht aufsah als er zuerst den Schritt des Fremden hörte, dann aber den Blick flüchtig auf ihn richtete und mit wohlklingender, starker Stimme sagte: Einen Augenblick, ich stehe sogleich zu Dienst.

Alfred blieb in der Mitte des Zimmers stehen und betrachtete den Herrn. Er war groß und ausnehmend kräftig gebaut. Seine Schultern breit und etwas hoch, sein Kopf von gewaltigen Dimensionen, der Nacken stierartig breit und sein Gesicht keineswegs einnehmend, sondern röthlich von Farbe, mit breiter, kurzer Nase und einem dichten, röthlichen Bart, der zu beiden Seiten breit herunter und unter dem Kinn zusammenlief.

Aber dieser Mann war jung, und ein höhnisches Lächeln zuckte um den stolzen Mund Alfred von Gravensteins, als er daran dachte, daß dies der junge Herzer sein könnte.

Er blieb nicht lange in Zweifel darüber. Der Herr am Pult legte die Feder fort und trat ihm entgegen. Sein Gesicht erhellte sich zu einem Lächeln und dies wie der belebte Ausdruck seiner Züge bewirkten eine vortheilhafte Veränderung. Ich wünsche eine Unterredung mit Herrn Herzer, sagte Alfred.

Das heißt, wie ich vermuthe, mit meinem Vater, erwiderte der junge Mann, indem er einen scharf musternden Blick über Alfred fliegen ließ.

Mit Ihrem Herrn Vater, ja, sagte dieser.

Wenn es eine Geschäftsangelegenheit sein sollte, die ich vielleicht zu verrichten vermöchte, gab der junge Herzer zur Antwort, so würde ich um Ihr Vertrauen bitten, da mein Vater augenblicklich nicht anwesend ist.

Meine Angelegenheit ist von der Art, erwiderte Gravenstein im bestimmt abweisenden Tone, daß ich nothwendig bei meiner Anforderung beharren muß.

Ohne ein Wort zu erwidern, faßte der junge Mann den Griff eines Klingelzuges, der eine ziemlich große Glocke in Bewegung setzen mußte, deren Ton aus der Ferne hörbar war. Gleich darauf sprang ein Arbeiter herein, der sich fragend umsah.

Sag' doch meinem Vater, er möchte sogleich herunterkommen, rief ihm der junge Herzer zu. Der Arbeiter verschwand und höflich wendete sich der junge Mann wieder zu Alfred. Darf ich bitten, Platz zu nehmen, sagte er auf einen Stuhl deutend. Mein Vater ist im Magazin beschäftigt; ich bitte zu entschuldigen, wenn er nicht sogleich erscheinen sollte. Wir haben zu verpacken, was aufs sorgfältigste geschehen muß und der Aufsicht bedarf.

Ich werde warten, erwiderte Alfred, aber diese Worte klangen karg und mürrisch. Der junge Herzer verbeugte sich. Die Blicke der beiden Männer trafen zusammen, es war eine unfreundliche Berührung, die damit endigte, daß Alfred sich niederließ, die Füße kreuzte und seinen Hut betrachtete, während der Andere wiederum an das Schreibpult trat und die Feder nahm, deren kritzelnder Ton dann allein gehört wurde.

Alfreds unmuthige Empfindung stieg mit jeder verfließenden Minute.

Muß Jeder, sagte er endlich aufstehend, der Ihren Herrn Vater zu sprechen wünscht, eine solche Geduldsprobe bestehen?

Der junge Herr hinter dem Pult sah ihn stolz fragend an. Er schien ganz geneigt, eine rasche Antwort zu ertheilen, aber nach einem Augenblick des Bedenkens erwiderte er kalt höflich: Ich habe schon um Entschuldigung für meinen Vater gebeten, will aber sogleich nochmals die Klingel ziehen.

Thun Sie das, mein Herr, thun Sie das! rief Gravenstein. Meine Zeit ist genau abgemessen.

In diesem Augenblick öffnete sich die Thür und hiermit zugleich sagte der junge Herzer: Da ist mein Vater, ich weise Sie an ihn selbst.

Alfred wandte sich langsam um. Die Antwort, welche er erhalten hatte, war im wegwerfenden Tone gegeben, und vor ihm stand nun ein Mann, dessen Anblick seine Vorsätze nicht änderte, der aber doch einen ungewöhnlichen Eindruck auf ihn machte.

Der Fabrikant hatte noch dasselbe kluge und ernsthafte Gesicht, an dessen gerade und strenge Züge er sich eben jetzt deutlich erinnerte, aber die großen dunklen Augen blickten unter völlig ergrauten Augenbrauen mit funkelnder Schärfe hervor, und silberglänzendes Haar fiel in dichten Büscheln auf seine von Arbeit und Sorgen gefurchte Stirn. Seine knochige und eckige Gestalt trug dieser alte Herr jedoch trotz aller Zeichen des Alters fast jugendlich aufrecht und bewahrte eine würdevolle Form, als er bei dem Ausruf seines Sohnes sich grüßend vor dem Fremden neigte.

Ich habe mich erwarten lassen, sagte er, vergeben Sie, es war mir unmöglich, sogleich abzukommen. Darf ich fragen, was Sie zu mir führt?

Bei dem letzten Worte streckte er plötzlich beide Hände wie in freudiger Ueberraschung aus, legte die eine auf Alfreds Arm, mit der anderen ergriff er die zuckende Rechte des jungen Edelmanns und sagte ohne Verlegenheit und Erschrecken: Jetzt erkenne ich Sie, Herr von Gravenstein. Ja, Sie sind es, obwohl Sie in den Jahren, wo ich Sie nicht sah, sich viel verändert haben. Aber es sind die Züge Ihrer verewigten Mutter, meiner edlen, unvergeßlichen Freundin. Sie haben ihre Augen, mögen Sie in Allem ihr gleichen.

Jetzt beginnt die Lügenkunst des alten Heuchlers! rief eine Stimme in Alfreds Herzen, und mit einem messenden, kalten Blick betrachtete er die Rührung, von welcher der Fabrikant ergriffen schien, und die Hand, welche seinen Arm noch immer festhielt und drückte.

Sie werden mich vielleicht nicht erwartet haben? fragte Alfred.

Gewiß, ich habe Sie längst erwartet, erwiderte Herzer. Ihre letzte Antwort wies mich darauf hin, und in Betracht der zwischen uns obwaltenden Verhältnisse mußte ich Ihren Besuch recht bald voraussetzen.

Diese Verhältnisse sind es allerdings, welche mich zu Ihnen führen, gab Alfred zurück, ich komme jedoch später als ich wollte.

Am letzten Tage des Ablaufs der Zeit, sagte der Fabrikant lächelnd, aber wären Sie auch später gekommen, ich meine, es würde zwischen uns nichts geändert haben.

Ich sprach noch gestern mit meinem Sohne davon. Es ist mein Sohn Felix, Herr von Gravenstein, ich glaube, Sie haben ihn früher wenig oder gar nicht gesehen. Er war damals noch auf der Schule in Pforta, dann in auswärtigen Geschäften und erst seit einigen Jahren habe ich ihn ab und zu wieder hier.

Der junge Herzer hatte die Feder fortgelegt und sich umgewandt zu den Sprechenden. Ich erinnere mich in der That nicht, sagte Alfred, sich frostig verbeugend.

Ich sagte zu Felix, fuhr der Vater fort, Herr von Gravenstein kommt nicht, aber bei uns hat das auch nichts zu sagen. Ob wir früher oder später die Sache in Ordnung bringen, ist ziemlich einerlei.

Wir können es heut noch, oder wenn Sie wollen sogleich abmachen, antwortete Alfred. Ich habe das gerichtliche Dokument bei mir.

Ganz wie Sie wollen, erwiderte der Fabrikant. Ich bin im Augenblick zwar sehr beschäftigt. Die unglückliche Zeit hat auch mich hart getroffen; jetzt wird es besser, doch aufrichtig gesagt, habe ich wenig Glauben an einen dauernden Aufschwung.

Ich kann es mir denken, fiel Alfred ein.

Die Unsicherheit des Eigenthums wird so leicht nicht gehoben werden und damit ist die Unsicherheit des Erwerbs verbunden, fuhr Herzer fort. Vor Allem leidet was Kunst und Luxus angeht. Die Gesellschaft steht auf zerfressenen Füßen, Ausflickereien helfen wenig. Ich weiß, Herr von Gravenstein, unsere Meinungen darüber laufen ohne Zweifel weit von einander, aber ich zittre vor der Zukunft mehr wie die hohe Aristokratie, und eben darum mache ich jetzt einen Versuch, der so gewinnbringend aussieht wie er Sicherheit verspricht.

Sie wollen sich nach Amerika übersiedeln, sagte Alfred.

Sie haben davon gehört? fragte Herzer erstaunt.

Man hat es mir erzählt, sagte der junge Edelmann.

Ich denke zu wissen, woher das kommt, fuhr Herzer fort, aber man hat Sie falsch unterrichtet. Mein Sohn soll nach New-York gehen. Ich habe ein Magazin dort errichtet, werde aber selbst hier bleiben und weiter arbeiten lassen, es sei denn, daß die Verhältnisse mich zum Auswandern nöthigten.

Sie meinen, wenn es nicht mehr zu ertragen ist? erwiderte Alfred.

Ja, Herr von Gravenstein, gab der Fabrikant zur Antwort. Ich meine, daß eine Zeit kommen mag, wo ein Mann meiner Art, obwohl alt und mit weißem Haar, nicht anders kann als ein Grab auf fremder Erde suchen.

Das ist Exaltation! sagte Alfred kalt lächelnd.

Es mag Ihnen wohl so scheinen, sprach Herzer, ich begreife das; denn was ein Theil der Menschen zuweilen gut, gerecht und wohlthätig nennt, verwandelt sich im Sinne der Anderen zu unerträglichem Unrecht. Doch jeder mag seiner Ueberzeugung folgen und nur dafür sorgen nicht zu hassen und zu verdammen, sondern gerecht zu bleiben.

Wir sind damit von dem eigentlichen Gegenstande meines Besuches abgekommen, fiel Alfred unruhig ein. Sie wollen unsere Angelegenheit noch heut in Ordnung bringen?

Ich will sogleich zu meinem Notar schicken, sagte der Fabrikant:

Ein Notar? Was soll der Notar?

Wenn Sie ihn nicht haben wollen, rief Herzer erfreut, und meiner Redlichkeit vertrauen, so ist er freilich nicht nöthig.

Herr Herzer! sagte Alfred, und er hielt inne, denn ein innerer Kampf preßte ihm die Lippen zusammen. Er sah den alten Mann starr an und schüttelte den Kopf.

Herr von Gravenstein, sprach Felix, ruhig näher tretend, glaubt, wenn ich nicht irre, daß Du, lieber Vater, ihm heut das Kapital zurückzahlen willst.

O! nein, wie? erwiderte der Fabrikant rasch. Was denkst Du? – Wie könnte ich – Herr von Gravenstein!

So ist es allerdings, ich brauche das Geld, sagte Alfred so bestimmt und kalt wie er es vermochte.

Eine minutenlange Pause trat ein. Herzer fuhr mit der Hand über sein Gesicht, dann richtete er sich auf und sagte mit gedämpfter Stimme:

hätten Sie mir vor vier Monaten, wo ich zuletzt an Sie schrieb, erklärt: ich will und muß mein Geld haben, so würde ich darauf gefaßt gewesen sein. Ihre Antwort war jedoch eine Bewilligung. Ich kann nicht denken, daß Sie dies Wort brechen werden; in dieser letzten Stunde ist es mir unmöglich, Zahlung zu leisten.

Dann haben Sie die Folgen zu bedenken, sprach Alfred. Ich denke, Sie wissen genau was Ihre Schuldverschreibung enthält.

Ich weiß es, ja! rief der Fabrikant laut, aber Sie – Sie! – Ein Zittern bewegte seine Lippen, er griff mit der Hand nach seiner Stirn und hielt sich an den Arm seines Sohnes fest, denn seine Füße schienen zu schwanken.

Alfred von Gravenstein betrachtete diese Gruppe mit finstern mißtrauischen Blicken, indem er die Arme kreuzte und fest auf der Stelle stehen blieb, die er eingenommen hatte. Er machte keine Bewegung dem jungen Herzer zu helfen und dieser rief ihn nicht darum an. Seine Augen leuchteten zornig und verächtlich, aber mit eben so viel Kraft wie Vorsicht unterstützte er den greisen Vater und sagte mit warnender Stimme: Laß Dich nicht von Deiner jähen Bestürzung übermannen. Du solltest die Menschen genugsam kennen, um zu wissen wie sie sind, am wenigsten aber denen vertrauen, die am leichtesten geneigt sind hart und selbstsüchtig zu handeln.

Ich lasse mir keine Scenen vorspielen, rief Alfred, darum sparen Sie jeden Versuch dazu.

Es steht ihnen wohl an eine Comödie daraus zu machen, erwiderte der junge Herzer, um sich daran zu belustigen.

Mein Herr, sagte Alfred, indem er sich stolz aufrichtete, ich bin darüber hinaus mich beleidigen zu lassen; was Sie denken und meinen ist mir gleichgültig, aber ich bin hier, kraft meines guten Rechts, um nach meinem Eigenthum zu sehen, mein Geld von Ihnen zu fordern.

Das Sie heut nicht von uns erhalten können, wie mein Vater es Ihnen erklärt hat.

Sagen Sie, um aufrichtig zu sprechen, das Sie nie von uns erhalten werden, rief Gravenstein voller Hohn.

Wer wagt das von uns zu behaupten? versetzte Felix heftig. Hüten Sie sich, Herr von Gravenstein, unsere Ehre anzutasten.

Wenn es darauf ankommt, war die Antwort, so wahrt man diese am besten, wenn man pünktlich seine Verpflichtungen erfüllt.

O! wie leicht ist das von denen gesagt, die nie wissen was es heißt, mit dem Leben zu kämpfen und des Lebens Noth zu tragen, erwiderte der junge Herzer, – die sich rühmen, ein Monopol auf Ehre mit zur Welt zu bringen und, wenn es genau besehen wird, mit Wortbruch in den heiligsten und höchsten Dingen immer bei der Hand sind.

Das ist unverschämt! rief der junge Edelmann leidenschaftlich, indem er sich der Thür zuwandte. Ich habe nichts mehr hier zu thun.

Halt! sagte der Fabrikant, von der Schulter seines Sohnes sich aufrichtend. Hören Sie noch einige Worte.

Ohne darauf zu achten setzte Alfred seinen Weg fort, plötzlich aber stand er still, denn vor ihm öffnete sich die Thür und eine junge Dame trat ihm entgegen, die erstaunt über die heftigen und streitenden Stimmen an der Schwelle stehen blieb.

Es ist hier nicht der rechte Ort, sagte Herr Herzer, Alfreds Arm anfassend, um über diese Angelegenheit zu einem Beschluß zu gelangen, dennoch aber ist es nöthig, daß Sie nicht ohne einen solchen mich verlassen. Man hat, wie es mir scheint, Ihnen geflissentlich Unwahrheiten gesagt, und Sie gegen mich zu erbittern gesucht; deshalb muß ich darauf beharren, daß Sie wenigstens von mir selbst hören, was wahr, was falsch ist.

Ich fürchte, Herr Herzer, erwiderte Alfred von Gravenstein mit ungewisser Stimme, daß ich von meinem Entschlusse nicht zurückgebracht werden kann.

Oeffne die Thür, Clara, sagte der Fabrikant, und gieb mir Deinen Arm. Es ist meine Tochter, Herr von Gravenstein. Ich bin von meinem gewöhnlichen Uebel befallen worden, mein Kind. Bei heftiger Gemüthsbewegung ergreift mich zuweilen ein Schwindel; Andrang des Bluts, weiter nichts. Sorge nicht, Clärchen, es ist völlig vorüber und soll nicht wiederkehren. – Erinnerst Du Dich wohl noch des Herrn von Gravenstein? Du warst damals zwar erst vierzehn oder dreizehn Jahr alt und Herr von Gravenstein war nicht oft in unserem Hause. Wie lange ist es nun seit Sie Ihre Reise antraten?

Es sind vier Jahre, erwiderte Alfred.

Dennoch erinnere ich mich Ihrer recht gut, antwortete das junge Mädchen, die ihre Augen klar und fest auf den Fremden richtete. Ich weiß, daß Sie uns einst besuchten und freundliche Worte zu mir sprachen, als ich nach Ihrem Wunsche einige Clavierübungen spielte.

Ja wohl! ja wohl! wiederholte der Fabrikant, und ich sagte Ihnen damals, Clara ist ein Talent, sie wird einmal etwas Besseres leisten. Das ist richtig eingetroffen, sie hat wirklich so viel gelernt, daß sie zum Besten unglücklicher Menschen schon einige Male öffentlich sich hören ließ.

Ich habe davon vernommen, murmelte Alfred halblaut vor sich hin, indem er sich vor dem Fräulein verbeugte.

Wissen Sie auch, Herr von Gravenstein, fuhr Clara lächelnd und ermuthigt fort, daß ich noch ein Andenken an Sie bewahre.

In Wahrheit nein, versetzte Alfred.

Sie brachten einst einen bösen Hund mit als Sie zu uns kamen, der mein zahmes Täubchen biß und tödtete. Am nächsten Tage sandten Sie mir ein Pärchen, und dies ist noch am Leben und in meinem Besitz.

Alfred verbeugte sich abermals stumm, indem er die Tochter des Fabrikanten mit einer gewissen Scheu betrachtete und seine Blicke wieder abwandte, als fürchte er sich, in die dunkln großen Augen eines so reizenden Geschöpfes zu sehen. Es war nichts an ihr was dem Bilde entsprach, welches er sich entworfen hatte. Er hatte sich eine Art Amazone vorgestellt, groß, stark, mit kecken Blicken und herausforderndem Wesen; ein emanzipirtes Weib, wie der Geheimrath sie geschildert, eine Cigarre im Munde und ein Glas in der Hand; hier aber fand er, plötzlich enttäuscht, ein liebliches Mädchen, ein Gesicht mit feinen klaren Zügen, ein Augenpaar, dessen Blick ihn wunderbar bewegte, und diese ganze interessante Erscheinung von einem Hauche der Schwermuth und der Stille umflossen, der sie noch anziehender und edler machte.

Dennoch aber unterdrückte er seine ersten Empfindungen auf der Stelle. Er erinnerte sich, was er dem Geheimrath versprochen und mit seinem Worte bekräftigt hatte; zu gleicher Zeit aber rief die warnende Stimme wieder in sein Ohr: Auch damit wollen sie Dich betrügen. Hat dies Mädchen nicht an den öffentlichen Aufzügen Theil genommen; hat sie ihr gerühmtes Talent nicht dazu benutzt, um verbrecherischen Zwecken zu dienen?

Dieser alte schlaue Betrüger sinnt darauf, irgend ein Mittel zu finden, um mich zu erweichen, aber es soll ihm nichts helfen, ich will nicht! Was sie auch sagen mögen, ich will nicht!

Mit diesem Vorsatze folgte er in das große Wohnzimmer des Fabrikanten, das an das Comptoir stieß und nahm den angebotenen

Platz auf dem Sopha ein, während Herzer sich zu ihm setzte und seine Tochter, seinem Winke nachkommend, sich entfernte.

Herr von Gravenstein, sagte der Fabrikant, ich wiederhole Ihnen zuvörderst, daß es mir ganz unmöglich ist, das Kapital von 5000 Thalern auf der Stelle zurückzuzahlen.

Mit diesem Worte, erwiderte Alfred, beendet sich unsere Unterhandlung; denn eben so bestimmt muß ich auf Rückzahlung bestehen.

Auch wenn ich Ihnen betheure, daß Sie in einem Jahre auf jeden Fall befriedigt sein sollen?

Auch dann, sagte Gravenstein. Ich muß heut noch im Besitz der Schuldsumme sein.

Sie sind reich, sprach Herzer, sollten Sie wirklich so dringend des Geldes benöthigt sein? Ich kann es nicht denken, denn Sie würden nicht bis zur letzten Stunde mich in dem Wahn gelassen haben, daß ich keine weitere Belassung des Kapitals zu gewärtigen hätte. Ich habe auf's pünktlichste meine Zinsverpflichtung erfüllt, warum wollen Sie hart gegen mich sein? O! lebte Ihre Mutter noch, ich hätte das nicht erfahren.

Meine Mutter würde handeln wie ich, versetzte Alfred.

Das würde sie wahrlich nicht thun, rief Herzer mit Wärme. Wenn ich ihr sagen könnte: Es ist mir unmöglich, jetzt zu zahlen, bedenken Sie die Zeiten, welche wir erlebten, bedenken Sie Ihr ganzes Verfahren gegen mich, und bedenken Sie unsere alte Freundschaft, so würde sie mir Geduld schenken.

Herr von Gravenstein, fuhr er fort, als Alfred finster vor sich hin blickte, ich will ganz aufrichtig gegen Sie sein, so aufrichtig, wie ich zu Ihrer Mutter sein würde. Wo Sie jetzt sitzen, hat sie oft gesessen und meinen Worten Glauben geschenkt. Meine Lage ist keineswegs die beste. Ich habe große Verluste gehabt, meine Mittel haben dagegen zu meist dadurch gelitten, daß ich fortfuhr meine Arbeiter zu beschäftigen, als alle Arbeit aufzuhören schien.

Man sollte nicht meinen, fiel Alfred ein, daß ein Fabrikant dies thun wird, wenn er nicht besondere Nebenzwecke verfolgt.

O! ich weiß, wer Ihnen dies Wort eingegeben hat, sagte Herzer. Ich erkenne daran den, der die Karten mischte. Wilkau, der einst mein Freund war, nun aber mich verderben möchte, um seine Erbärmlichkeit damit zu krönen, hat Sie in die Schule genommen.

Ich kann nicht zugeben, Herr Herzer, daß Sie den Geheimrath und mich schmähen, sagte Alfred.

Gut! rief der Fabrikant, sich die Stirn trocknend, gut! ich will darüber kein Wort verlieren; aber wenn ich arbeiten ließ, als viele Andere, weit reichere als ich, ihre Arbeiter dem Hunger Preis gaben, so war dies eine Handlung, die ich mir immer zur Ehre rechnen darf. Ich habe dreißig Familien nicht untergehen lassen, fuhr er angeregter fort, mag man eine Meinung haben, welche man will, soweit sollte jedoch die Humanität einer edleren Natur sich nicht vom Parteihasse überwältigen und als Werkzeug gebrauchen lassen, um in niedrige Beschuldigungen einzustimmen.

Genug, Herr Herzer, rief Alfred aufstehend, Sie wollen schuldlos sein, ich habe nichts dagegen. Sparen Sie sich alle Auseinandersetzungen. Ich kenne Ihre Lage vollkommen. Wollen Sie es läugnen, daß Sie so eben den ganzen Bestand Ihres Lagers in's Ausland schicken, während Sie hier Ihre Verpflichtungen nicht zu erfüllen vermögen?

Er blickte dem Fabrikanten stolz in's Auge, der sich zu sammeln suchte und den Kopf verneinend schüttelte, plötzlich aber das Gesicht dem Fenster zuwendete, vor welchem draußen auf der Straße ein riesenhaft großer Mann stand, der in seinen Mantel gehüllt, starr hineinschaute.

Was ist das? rief Herzer. Der Exekutions-Direktor! Ich kenne ihn, was will er? Was haben Sie gegen mich im Sinne, Herr von Gravenstein?

Ich werde nicht dulden, daß Sie die Gegenstände, welche mir allein Sicherheit gewähren könnten, fortführen lassen, sagte Alfred. Ihr Schuldschein verpfändet Ihre ganze bewegliche Habe. Ich bin in vollem Rechte, wenn ich diese mit Beschlag belege.

So ist es wirklich Ihr Wille, mich zu ruiniren? sagte der Fabrikant vorwurfsvoll und fragend.

Ich will es nicht, aber ich kann es nicht ändern, erwiderte Alfred. Ich verlange mein Eigenthum.

Mein Gott! mein Gott! rief Herr Herzer in ausbrechender Heftigkeit. Der hartherzigste Wucherer würde menschlicher verfahren.

In diesem Augenblick öffnete sich die Thür im Hintergrunde, durch welche Clara herein trat, welche auf einem glänzenden Blech eine Flasche und mehrere Gläser trug.

Als sie ihres Vaters Ausruf hörte und ihn stehen sah, die Hände gefaltet, den Kopf niedergebeugt, sein Gesicht dunkelroth und sein weißes Haar darüber hinfliegend, die ganze Gestalt ein Bild der grausamsten Pein und Aufregung, stellte sie das Brett hastig auf einen Stuhl und schlang ihre Arme um den alten Mann, indem sie mit unbeschreiblichem Vorwurf Alfred betrachtete. – Aber fast mit ihr zugleich war aus dem anstoßenden Comptoir auch ihr Bruder in das große Zimmer getreten, und ehe sie eine Frage thun konnte, nahm Felix das Wort.

Es haben sich an unserer Thür drei oder vier Männer aufgestellt, die Ihres Winkes gewärtig sind, Herr von Gravenstein, sagte er vollkommen ruhig. Sie haben alle Vorbereitungen getroffen, eine Familie zu vernichten, die bis dahin in Ehren lebte, und mehr als je eben jetzt hoffen durfte, aus unverschuldetem Mißgeschick zu kommen. – Ehe Sie Ihr Werk vollenden, gestatten Sie mir auf einen Augenblick Gehör; vielleicht gelingt es mir, Sie zu einer kurzen Geduld zu bewegen. – Es lag etwas Unwiderstehliches in der Art dieser Aufforderung. Alfreds bedenkender Blick flog von dem ruhigen Gesicht des jungen Mannes auf Clara, die ihn bittend anschaute. – Er folgte Felix in das Comptoir, aus welchem einige Minuten lang die dumpfen Stimmen der Sprechenden herüberschallten. – Der Fabrikant saß erschöpft, die Arme gekreuzt, den Kopf tief niedergebeugt, wie Einer, der alle Hoffnungen aufgegeben hat; seine Tochter wagte kein Wort; sie legte die Hände um seine Schultern, als wollte sie ihn vor sich selbst schützen. Plötzlich aber hörten sie, daß die Thür draußen geöffnet und geschlossen wurde. – Gleich darauf trat Felix wieder herein, der auf seinen Vater zuging, ihm die Hand reichte und lächelnd sagte:

Er ist fort, beruhige Dich.

Fort, sagte Herzer, mein Gott! und was – was hast Du versprochen?

In zehn Tagen zu zahlen, erwiderte der Sohn. Meine Ehre bürgt dafür.

Und woher – woher willst Du es nehmen?

Wir werden Mittel schaffen, war die Antwort. Zeit gewonnen, Alles gewonnen. – Kam es jetzt zur Beschlagnahme, so war unsere beste Hoffnung zerstört. – Der Transport der Instrumente wird nun ungestört geschehen können, und mit Aufbietung aller Kräfte oder Verpfändung aller unserer Habe wird sich ja wohl ein Wucherer finden, der uns das Geld giebt.

Der alte Mann bedeckte seufzend sein Gesicht, aber Felix umarmte ihn und sagte mit gewaltsamer Lustigkeit: Muth, lieber Vater! weine nicht,

Clärchen. Du armes Kind siehst wirklich aus, als hätte der böse Hund dieses noblen Barons diesmal Dich selbst gebissen.

Am nächsten Morgen in aller Frühe ließ sich der Kommissarius bei dem Geheimrath melden.

Nun, mein lieber Nachbar, sagte dieser freundlich, indem er den Beamten an der Hand zum Sopha führte und sich neben ihn setzte, was bringen Sie mir für Nachrichten?

Der Kommissar nahm ein Papier und erwiderte lächelnd: Zuvörderst ist Herr von Gravenstein, als er vorgestern spät von Ihnen nach Hause kam, in vieler Unruhe gewesen, denn mehrere Stunden noch hat man in seinem Zimmer Licht bemerkt und seinen Schatten beobachtet.

Sehr gut, sehr gut! sprach der Geheimrath, ebenfalls lächelnd und seinem Vertrauten zunickend.

Ohne Zweifel Unruhe im Herzen, flüsterte dieser mit einem listigen Blicke.

Gewiß, gewiß! sagte der Geheimrath, die Hände reibend. Wird sich aber schon geben. Was geschah also gestern?

Gleich früh erhielt Herr von Gravenstein Besuch von einem Herrn, der, wie sich später ergab, der Obergerichts-Assessor Stephani war.

Der Geheimrath nickte beifällig und der Kommissär fuhr fort: Später erschien auch der Exekutions-Direktor, ein uns wohlbekannter Mann. Der Assessor begleitete ihn, als er sich entfernte, und bald darauf verließ Herr von Gravenstein das Hotel, ging einige Straßen auf und ab, setzte sich dann in einen Wagen, und fuhr zu dem Magazin des Herrn Herzer.

Und was geschah dort? fragte der Geheimrath erwartungsvoll.

Er blieb sehr lange allda, sagte der Beamte, in den Bericht sehend, endlich fand sich der Exekutions-Direktor mit drei Gehülfen ein, welche am Hause warteten, bis Herr von Gravenstein heraustrat.

Die Beschlagnahme erfolgte also wirklich, rief der Geheimrath seufzend. Er ist doch sehr zu beklagen, der unglückliche Mann!

Herr von Gravenstein ging mit dem Direktor die Straße hinauf, sprach mit ihm eine Zeit lang, und entfernte sich dann.

Was sagen Sie? rief Wilkau hastig. Es geschah nichts? Sie gingen fort?

Sie gingen fort. Herr von Gravenstein speiste im Hotel, und ging dann wieder aus, wahrscheinlich um eine Wohnung zu suchen, die er auch in der Kurfürstenstraße gefunden hat. Er wurde dabei begleitet von dem Assessor Stephani, welcher vor dem Hotel ihn anrief, und zwischen den beiden Herren ging es sehr lebhaft her. Herr von Gravenstein erzählte etwas, was den Herrn Assessor sehr zu wundern schien. Unmöglich! rief dieser laut, Sie sind auf jeden Fall betrogen. Lassen Sie mich die Dinger doch näher betrachten. Herr von Gravenstein weigerte sich jedoch, ich hörte, daß er antwortete: Mag es sein, wie es will, ich habe die Bedingungen angenommen und werde sie halten.

Was halten? Was hat er angenommen? fragte der Geheimrath in lebhafter Unruhe.

Davon steht nichts weiter in dem Bericht, sagte der Kommissär achselzuckend. Die beiden Herren spazierten Arm in Arm weiter, besuchten dann das Theater und verfügten sich noch vor dem Schluß desselben in die Wohnung des Herrn Assessors, wo Herr von Gravenstein wahrscheinlich speiste, bald nach zehn Uhr aber sich entfernte.

Und in sein Hotel zurückkehrte, sprach der Geheimrath ungeduldig dazwischen. Ein ziemlich ungefährlicher erster Tag also.

Hier steht die Bemerkung, sagte der Kommissär, daß der junge Herr einen etwas weiten Umweg machte, um sein Hotel zu erreichen. – Er ging nämlich mitten durch die Stadt bei dem Hause des Herrn Herzer vorüber, wo er längere Zeit still stand, vielleicht um dem Klavierspiel zuzuhören, was drinnen noch getrieben wurde.

Das ist eine seltsame Laune, rief der Geheimrath lachend. Wer spielte denn? Es wurde auch gesungen, nicht wahr?

Davon steht nichts hier, erwiderte der Beamte; aber man bemerkte einen Mann, der im Schatten der Häuser dem Herrn von Gravenstein langsam folgte und ihn genau zu beobachten schien.

Ein Mann, der ihn verfolgte? flüsterte der Geheimrath, seine Hand auf den Arm des Kommissärs legend. – War es einer der beiden Taugenichtse? Einer der Mörder? Hat man ihn ergriffen?

Nein, sagte der Kommissär lächelnd, es war nicht nöthig. Er ging bis in die Mitte des Hotels mit, dann wurde er seinerseits beobachtet und verfolgt, und es ergab sich –

Was? Was?! fragte der Geheimrath.

Daß es der Herr Assessor Stephani war.

Stephani? – Sonderbar.

Sehr sonderbar, sagte der Beamte.

Bah! lachte Wilkau. Sie wissen, junge Herren treiben Scherz, beobachten sich, oder es mag Fürsorge gewesen sein; genug, mein lieber Nachbar, ich sage Ihnen den besten Dank und bitte Sie, die genaue Ueberwachung fortzusetzen. – Den Eifer der Wächter und ihre großen Mühen kann ich freilich nicht belohnen, aber die *buona mano*, wie die Italiener sagen, kann ich mir nicht versagen.

Er reichte dem Beamten lächelnd die Hand, und drückte ein Zettelchen hinein, das wie eine Banknote aussah, welche der würdige Mann jedoch vorläufig gar nicht zu bemerken schien. – Er empfahl sich mit einer devoten Verbeugung, und als er fort war, setzte sich der Geheimrath nachdenkend in seinen Arbeitsstuhl, rieb sich die Nase und murmelte allerlei Worte dumpf vor sich hin, bis er plötzlich nachdrücklich sagte: Jedenfalls ist Alfred auf schlechten Wegen. Was soll das Alles heißen? Die Beschlagnahme erfolgt nicht. Abends spät läuft er an dem Hause vorbei, hört das Geklimper und bleibt lange Zeit dort stehen. – Ich kann es nicht denken, daß er von diesen Menschen sich angezogen fühlt. Aber was haben sie ihm angethan, wie haben sie ihn gekirrt? Ich bin auf's Aeußerste begierig. Der Assessor, ja, der Assessor, der muß uns helfen, das ist der Mann dazu.

Während der Geheimrath in seinem Zimmer nun weiter grübelte und über Alfreds Sentimentalität und Thorheit sich ärgerte, war auf der anderen Seite der glänzenden Wohnung die Geheimräthin auch nicht ohne Besuch. Sie saß vor ihrem Arbeitstische wie auf einem Throne, eine Feder als Zepter in der Hand, und vor ihr standen zwei arme Sünder um Gnade flehend, von denen der Eine wenigstens sehr verlegen und niedergeschlagen aussah.

Es war das Ehepaar aus dem Keller des fünfstöckigen Hauses, Anton Mertens und seine rüstige Gattin. – Er hielt den Hut zwischen seinen Händen und drehte daran umher, während sein Kopf gar nicht in die Höhe wollte und sein sonst blasses Gesicht einen röthlichen Schimmer der Freude oder Schaam trug. – Guste stand neben ihm und schien nicht wenig über das linkische Benehmen ihres Mannes erzürnt zu sein. Ihre Augen flogen wie Richtschwerter über ihn hin; es war deutlich zu sehen, was ihr auf den Lippen saß, aber sie wagte doch nicht einen Vorwurf oder eine Klage auszusprechen.

Ihr habt also endlich Einsehen gehabt und wollt vernünftig werden, sagte die Geheimräthin mit einem gütigen Kopfnicken. Nun, der liebe Gott weist auch die nicht zurück, welche zuletzt kommen, also werden wir es nicht anders machen wollen; aber das muß ich dennoch sagen, von Anton hat mich die Halsstarrigkeit tief betrübt. Ein Mensch, der uns so viel zu danken hat, hätte niemals mit solchem Trotze gegen uns sich auflehnen müssen.

Der Schuhmacher zuckte die Achseln und stieß einige brummende Töne hervor, die unter seinem Hute sich verloren.

Ach! liebe, gnädige Frau, bat Guste, ängstlich die Hände faltend, es steht ja in der heiligen Schrift: Richtet nicht, so werdet ihr nicht gerichtet!

Ja wohl, Auguste, das steht da, sagte die Geheimräthin, und eben deswegen, eben weil wir alle Christen sind und jeder Christ seinen Mitmenschen liebend aufheben soll, wenn er fällt, darum will ich auch Alles vergessen, wenn Anton jetzt ernstlich und eifrig vom Bösen sich zu dem Guten wendet und Beweise giebt, daß er bereut.

So rede doch, sagte Guste, indem sie ihren unbeholfenen Mann mit dem Ellenbogen ziemlich lebhaft anstieß. Er ist ganz niedergeschlagen über Ihren Zorn, liebe gnädige Frau, fuhr sie dann eifrig fort; mehr als einmal hat er schon bitterlich darüber geweint, daß Sie ihn für undankbar halten können, während er für seinen Wohlthäter durch's Feuer gehen möchte. Ist es nicht wahr, Anton.

Bei diesen Worten hob Mertens das Gesicht auf. Er legte die Hand auf seine Brust und sagte treuherzig: Das war gescheut, daß Guste das sagt. Durch's Feuer möcht' ich gehen für meine Wohlthäter und Sie haben viel Gutes an uns gethan.

Ich will Ihnen gern die Feuerprobe erlassen, Anton, erwiderte die Dame gütiger gestimmt, aber das bitte ich mir aus, daß Sie sich in den Verein aufnehmen lassen.

Er soll gleich hingehen und sich melden, rief Guste eifrig.

Und dann versäumen Sie keine Versammlung, fuhr die Geheimräthin fort. Sie haben es nöthig, im Guten gestärkt zu werden; nicht einen Vortrag dürfen Sie auslassen.

Sorgen Sie nicht, gnädige Frau, ich werde schon darauf halten, fiel Guste mit einem gewissen entschlossenen und drohenden Tone ein.

Ich setze voraus, Anton, sagte die gnädige Beschützerin den bekehrten Sünder betrachtend, daß Sie freiwillig und aus wahrer innerer Ueberzeugung diesen Schritt thun, also mit frohem Herzen und jubelnder Lippe in unsere Reihen treten.

Den ganzen Morgen hat er gesungen, wie eine Frühlingslerche, rief Guste. Lache doch, Anton, zeige doch, wie Dir zu Muthe ist. Er freut sich inwendig, sagte sie mit wachsendem Eifer, er kann es nur nicht so von sich geben, wie er gern möchte, das ist immer meine Plage mit ihm. Sonst aber ist er von Herzen gut, ich kann nicht klagen. – Zur Bekräftigung ihres Lobes fuhr sie mit der Hand über Antons Stirn und zog ihm bei dieser Gelegenheit den Kopf in die Höhe. Sehen Sie wohl, wie er sich freut, gnädige Frau, sehen Sie wohl, wie er lacht, fuhr sie fort. Er hat mir ja das feste Versprechen gegeben, Alles zu thun, was ich haben will. Ist es nicht wahr, Anton?

Der Schuhmacher machte ungefähr ein Gesicht wie Einer, der heimlich Ungarwein trinken wollte, doch unglücklicher Weise an die Essigflasche gekommen ist, sich aber den Irrthum auf keinen Fall merken lassen darf. Er zeigte seine weißen Zähne und verzerrte sein Gesicht in wunderlicher Weise, indem er mit dem Kopf schüttelte oder nickte, was nicht zu unterscheiden war.

Aber nicht allein ein treues und eifriges Mitglied sollen Sie sein, fuhr die Geheimräthin fort; der ganze alte Adam muß ausgezogen werden. Von dem bisherigen schlechten Umgange darf keine Spur übrig bleiben.

So ist es, sagte Guste, indem sie ihren langen Arm mit vieler Beweglichkeit ausstreckte. Der schlechte Umgang, die bösen Beispiele, das Zureden und die Verführung, die haben auf Anton gewirkt. Aber über meine Schwelle soll keiner mehr kommen; ich will mir schon Luft machen, wenn es so sein soll. Sage es noch einmal der gnädigen Frau zu, daß Du mit keinem von der ganzen Rotte mehr zu schaffen haben willst.

Nein, nein! murmelte der Schuhmacher, ich will mit gar nichts mehr zu schaffen haben. Alleweil aber laß es gut sein, ich denke Du kennst mich ja und die gnädige Frau auch.

Ah, lieber Professor! rief die Geheimräthin umblickend, weil sie die Thür knarren hörte. Kommen Sie näher, Sie kommen zur rechten Zeit. Professor Viereck hatte sein rothes Gesicht durch den Thürspalt gesteckt, und schob jetzt seinen runden Körper hinterher. Wenn ich nicht störe, sagte er mit seiner gewöhnlichen Würde, aber ich muß durchaus nicht stören, sonst ziehe ich mich sogleich zurück. Einer meiner Freunde, Graf Buchwald, erwartet mich eigentlich zu einem Spaziergange.

Ich habe eine Bitte an Sie, sagte die Dame, ihm die Hand reichend. Hier ist ein Mann, den ich Ihnen empfehle, der Schuhmacher Mertens. Er ist zeither auf üblen Wegen gewandelt, hat jedoch sein Unrecht eingesehen und wünscht in unsern Verein aufgenommen zu werden. Ich kenne ihn genau und glaube, daß ich sein Gesuch befürworten darf. Nehmen Sie sich seiner an, lieber Professor, und bewirken Sie, als Vorstand, das Nöthige, damit er bei der nächsten Versammlung schon Ihren lehrreichen und stärkenden Vortrag nicht versäumt.

Der Professor hatte, während die Geheimräthin sprach, unverwandt den verlegenen Anton angeblickt, der sich mit größter Anstrengung zwang, einige scheue Blicke auf die großen funkelnden Brillengläser und die stolze Gestalt seines neuen Beschützers zu werfen. Einige Male nickte der Professor gravitätisch und mit hohem Ernst, dann wurden seine Züge gütiger; er faßte sich in die Halsbinde, rückte diese zurecht und sagte zuletzt mit liebreicher Stimme: Es macht mir in Wahrheit viel Vergnügen, daß ich, ehe ich meinen Freund, den Grafen Buchholz, besuchte, bei Ihnen eingetreten bin, um die Bekanntschaft dieses wackeren Mannes zu machen. Ich biete Ihnen meine Rechte dar, rief er vortretend mit großer Wärme, indem er seine Hand ausstreckte, es ist die Rechte eines Deutschen. Händedruck bedeutet deutsche Treue; Biederkeit ist das Erbtheil unseres Volks. Stehen Sie fest, theurer Freund! Wie heißen Sie?

Anton Mertens, stammelte der Schuhmacher verwirrt, denn seine Hand wurde tüchtig gequetscht.

Stehen Sie fest, Anton Mertens! rief der Professor, die Zeit ist darnach, daß wer Beine hat, fest stehen muß; aber lehnen Sie sich an Ihre Brüder, lehnen Sie sich an mich an, wenn Sie wanken. Ich stehe wie eine Säule unerschütterlich und werde Sie halten.

Sie sind immer gütig, sagte die Geheimräthin, und Anton kann gewiß nichts Besseres thun, als sich Ihnen ganz anvertrauen.

Kommen Sie zu mir, sprach der Professor, Sie müssen eingeschrieben werden und Ihre Karte erhalten. Was ich thun kann, soll geschehen. Für einen Menschen, für einen Bruder, für einen Freund sind meine Arme immer offen.

Edler Mann! sagte die Geheimräthin gerührt. Sehen Sie jetzt ein, Anton, was es heißt patriotische Grundsätze haben und zu Männern zu gehören, die ihre Mitmenschen mehr lieben wie sich selbst?

Eine Antwort wurde dem armen Anton erspart, denn bei den letzten Worten der Geheimräthin trat Elise rasch in das Zimmer, gefolgt von Alfred von Gravenstein, der lächelnd sagte: verurtheilen Sie mich nicht ohne Gehör, Elise, Niemand hat mehr dabei verloren als ich selbst.

So geht denn jetzt, sprach die Geheimräthin zu ihren Schützlingen, aber vergessen Sie nicht, Anton, Nachmittag die Karte zu holen und allen Ihren Pflichten nachzukommen. Mit einigen verlegenen Verbeugungen und nachdem sie an verschiedene Stühle und Tische gestoßen, entkamen Mertens und seine Frau glücklich aus dem Zimmer.

Ich sage zu Alfred, es sei kein gutes Zeichen für uns, daß wir gestern den ganzen Tag vergebens auf ihn hofften, rief Elise, sich zu ihrer Mutter wendend. Wir hatten darauf gerechnet, weil wir glaubten, ein Gravenstein hält stets sein Wort. Ein nöthiger Besuch wurde aufgeschoben, um mit unserem theuren Vetter eine kleine Spazierfahrt zu machen und Weiteres zu verabreden. Es ist freilich Thorheit in dieser ungläubigen Zeit noch zu den Gläubigen gehören zu wollen; ja selbst unser Vertrauen zu der deutschen Treue wird von nun an wankend, obwohl unser Freund, der gelehrte Professor, drauf schwört, daß diese eigentlich noch immer so hehr und rein dastehe, wie zu den Zeiten Heinrich des Voglers.

Aber Du leichtfertiges Mädchen, sagte die Mutter, es wird Alfred unmöglich gewesen sein, sein Versprechen zu erfüllen.

Mama, sagte Elise, ich lasse mich mit Unmöglichkeiten oder Möglichkeiten durchaus nicht ein. Es ist sehr bequem heut zu Tage diplomatisch die Achseln zu zucken, und wo die Erfüllung gegebener Versprechungen gefordert wird, zu sagen: Die Möglichkeit dazu ist nicht vorhanden. Ich verlange, daß ein Versprechen kein leeres Wort bleibt, sondern daß es gehalten werde.

Das klingt ganz rebellisch! lachte die Geheimräthin.

Hochverrätherisch! sagte der Professor, die Augenbrauen emporziehend.

Ich finde, es klingt ganz allerliebst, fiel Alfred ein, und von der allgemeinen Wahrheit darin ist obenein nichts abzuläugnen; aber ich hatte nur bedingungsweise versprochen, wenn ich es irgend vermöchte mich einzufinden. Zu meinem Bedauern habe ich davon abstehen müssen.

So beichten Sie wenigstens was Sie hinderte, sagte Elise.

Verdrießliche Geschäfte hatten mich so verstimmt, daß ich unbrauchbar für alle Gesellschaft war, sagte Alfred. Zudem suchte ich eine Wohnung, was Mühe machte, endlich aber war Herr Stephani so gütig mich aufzusuchen und den Abend mit mir zu verleben. Ich habe wenigstens von Ihnen viel gesprochen, liebe Elise, da ich nicht das Glück haben konnte Sie zu sehen.

Ueber Elisens Stirn flog ein hellerer Schein, der ihr blasses Gesicht überhauchte. Gut, sagte sie, wir wollen christlich alle Schuld ausstreichen, dagegen aber bekennen, daß, nachdem wir vergebens gewartet, uns der Abend sehr interessant vergangen ist. Herr Professor Viereck leistete uns Gesellschaft, und wenn irgend Etwas vollen Ersatz für den Verlust bieten konnte, so war es seine geistreiche Unterhaltung.

Ich habe die Ehre zu bemerken, rief der Professor, wonnevoll grinsend, daß Niemand geistreich sein kann, der nicht dazu angeregt wird; gerade so wie die Nachtigall nur schlägt in der süßen Frühlingsnacht, oder die Lerche sich in die Lüfte schwingt, wenn die lichte Morgensonne sie dazu reizt.

Ach! theuerster Professor, sagte Elise, wie beneide ich Sie um diese Fülle von wundervollen Einfällen, Bildern und Gedanken. Mit welcher Leichtigkeit vermögen Sie den größten Kreis zu fesseln und über alle Gegenstände mit derselben Begeisterung zu sprechen.

Bitte recht sehr! erwiderte der Professor, selbstgefällig lächelnd, meine geringe Gaben werden wirklich zu hoch angeschlagen.

Sie würden gewiß kommen, wenn Sie zu kommen versprochen hätten.

Wenn ich es versprochen hätte, würde mich nichts abhalten, rief der Professor energisch, indem er einen triumphirenden Blick auf Alfred warf.

Eben so ritterlich wie zartsinnig! sagte Elise, ihm die Hand reichend.

Der Professor führte diese feine schmale Hand mit ungemeiner Zierlichkeit an seine Lippen, indem er seinen linken Fuß nach hinten schob, als sei er bereit sein Knie zu beugen, und seinen Hals gewaltsam zurückdrückte, um einen süßschmachtenden Blick auf die schöne junge Dame zu werfen. Sein Lächeln war dabei so holdselig und seine linke Hand ruhte so fest auf seinem Herzen, als schwebe er im seligsten Himmel eines entzückenden Traumes. Mit deutscher Treue! sprach er, mit patriotischer Hingebung, mit dem Hochgefühl der Freiheit eines loyalen Unterthans, wie mein Freund, der Baron Hellwitz, sagt.

Machen Sie die Probe, Fräulein Elise. Bestimmen Sie über mich, ich werde niemals fehlen. Niemals! verlassen Sie sich darauf, niemals!

Bei dem dritten und letzten Niemals war der Professor feierlich ernsthaft geworden, wobei er die Hand wie zum Schwure erhob und seinen Körper gebieterisch ausdehnte. Eben so ernsthaft nickte ihm das Fräulein zu. Dann aber wendete sie sich zu Alfred und brach in ein lautes, unauslöschliches Gelächter aus, als sie in sein anmuthiges Gesicht sah. Folgen Sie mir, mein mißgerathener Vetter, rief sie, ich muß weitere Aufschlüsse von Ihnen haben, auf der Stelle mich von Ihren bösen Gedanken überzeugen, und ohne Zögern ergriff sie Alfreds Hand und öffnete die Thür des anstoßenden Kabinets.

Ich kann es nicht länger ertragen, ohne zu ersticken, flüsterte sie. Leben Sie wohl, theurer Professor, ich glaube an Ihr Niemals, es klingt in meinem Herzen wieder, und macht mich höchst glücklich und traurig. Hier drückte Sie die Thür zu, warf sich auf einen Stuhl und sagte mit krampfhaftem Lachen: Es giebt nichts Närrischeres wie diesen aufgeblasenen Pinsel. Lachen Sie, Alfred, aus Erbarmen! Lassen Sie mich nicht allein lachen.

Der Professor hörte mit gespitzten Ohren das schallende Gelächter, wie es durch die Thüre drang. Es fiel ihm nicht im geringsten ein, daß er ausgelacht werden könnte, aber er ärgerte sich über den schweigsamen Vetter, und dachte dabei mit Selbstgefühl an den letzten Blick, den Elise von der Thür aus ihm zugesandt hatte. Es scheint eine lustige Beichte und ein recht vergnügliches Examen zu sein, sagte er endlich. Herr von Gravenstein kann also auch lachen, er sieht gewöhnlich sehr ernsthaft aus.

Er ist wirklich fast zu ernsthaft für seine Jahre, erwiderte die Geheimräthin, aber Sie, lieber Professor, mit so vielem Talent zur Geselligkeit und Fröhlichkeit begabt, bei Ihnen ist es doch seltsam, und gar nicht recht, daß Sie – ja wie soll ich doch sagen – daß Sie nicht irgend ein Wesen dauernd beglücken.

Beglücken! rief der Professor mit einem Seufzer, indem er den Kopf in seine Hand stützte. Es ist dies ein inhaltschweres Wort.

Allerdings ja, fuhr die Dame fort, aber Ihnen kann die Auflösung nicht schwer werden.

Sagen Sie das nicht, gnädigste Frau, fiel er ein, indem er bedenklich den Kopf schüttelte und starr vor sich hinsah. Ich bin schwer zu befriedigen.

Das muß so sein, erwiderte sie lächelnd, aber auch für den verwöhntesten Gaumen wird ja die Speise gefunden.

Halten Sie mich für keinen Gourmand, rief er betheuernd. Um Himmels Willen! nein, ich bin durch und durch Natur und Gesundheit. Ich würde gern heirathen. Warum sollte ich nicht heirathen? Jeder gute Staatsbürger muß heirathen. Jeder Christ und Mensch hat zarte Triebe empfangen.

Also warum thun Sie es nicht? fragte die Geheimräthin.

Oh! sagte der Professor, mit der Hand in die Binde fahrend und herablassend lächelnd, Sie können wohl denken, gnädige Frau, daß ich bei meinen zahlreichen Bekanntschaften in höheren Kreisen mancherlei Gelegenheit habe, Parthien zu machen.

Ich wundere mich auch nur, daß es noch nicht geschehen ist, sagte die Dame schalkhaft.

Ich fand nie vereint, was ich suchte, rief der Professor mit einer abweisenden Handbewegung. Hier war Reichthum, dort Geist, hier Schönheit, dort Liebenswürdigkeit, Talent, Name, Familie, aber die schöne Verschlingung zum Ganzen fehlte.

Und Sie wollen nicht verwöhnt heißen! lachte die Geheimräthin.

Gnädige Frau, sprach der Professor sich stolz aufrichtend, indem er sie durch seine Brillengläser starr ansah, ich habe die Ehre, Ihnen zu bemerken, daß es Wesen giebt, deren Herz, obwohl voller Natur und Gefühl, doch niemals im Staube das Ebenbürtige suchen kann. Wie der Adler sich aufschwingt und alles kleine Gewürm unter sich verachtet, so sind auch die süßen Empfindungen dieser geläuterten Wesen nur erregbar, wenn sie von den Kreisen und Schwingungen einer höheren Harmonie berührt werden. Sie kennen die Chladnischen Klangfiguren, gnädige Frau. Jeder rauhe, grobe Ton verwandelt die Masse und verschlingt sich darin zu eckigen, rohen Gestalten, während die zarten Töne wunderbar schöne Sterne und Strahlen bilden, die in sanften Wellenlinien und Kreisen sich vereinigen. – Es giebt eine Aristokratie schöner Seelen! seufzte er, seine Stirn reibend, und was zu ihr gehört muß nach Idealen streben oder entsagen.

Nun ich hoffe doch, lieber Professor, sagte die Geheimräthin, der etwas bange wurde bei seinen starren Blicken und seltsamen Geberden, daß Sie so leicht nicht entsagen, sondern Ihr Ideal finden werden oder vielleicht sogar gefunden haben.

Nie! rief er mit Energie, aber doch, wer weiß! Das Glück ergreift den Sterblichen oft in der dunkelsten Minute seines Lebens und wenn ich wüßte – hier öffneten sich seine runden Augen so weit als möglich, sein breites rothes Gesicht nahm einen verklärten Ausdruck an und seine Blicke ruhten abermals mit so stierem Entzücken auf der Geheimräthin, daß diese sehr unruhig zu werden begann und einen Versuch zum Aufstehen machte.

Bleiben Sie, theuerste Frau, bleiben Sie, rief der Professor, seine Hand ausstreckend. Es ist eine große erhabene Minute.

Sie erinnern mich daran, sagte die Dame mit einem verzweifelten Entschluß, daß ich mir vorgenommen habe, Ihnen eine vertraute Mittheilung zu machen.

Vertrauen gegen Vertrauen, erwiderte er. Tauschen wir unsere Seelen aus.

Sie sind unser treuer, bewährter Freund, fuhr die Geheimräthin fort, ich weiß, daß wir auf Ihre Hingebung und Verschwiegenheit wie auf Ihren Rath und Ihre thätige Hülfe rechnen können.

Mit deutscher Treue und patriotischer Standhaftigkeit! erwiderte der Professor, feierlich seine Rechte auf die Brust legend.

Es handelt sich um Elisen, flüsterte sie, nach der Thür blickend.

Handelt sich um Elisen! widerholte er. Ich konnte es denken.

Um ihre Verheirathung. Wir glauben bemerkt zu haben, daß Elise von einer Neigung ergriffen ist, der wir keinen Zwang anthun wollen, da es sich um das Glück unseres einzigen Kindes handelt.

Ein stummes Kopfnicken und Lächeln war die Antwort des Professors.

Sie wissen, daß wir frei von Vorurtheilen sind, sagte Frau von Wilkau, nur verlangen wir, daß Elisens Wahl auf einen edlen, würdigen Mann falle, dessen patriotische Gesinnung ihm die Achtung der Welt sichert. Zu unserer großen Freude ist der Gewählte ein Stern am Himmel des Vaterlandes, auf den wir mit Stolz blicken können.

Das ist zu viel, vielleicht viel zu viel! sprach der Professor, demüthig sein Haupt neigend. – Nein, gnädige Frau, man darf kein Verdienst überschätzen; jeder menschliche Wille, auch der stärkste findet sein Ziel.

Wie dem auch sein mag, fuhr die Geheimräthin fort, so ist es gewiß, daß wir gern unsere Einwilligung geben. Wir erwarten nur die Erklärung, welche, wie wir hoffen dürfen, heut morgen erfolgen kann.

Theuerste, geehrteste Frau, sagte der Professor, zum Himmel aufblickend, zweifeln Sie nicht, diese Erklärung wird erfolgen.

Es wird Aufsehen erregen, Hoffnungen niederschlagen, durch die Plötzlichkeit zu allerlei Vermuthungen Anlaß geben, aber stehen Sie uns bei, lieber Freund, und schlagen Sie böswillige Gerüchte nieder. Es ist kein weltlicher Vortheil, keine verlockende Aussicht, es ist die Liebe zu unserm Kinde und die Trefflichkeit des ehrenwerthen Mannes allein, die uns bestimmte.

Wenn ich nie stolz war, rief der Professor, indem er hastig aufstand und mit der einen Hand die Hand der Geheimräthin festhielt, mit der andern seine Halsbinde ergriff, so muß ich es jetzt werden. Alle Zweifel geben sich gefangen, alle Pulse klopfen; schamhaft muß ich eingestehen, daß ich rebellisches Blut besitze. Meine Ruhe verläßt mich; ich sehe ein, es giebt Minuten, in denen man nicht objectiv sein kann, wo, wie Hegel sagt, die höchste menschliche Durchbildung, welche in Beherrschung der Stimmungen liegt, gänzlich verloren geht und Freiheit – Betrachtung – Talent – Offenbarung – hier verlor sich seine Stimme und langsam ließ er die Hand der Geheimräthin los, denn plötzlich war die Thür des Cabinets aufgestoßen worden, und mitten auf der Schwelle stand Elise, den Arm um Alfred geschlungen, hinter ihnen aber der Geheimrath, der mit herzlichem Lachen sie beide festhielt.

Da haben Sie die Offenbarung! schrie er herein. – Es wird nichts so fein gesponnen, Alles kommt ans Licht der Sonnen! Vorwärts, Kinder, in die Arme der Mutter. Ja, Professor, so ist es, erschrecken Sie nicht davor. Segnen Sie dies junge Paar mit uns vereint, geben Sie ihm irgend einen Segen des Pythagoras, der uns die Hühner gebraten zur Hochzeit liefert, oder einen patriotischen Segen, auf daß er ein Simson sei, erbarmungslos gegen alle Wühler und Verderber.

Er umarmte in seiner Herzensfreude den Professor, während Elise mit Alfred in die Arme der Geheimräthin eilten. Meine Mutter hat es gewünscht, sagte dieser, aber mein Herz hat es mir geboten. Nehmen Sie mich auf als Ihren Sohn und vertrauen Sie mir Elisen an.

Die Geheimräthin fand in ihrer tiefen Rührung keine Worte der Erwiderung. Sie hielt die Tochter an sich gepreßt, während sie Alfred mit nassen Blicken betrachtete. Der Professor gab keinen Laut von sich; er schien den Rest seines verworrenen Denkvermögens vollends eingebüßt zu haben.

Drei Tage waren im Hause des Geheimraths in ungetrübter Freudigkeit vorübergegangen. Die Verlobung Alfreds und Elisens wurde in einem gewählten Kreise, nach einem glänzenden Diner, veröffentlicht, bei welchem die Verwandten beider Familien die Ehrensitze einnahmen. Auch der Minister, Gravensteins besonderer Gönner und entfernter Vetter, war anwesend und brachte das Hoch aus auf das junge Paar, mit einigen Anspielungen auf Alfreds Treue und Beständigkeit für alles Rechte und Schöne, welche, auf die Zukunft seines ehelichen Glückes angewandt, allgemeinen Beifall fanden. Mehrere Generale, Präsidenten und hohe Staatsdiener allerlei Art, endlich ein Schwarm von jungen Damen und Herren, sammt andern Freunden des Hauses, vervollständigten die Gesellschaft. Herr Zippelmann fehlte so wenig wie der Assessor Stephani, Professor Viereck aber führte in stolzer Würde eine Deputation des konservativen Vereins zur Tafel und brachte im Namen desselben einen Toast aus, in welchem Römer, Griechen, Demokraten, der alte Fritz, die chinesische Mauer, Nero, Hegel und die glücklichen Eltern vorkamen, bis zuletzt Niemand mehr wußte, was eigentlich geschehen sollte. Doch löste sich Alles prächtig auf, als der Professor endlich in seine Binde faßte, den Hals reckte und mit schönem Pathos rief: Nach allen diesen Beweisen habe ich die Ehre zu bemerken, daß Jeder sein Glas erhebe und den patriotischen feststehenden Eltern der holden Braut ein donnerndes Hoch aus freier deutscher Brust bringe!

Der Geheimrath hatte diesen Tag des Glückes übrigens klug benutzt, um seine Verbindungen mit einigen besonders einflußreichen Personen zu erneuern. Er wußte, wen er einzuladen und Besuche zu machen hatte. Gravenstein's Name, die Stellung dieser Familie, die Freundschaft des Ministers und die Zukunft seines Schwiegersohnes wirkten zusammen. Es war keiner der Geladenen ausgeblieben, und voll süßen Triumphes legte sich der Geheimrath am Abend dieses Freudenfestes nieder.

Am nächsten Tage jedoch, als er in seinem Zimmer beim Frühstück saß, schlug er plötzlich mit solcher Gewalt auf den Tisch, daß Tassen und Gläser wild durcheinander klirrten. Seine Stirn wurde roth, das eckige, spitzige Gesicht zuckte krampfhaft zusammen und aus seinen Augen strahlte ein Grimm, der das Zeitungsblatt zu verbrennen schien, das vor ihm lag.

In diesem Augenblick meldete der Bediente den Assessor Stephani.

Der ist willkommen, sagte der Geheimrath aufathmend. Führe ihn herein, Friedrich, und ehe der Assessor nicht geht, nimm keine weitere Meldung an.

Nach einer Minute war Stephani im Zimmer. Der Geheimrath drückte ihm zärtlich die Hände, richtete scherzende Fragen an ihn und nöthigte ihn zum Sopha, indem er einen Sessel für sich selbst herbeizog.

Nur ein ganz kurzes Weilchen, Herr Geheimrath, sagte Stephani in seiner zuvorkommend höflichen Weise, will ich Ihre kostbare Zeit beanspruchen! Ich kann mir jedoch die Freude nicht versagen, Ihnen mitzutheilen, was ich so eben von meinem Vater vernommen habe.

So lassen Sie hören, lächelte Wilkau.

Es steht Ihnen nahe bevor, ein Zeichen zu empfangen, wie sehr Ihre großen Verdienste geschätzt und anerkannt werden. Sie sind nicht allein bei der so eben höchsten Orts vorgelegten neuen Organisation zum Abtheilungs-Dirigenten mit dem Titel Präsident vorgeschlagen, sondern es ist damit auch der Antrag einer Ordensverleihung höherer Klasse verbunden.

Ich danke Ihnen von Herzen für diese gütige Mittheilung, erwiderte der Geheimrath mit ruhiger Freundlichkeit. Der Herr Minister hat gestern gegen mich eine Andeutung über das Bevorstehende fallen lassen, aber es freut mich wahr und innig dies Zeichen Ihres Antheils. Ich bin für meine Person über die Lockungen des Ehrgeizes oder der Eitelkeit hinaus; es giebt Würdigere als ich, ich mag Niemanden in den Weg treten, und habe Widerwärtigkeiten genug erlebt, allein dankbar und freudig werde ich alle Zeichen einer gnädigen Anerkennung entgegennehmen.

Um auf etwas Anderes zu kommen, fuhr er fort, indem er die Antwort des Assessors abschnitt, so habe ich an Sie schon öfter die Frage richten wollen: wie war es denn eigentlich mit der Beschlagnahme bei Herzer? Was ist dort vorgegangen, daß Gravenstein dem Menschen eine, wie er mir sagt, acht oder zehntägige Zahlungsfrist geschenkt hat?

Es ist ziemlich unbegreiflich, sagte Stephani, doch Herr von Gravenstein behauptet, ein sicheres Unterpfand in acceptirten Wechseln erhalten zu haben.

Das hat er mir auch gesagt, fiel Wilkau lebhaft ein. Aber haben Sie die Wechsel gesehen?

Herr von Gravenstein wollte sie mir nicht zeigen. Er behauptet, und ich zweifle durchaus nicht daran, daß er Gründe habe, Alles auf sich beruhen zu lassen, bis die bewilligte Frist verstrichen sei.

Fast dieselben Worte hat er mir zum Besten gegeben, als ich ihm Vorstellungen machte.

Es hat allerdings den Anschein, als wäre ein Geheimniß im Spiele, lachte der Assessor.

Haben Sie irgend eine Ahnung, was es sein kann? fragte der Geheimrath, indem er den Ellenbogen des rechten Armes in seine linke Hand stützte, mit seiner Rechten sich an's Kinn faßte, die Füße kreuzte und einen aufmunternden, verheißenden Blick auf das schlaue Gesicht des jungen Mannes warf.

Was Ahnungen betrifft, sagte dieser, so kömmt mir wohl mehr als eine, allein, was soll man damit anfangen?

Der Bediente mit der rothen Nase machte bei den letzten Worten die Thür auf und brachte, auf den Zehen tretend, ein Schreiben herein, das so eben angelangt war. Der Geheimrath warf einen Blick auf das Siegel und eine freudige Bewegung belebte sein Gesicht. Als der Diener hinaus war, sagte er lächelnd: Es kommt von dem Minister, möglich, daß es die bewußte Angelegenheit betrifft.

Mit diesen Worten riß er das Schreiben auf, allein schon nach einigen Augenblicken drückte er es rasch zusammen und warf es auf den Tisch. Seine Stirn hatte sich geröthet, er schien in großer Aufregung zu sein, die er mühsam zu beherrschen suchte, und seine Stimme zitterte, als er sich wieder zum Assessor wandte, der anscheinend seine Aufmerksamkeit ganz einem Blumentische gewidmet hatte, welcher in der Nähe stand.

Was haben Sie da für köstliche Gummibäume, rief Stephani ihm entgegen. Es sind Seltenheiten, einzig in ihrer Art.

Ich habe sie vor Jahren von demselben Manne erhalten, der jetzt Gravenstein zu betrügen sucht, wie er mich betrogen hat, erwiderte der Geheimrath.

Es ist Pflicht, es zu hindern, wenn man es kann, fuhr er fort. Was denken Sie also von diesem Geheimniß? Welche Ahnungen haben Sie, lieber Stephani.

Ich wage es in der That nicht auszusprechen, sagte dieser bedenklich.

Ohne Rückhalt! Ganz ohne Rückhalt! rief Wilkau. Mein Ehrenwort zum Pfande, daß es unter uns bleibt.

So viel ich aus verschiedenen Aeußerungen des Herrn von Gravenstein entnommen habe, begann der Assessor, hat eine sehr erschütternde Scene Statt gefunden.

Eine Komödie! fiel der Geheimrath ein.

Aber es ist nicht ganz klar, welche Rolle darin Fräulein Clara Herzer gespielt hat, sagte Stephani lächelnd.

Welche Rolle? Was meinen Sie? Welche Rolle?

Nichts Böses, fuhr jener fort, allein ein schönes junges Mädchen in Thränen, bittend für ihren Vater, ewige Dankbarkeit gelobend, wäre im Stande, selbst einen Kannibalen zu erweichen.

Ah! nickte der Geheimrath. Sie haben Recht! So mag es denn nicht allzuschwer gewesen sein, dem gerührten Herrn von Gravenstein unter jenem Eindrucke selbst ein ziemlich werthloses Stück Papier aufzudrängen.

Glauben Sie das? fragte Wilkau lebhaft, indem er seine Hand auf Stephani's Arm legte. Ein plötzlicher Gedanke schien durch seinen Kopf zu fliegen. Er hielt einige Augenblicke inne, seine Augen erhielten einen schillernden Glanz, sein ganzes Gesicht drückte triumphirende Freude aus.

Ich glaube es allerdings, fuhr Stephani fort, denn da es Wechsel sein sollen, die Herzer als Unterpfand gegeben hat, so steht dies mit dem abgenommenen Versprechen, sie Niemanden zu zeigen – denn ein solches Versprechen hat Herr von Gravenstein gewiß geleistet – im eigenthümlichen Widerspruch. Wären es gültige Wechsel, warum verkauft Herzer sie nicht? Wäre es irgend ein Papier, was sich vor ehrlichen Augen sehen lassen könnte, warum dies abgenöthigte Wort, sie verborgen zu halten? Entweder also, es ist mit diesen Papieren nicht wie es sein soll, oder Herr von Gravenstein hat eine Nothlüge ersonnen, wozu doch eigentlich kein Grund vorhanden war.

Seien Sie sicher, erwiderte der Geheimrath, was Gravenstein sagt, ist durchaus wahr. Es giebt keinen Menschen, der die Lüge mehr verachtet.

Nun denn, sprach Stephani, indem er gleichgültig lächelnd seinen Hut aufnahm, so ist es so, wie ich mir die Sache dachte. Der Schuldner wollte Zeit gewinnen, wahrscheinlich lag ihm unter allen Umständen daran, die Beschlagnahme zu hindern. Herr von Gravenstein ließ sich erweichen, er legte die Zettel in sein Taschenbuch und während der acht oder zehn Tage wird Herzer Rath zu schaffen suchen, um den Gläubiger zu befriedigen.

Das Geld anschaffen? das Kapital? Fünftausend Thaler? haha! rief der Geheimrath. Woher nehmen, wo nichts ist? Es ist unmöglich!

Wer weiß, sagte der Assessor. Muß er das Geld schaffen, so wird er es schaffen. Ich bin überzeugt, daß er jedes Mittel ergreift; denn denken Sie den Fall, daß diese Papiere an's Tageslicht kämen; selbst wenn es durch einen Zufall geschähe, er wäre gebrandmarkt und verloren.

Gebrandmarkt und verloren! wiederholte der Geheimrath nachsinnend.

Aber auch völlig geborgen, wenn er zur gehörigen Zeit für die Deckung sorgt, fügte Stephani hinzu. Er hat schlau operirt, man muß es zugestehen.

Und dagegen läßt sich nichts thun? fragte Wilkau mit einem starren, bösen Blick.

Von Amts wegen gewiß sehr viel, erwiderte der Assessor, sobald ein Betrug zu Grunde liegt. Ich würde zum Beispiel verpflichtet sein, wenn die Papiere mir zugingen und sich das erwiese, was, wie ich glaube, sich erweisen läßt, sogleich einzuschreiten.

Die beiden Männer schwiegen, aber ihre Blicke suchten und fanden eine Verständigung. Endlich sagte der Geheimrath: Es läßt sich Manches überlegen, vielleicht fängt sich der Schuldige in seiner eigenen Falle. Sie haben gar kein weiteres Indicium, was auf die Spur leiten könnte?

Nichts, als daß die Papiere, wie Herr von Gravenstein beiläufig bemerkte, auf 6000 Thaler lauten sollen.

Sechstausend Thaler sagen Sie? flüsterte der Geheimrath aufhorchend und sonderbar lächelnd; das ist gut und wohl zu beachten. Ich sehe Sie wohl heut Nachmittag oder morgen, lieber Stephani, und werde Ihnen dann mittheilen, was ich denke. Ich will nicht, daß Gravenstein durch eine Betrügerei sein Geld verliert, denn schaffen können die Menschen es nicht. Es ist daher Pflicht, sie zu entlarven, um zu retten, was sich retten läßt.

Der Assessor stimmte ihm bei und empfahl sich. Der Geheimrath blieb an dem Tische stehen, auf welchen er sich mit der Hand stützte; die andere Hand zwischen den Knöpfen seines Rockes, sah er vor sich hin, während nach und nach ein Lächeln der Befriedigung den Zorn, der sein Gesicht erfüllte, fortwischte.

Ja, so ist es, sprach er leise, so muß es sein!

Aber ich will dazwischen fahren, ich will Euch einen Strich durch die Rechnung machen, ihr elenden Gauner.

Hier unterbrach die Geheimräthin sein Selbstgespräch; sie war in lebhafter Bewegung. Nun, rief sie freudig, Friedrich hat mir gesagt, es sei ein Brief vom Minister gekommen; was schreibt er?

Auch das noch! murmelte der Geheimrath, die Stirn faltend, indem er das Zeitungsblatt ergriff. Es ist nichts, antwortete er dann mit gewaltsamer Ruhe. Lies das. Man hat mich abermals empörend angegriffen und verläumdet und zwar an der rechten Stelle, in dem Organ der Ultraconservativen. Man warnt den Staat, keinen Menschen zu befördern, der solche Erinnerungen an sich trage. Man spottet über meine Bekehrung; spottet über meine Bestrebungen, mich durch allerlei Mittel, selbst durch Heirath und Hochzeit meines Kindes rein zu waschen. Daß ich gemeint bin, ist mit Händen zu greifen. Der Minister schreibt mir, daß er nicht glaube, jetzt den geeigneten Zeitpunkt zu treffen, um seine Absichten durchzuführen, daß er diesen Zeitpunkt vielmehr später erwarten müsse.

Schändlich! Abscheulich! rief die Geheimräthin, Thränen in den Augen. Wer aber kann so nichtswürdig sein?

Wer? sagte Wilkau und ein tödtlicher Grimm klemmte seine Zähne zusammen. Nur der erbärmliche Betrüger Herzer kann es sein. Ich weiß, daß er ähnliche Dinge zu Zippelmann gesagt hat. Gestern erst hat er noch einen neuen Versuch gemacht, Geld dort zu bekommen und in gemeinster Weise behauptet, ich habe Alfred dazu vermocht, ihn zu ruiniren, aber ich werde es bereuen.

Welche entsetzliche, unwürdige, gräßliche Familie! sagte die Geheimräthin.

Sei ruhig, mein Kind, erwiderte Wilkau tröstend. Behalte immer den nöthigen Takt. Niemand darf merken, was in uns vorgeht.

Alfred von Gravenstein war den ganzen Tag um seine Braut beschäftigt; er genoß das Glück dieser ersten beseligenden Stunde im reichsten Maße. Es war von Anfang an sein Vorsatz gewesen, den Wünschen seiner Mutter nachzukommen, und offen bekannte er es, als er den kostbaren Familienschmuck Elisen überreichte.

Nimm ihn aus meiner Hand, sagte er, er war für Dich schon seit Jahren bestimmt, und als ich jetzt meine Reise antrat fiel er mir aus seinem Behälter entgegen, wie ein Wink von Geister-Hand, ihn nicht zu vergessen.

Die prachtvollen großen Steine funkelten und glänzten Elisen entgegen. Sie konnte sich nicht enthalten, die Bracelets anzupassen, die Kette von Brillanten um ihren Hals zu legen und mit einigen breiten Perlenschnüren ihr Haar zu umwinden.

Als sie unter Scherzen damit fertig war, küßte Alfred entzückt ihre Finger. Sie sah so beglückt aus, daß sein Herz heiß wurde und seine Blicke feuriger brannten, als die kalten Steine.

Elise wußte wohl was in ihm vorging. Sie senkte ihre Augen und hob sie wieder zu ihm auf; plötzlich aber schlang sie den Arm um seinen Nacken und sagte mit ihrer stolzen, klangvollen Stimme: Ich bin sehr glücklich, Alfred, denn in dieser Minute empfinde ich, daß nicht allein Deiner Mutter Wunsch diese Steine und Perlen mir gegeben hat, nein, daß Du es bist, der sie mir giebt, Du allein, mein Alfred, Deine Neigung, Dein Vertrauen, Deine Liebe.

Meine liebe, theure Elise, wiederholte er, Du sagst das rechte Wort. Ich kam zweifelnd her, denn offen gestanden, ich dachte mir, wer weiß, welchen begünstigten Nebenbuhler Du findest, und ist Elise – Nun, ist Elise? rief das Fräulein muthwillig, als er schwieg.

Ist Elise noch der flatterhafte Geist, fuhr er lächelnd fort, so ist es besser, höflich schweigsam von ferne zu stehen und still in mein einsames, altes Vaterhaus zurückkehren, als in Täuschungen zu unterliegen.

Aber Du hast mich besser gefunden und mir freudiger vertraut, sagte sie ihm zunickend.

Es kam in meine Seele der Glaube an Dich und mit dem Glauben sah ich Deine Liebe, erwiderte er, das stärkte meine Entschlüsse und beruhigte meine Zweifel.

Also immer noch Zweifel! sagte sie drohend.

Jeder Mensch ist besonders geschaffen, erwiderte er; ich gehöre zu denen, die, wenn sie Liebe durch feurige Bewerbung erwecken sollen, scheu zurücktreten müssen. Ja, ich weiß es wohl, fuhr er fort, ich bin aus sprödem Stoff gemacht. Ich kann mich nicht messen mit feinen galanten Herrn, die zierliche Worte drechseln und lebhaft zu unterhalten wissen. Aber, theure Elise, ich sehne mich danach, geliebt zu sein, und liebe dafür treu und innig.

Bist Du eifersüchtig? fragte sie.

Ich glaube wohl, daß ich es sein kann.

Eifersucht ist Schwäche und Mißgunst, rief sie lachend.

Ich glaube kaum, daß Liebe ohne Eifersucht denkbar ist, erwiderte er. Es kommt nur darauf an, nicht eifersüchtig ohne Grund zu sein. Aber was nennen die Eifersüchtigen nicht Gründe? sagte Elise zärtlich und spottend. Ich bitte Dich, Alfred, vertraue mir ganz; nur um des Himmelswillen keine Othellolaunen! Ich will Dich lieben, treu wie Desdemona; aber Du wirst mich doch nicht einsperren, nicht etwa aus lauter Liebe und glühender Hingebung in irgend einen alten Thurm stecken und von einem Jago bewachen lassen.

Ihre Betheuerungen und Bitten hatten so viel Schelmisches und Komisches, daß Alfred lachend sie erwiderte und dann in einem langen Gespräche ihr die schönsten Aussichten für die Zukunft öffnete. Er wollte eine glänzende Wohnung für den Winter und für alle Winter miethen. Im Frühjahr wollten sie auf seinem Gute wohnen, im Sommer eine Schweizerreise machen, im Herbst am Rhein leben, und Elise malte sich diese Panoramen ihres Glückes nach allen Seiten aus. Der reiche, vornehme Mann ließ sie vergessen, daß er nicht schön war; sein verständiges Denken und Wissen setzte sie darüber fort, daß es wohl geistvollere und angenehmere Anbeter gäbe; seine politische Lauf-bahn, die eine glänzende Zukunft ankündigte, reizte ihre Eitelkeit und diese war überdies angereizt genug, denn sie sah Neid und Mißgunst unter manchen Glückwünschen deutlich hervorschimmern und wußte, daß die Partie überall als eine außerordentlich gute betrachtet wurde.

Endlich kam der Geheimrath voll guter Laune und Frohsinn herein, und nach einigen lustigen Fragen forderte er beide auf, mit ihm einen Spaziergang zu machen. – Ihr müßt Euch präsentiren, Kinder, sagte er. Wir gehen ein Stündchen auf die Promenade bis an die neuen Rutschberge. Die Sonne scheint warm, die ganze gute Gesellschaft ist auf den Beinen. Alles will rutschen und Schlittschuh laufen. Wir werden gewiß viele Bekannte finden; nimm Deine Schlittschuhe mit, Elise, Alfred muß schon sehen, wie gut er selbst auf glattem Eise mit Dir fortkommt. Aber geschwind, Mädchen, die Mutter wird gleich im vollen Staat ihrer Zobelbehänge hier sein.

Alfred sah ernstlich aus; das Schlittschuhlaufen war seine Sache nicht. Stellen Sie sich vor, sagte Wilkau, was einmal das naseweise Ding, die Clara Herzer, zu mir über die Zobelmuffen und die Palantinen meiner Frau und Elisen seufzte: Es ist mir ein trauriger Gedanke, sagte sie, wenn ich diesen theuren Pelz sehe, weil ich dabei unwillkürlich der Unglücklichen mich erinnere, die, in die sibirischen Einöden von einem Despoten verbannt, fern von Allen, die sie lieben, verschmachten müssen.

Der Geheimrath lachte; Alfred von Gravenstein aber faßte mit einer plötzlichen Handerhebung an die Brusttasche seines Kleides, als werde er an etwas erinnert. Er erwiderte jedoch nichts, und in derselben heiteren Laune fuhr der Schwiegervater fort: die Narrheit dieser zarten Seele ging sogar so weit, daß sie einen Zobelmuff ausschlug, den meine Frau ihr verehren wollte. Sie witterte an jedem Haar einen demokratischen, polnischen Zobelfänger, der nach Sibirien durch die Gnade des Kaisers versetzt, dort interessante Zobeljagden anstellen darf.

Es scheint recht üblich zu werden, daß Damen Schlittschuh laufen? fiel Alfred ein.

Sehr üblich, sagte der Geheimrath. Die Sache sieht demokratisch aus, ist es aber keineswegs. Die Damen der *haute volée* haben es aufgebracht und nachmachen läßt es sich nicht ganz leicht, denn es gehört Zeit, Geschick und Ausdauer dazu. Elise läuft vortrefflich, Sie werden sich freuen.

Das werde ich wohl nicht, erwiderte Alfred trocken. Ich selbst bin kein besonderer Verehrer der Eisbahn, für Damen halte ich sie völlig ungeeignet und werde meinen Widerwillen schwerlich aufgeben. Mag es aufgebracht haben, wer Lust hat, ich nenne es Unsitte.

Der Geheimrath legte ihm lachend die Hände auf die Schulter. Es ist wirklich gerade so, als ob ich Fräulein Clara höre, sagte er. Die fand es auch unschicklich, und wenn nicht unsittlich, doch gänzlich unpaßlich in Weiberröcken etwas beginnen zu wollen, was nicht dazu gehört. – Sie werden sich bekehren, Alfred. Es ist Mode und die Mode thut Alles. Sie ist die Beherrscherin der Welt; wer sich ihr nicht fügt wird vorzeitig zu den Todten geworfen. – Das wäre aber doch übel, wenn ein Bräutigam, ein junger Mann seiner Braut ein ernsthaftes Gesicht machen und sich nicht fügen wollte, wenn sie eine allerliebste Modethorheit begeht, die ganz fashionable ist. – Also mein lieber Alfred, nehmen Sie Ihren Hut und lachen Sie, wie es sich gebührt, denn ich höre die Damen kommen.

So war es wirklich. Frau von Wilkau und ihre Tochter in prächtigen Zobelpelzen erschienen wenige Augenblicke darauf, und Alfred vergaß seinen Anflug von Unmuth, als Elise ihm gewinnende Blicke zuschickte. An seinem Arme ging sie die große Treppe hinab, die

Eltern folgten; in dem Augenblick aber, wo sie den Hausflur erreichten, öffnete der Portier die Thür und herein trat eine Dame, die ihnen entgegen kam, mit einem leisen Neigen erröthend vorüberging und an dem Korridor stehen blieb, welcher zu Herrn Zippelmanns Wohnung führte, wo sie die Klingel zog.

Alle hatten sie erkannt, aber Niemand sagte ein Wort. Es war Clara Herzer, die Tochter des Fabrikanten. Der schwarze Seidenmantel hüllte sie fest ein, von dem schwarzen Sammethute fiel eine Feder herab, der Schleier war zurückgeschlagen, das ernste und zarte Gesicht sah so leidend aus, als trüge es einen schweren Kummer. Ihre großen Augen thaten sich dunkel auf und ein Lächeln, welches dem matten Sonnenscheine glich, der über eine liebliche gewitterhafte Landschaft läuft, hatte etwas unaussprechlich Reizendes.

An der Thür machte Elise eine gleichgültige Bemerkung, aber sie begleitete diese mit lautem Gelächter nach der schwarzen stillen Gestalt, die noch immer unbeweglich im dämmernden Grunde stand. Sie sah zu Alfred auf und wollte etwas sagen, verschwieg es aber wieder und nahm seinen Arm an, indem sie auf einen andern Gegenstand überging.

Bald waren sie im lebhaften Gewühl der spazierenden feinen Welt. Man flüsterte, man fragte, man erzählte sich um sie her von ihr. Es fanden sich Bekannte und Freunde. Endlich war die Eisbahn erreicht, und eine Stunde lang schwebte Elise unter lebhafter Theilnahme der Zuschauer, die ihre Gläser auf sie richteten, auf und nieder. Alfred sah verdüstert und geärgert zu; er wußte, wie ungeübt er war. Dafür fand sich der Assessor Stephani ein, der ein vollendeter Meister der Kunst, durch seine Leistungen allgemeine Bewunderung erregte, und an dessen Hand und Begleitung Elise den Ruhm theilte.

Der Geheimrath hatte seinen Wagen bestellt, in dessen behaglichem Raume endlich die Familie zurück fuhr. Alfred hatte keine Zeit mißlaunt zu sein. Seine Abneigung gegen die Eisbahn war nun zum Schweigen gebracht, der lächelnden, entzückten Braut gegenüber. Er fand gerechtfertigt was Wilkau darüber gesagt hatte, fand es nöthig, daß ein Bräutigam gefällig sein und billig überhaupt, daß man nicht Anderer Freuden störe, sondern im Beisammenleben sich schicke. Er war daher heiter und stimmte den Versicherungen der Geheimräthin bei, daß nicht eine Dame von Allen sich mit Elise messen könnte, die

Kunststücke des Assessor Stephani aber wahrhaft erstaunenswürdig seien.

Nun, wenn sie für weiter nichts gut sind, sagte der Geheimrath, so haben sie uns doch jedenfalls frischen Appetit verschafft. Es wird uns, wie ich denke, erstaunungswürdig schmecken, darum so schnell als möglich an den Tisch. Ich komme sogleich nach, keine Minute sollt Ihr auf mich warten.

Er blieb bei diesen Worten stehen, um mit seinem Kutscher zu sprechen. Die Anderen stiegen die Treppe hinauf. Dann kehrte Herr von Wilkau zurück, horchte einen Augenblick auf das Zufallen der großen Glasthür an seiner Wohnung und wandte sich plötzlich, um bei Herrn Zippelmann zu klingeln.

Nach kurzer Zeit schob der würdige Rentier in eigener Person die Riegel zurück, nickte grinsend mit dem langen Kopfe, den er zur Thürspalte heraussteckte, und faßte dann schweigend die Hand des Geheimraths, den er in sein Zimmer führte.

Nur eine einzige Frage, sagte dieser, meine Familie erwartet mich. Sagen Sie mir, liebster Zippelmann, wie groß war doch die Summe, welche Herzer betrügerisch von Ihnen forderte?

Eigentlich, erwiderte Herr Zippelmann, wollte er etwas über 9000 Thaler von mir erpressen, er setzte jedoch in dem Vergleich, den er mir zuletzt anbot, die Summe auf 6000 Thaler herunter. Hehe! stellen Sie sich vor, er setzte sie herunter, nachdem ich den Prozeß gewonnen hatte. Ist es nicht ein Einfaltspinsel? Es ist gerade so wie mit der deutschen Einheit. Als Alles verloren war, boten sie die Kaiserkrone aus und wollten die durchaus noch an den Mann bringen. Es ist doch sonderbar, was ich überall für Aehnlichkeiten herausfinde. Was sagen sie dazu, Geheimrath? Hehe! ist es nicht so?

Und wann hat er Ihnen zuletzt den Vorschlag gemacht? fragte Wilkau. Zuletzt? sagte Herr Zippelmann. I Gott alle Tage, erst heute wieder. Neulich wollte der Bengel, der Felix, mich mit Gewalt bereden, Wechsel zu unterschreiben, Alles fix und fertig gemacht, sechs Monate nach Dato, brauchte nur die Feder einzutunken. Hehe! blos einzutunken. Er hat geredet wie mit feurigen Zungen, und endlich geschimpft und geflucht – gerade so wie bei der deutschen Einheit in Frankfurt die Vaterlandsretter. Erst Redlichkeit, Ehre, Seelengröße, Glück und Eintracht bis in den Himmel erhoben, aber wie das nichts half: Fluch allen Fürsten, Diplomaten, Kabinetten, Dynastien und deren Ehrgeiz, Engherzigkeit, Kniffen und Ränken, weil sie sich nicht berauben lassen wollten. Hehe! es war eine Lust, den Burschen anzuhören.

Und heut haben Sie Besuch von seiner Schwester gehabt, fiel der Geheimrath ein. Ich habe sie gesehen; sie kam ohne Zweifel in derselben Absicht.

Genau so, rief Herr Zippelmann; immer dieselbe Mine, um mein Herz in die Luft zu sprengen. Hehe! wenn ich einige Jahre jünger wäre, stände ich für nichts.

Sie haben doch nichts zugestanden? fragte Wilkau.

Gott bewahre! betheuerte der Rentier. Was das anbelangt, bin ich so konsequent wie Schwarzenberg und Nikolaus. – Aber was haben Sie mir Neues mitzutheilen?

Warten Sie noch kurze Zeit, theuerster Freund, sagte der Geheimrath, Sie sollen merkwürdige Dinge hören. Für jetzt muß ich fort, nur darum bitte ich Sie, lassen Sie sich auf keinen Fall mit Herzer ein.

Einlassen! ich? erwiderte Herr Zippelmann, ihn zur Thüre begleitend. Hehe! ich wollte, daß ich ihn aufhängen lassen könnte.

Am Abende, als Lampen- und Lichtschein aus allen großen und kleinen Fenstern schimmerten, saß auch Anton Mertens neben seiner Frau an dem kleinen Tische hinter der Glaskugel, und Beide arbeiteten so fleißig, wie damals in der Nacht, wo sie das Abenteuer erlebten.

Sie dachten auch Beide wohl daran, aber sie sprachen kein Wort. – Der Schuhmacher sah ernsthaft auf seine Arbeit, es lag ein Aerger oder ein Kummer in seinem Gesicht. Er kniff Augen und Lippen zusammen und ließ sein langes Haar unbehindert über die Stirn fallen.

Nach geraumer Zeit fragte die Frau freundlich: Was ist Dir denn, Anton? Den ganzen Tag hast Du gebrummt und kein Wort erzählt, wie es Dir gestern im Verein gefallen hat und wie es Dir gegangen ist. Ich habe auch nicht weiter fragen wollen.

Oh! sagte er ingrimmig, gut, sehr gut ist es mir gegangen. Prächtige Musik, Concert, Gesang dazu. Geputzte Damen waren da, Herren auch, Dein Freund, der Professor obenan.

Mein Freund, der Professor! rief Guste lachend. Du kannst Gott danken, wenn der mein Freund ist.

Hättest ihn gestern reden hören können, murmelte Anton. Hat anderthalb Stunden in einem Athem gesprochen, aber ich will verdammt sein, wenn ich weiß, was er wollte.

Weil Du undankbar bist, sagte die Frau auffahrend. Er hat es mir heute geklagt, der liebe, gute Herr. Du hast den ganzen Abend gesessen wie ein Nachtwandler und hast Gesichter geschnitten, als hättest Du Wermuth genossen.

Also ist er hier gewesen? fragte Anton höhnisch. Der Kerl soll nicht hierher kommen.

Höre, Anton, erwiderte sie, sei vernünftig oder es wird nicht gut. Der Geheimrath kann uns alle Tage unglücklich machen, wenn er will, und nur weil die gnädige Frau gebeten hat, thut er es nicht. Der Herr Professor ist aber ihre rechte Hand, was der sagt geschieht; darum, mag er Dir gefallen oder nicht, so mußt Du freundlich zu ihm sein. Wer arm ist, muß sich bücken und so ein Mann hat es gern, wenn er geschmeichelt wird.

Lieber will ich in kochendes Pech fassen, rief der Schuhmacher wild.

Du bist ein Querkopf, lachte seine Frau. Pech haben wir genug, bleib davon, so weit Du kannst. Der Professor hat mir versprochen, Dir viele Arbeit zu verschaffen bei seinen vornehmen Freunden; aber Du mußt auch danach sein. Was haben wir denn von Deinen sauberen Freunden gehabt? Nichts als Aerger, nichts als Schaden und Unglück.

Aber keine Heuchler, keine Freunde, die uns streicheln und schmeicheln, so lange wir thun, was sie haben wollen; wenn wir aber irgend nicht wollen, uns wie Verbrecher behandeln.

Na, Du Narr! rief Guste, so thue doch was sie haben wollen, dann ist ja Alles gut. Was kannst Du denn überhaupt machen? Und wer hilft Dir, wenn Du im Elende bist? Die großen Herren aus dem souveränen Volke etwa? Sie lachte höhnisch auf. Nicht einmal meine beiden feinen Tücher habe ich wieder bekommen von der lumpigen schlechten Weibsperson. Und daran bist Du Schuld. Du ganz allein bist daran Schuld!

Als Anton dies Thema anschlagen hörte, schwieg er still und ließ geduldig noch ein halbes Dutzend erbitterte Zornreden über sich ergehen.

Als aber kaum die letzte ihr Ende erreicht zu haben schien, ließ die Klingel draußen an der Eingangsthür sich hören. Frau Mertens schwieg daher auch, sah durch die Glasscheiben in den kleinen Laden und sprang dann sogleich mit erheitertem Gesicht dienstfertig auf.

Da kommt der Herr Professor, flüsterte sie halblaut. Daß Du vernünftig bist, Anton, ich sage Dir, daß Du Dich wie ein anständiger Mann benimmst.

Sie öffnete die Thür und lächelte dem vornehmen Besuch entgegen, dieweil Professor Viereck mit herablassender Würde ins Zimmer trat.

Huldvoll erwiderte er das Lächeln der hübschen jungen Frau, indem er langsam an seinen Hut faßte und ihn abnahm. – Guten Abend, sagte er dann, guten Abend, mein lieber Mertens.

Es ist ja der Herr Professor, Anton! rief Guste dazwischen, als ihr Mann nicht schnell genug aufstand.

Ich wollte alleweil die Arbeit fortlegen, versetzte der Schuhmacher so freundlich, als er vermochte. Sie halten es mir zu gut, Herr Professor.

Ich liebe die Arbeit und liebe die Arbeiter, erwiderte dieser in seiner pathetischen Weise. Ein fleißiger Mann, ein rechter Mann, und wo die Frau emsig die Finger rührt, wo sich das Herbe mit dem Zarten, wo Starkes sich und Mildes paarten, da giebt es einen guten Klang.

Anton hatte seine Arbeit wieder genommen und sah den Professor von der Seite an, der seinen großen grauen Mantel ablegte, und indem er den Stuhl nahm, den Frau Mertens für ihn zurecht stellte, sein rundes Gesicht ihr zuwandte.

Was das schön klingt, wenn Sie sprechen, sagte Guste, man wird ganz hingerissen.

Es sind die Worte nicht, erwiderte der Professor mit Würde, es ist der Geist, der die Worte beseelt.

Ja, wir armen Leute, seufzte Guste, so etwas kommt selten an uns.

Kennen Sie Schiller, Frau Mertens? fragte der Professor.

Schiller? erwiderte sie. Der Demokrat, der Schlosser aus der Weberstraße? Anton kannte ihn früher einmal, aber er hat nichts mehr mit ihm zu thun. Wir können es beide versichern.

Der Professor lachte laut und lange, dann faßte er in seine Binde und sagte beruhigend: Seien Sie ohne Sorge, ich glaube es. Es ist lieblich diese Naivität zu sehen, die so unschuldig und darum so reizend ist. Nein, liebe Frau Mertens, ich meine einen anderen Demokraten, der freilich auch mancherlei Schlösser und Schlüssel dazu gemacht hat.

Der Herr Professor meint den großen Dichter, Friedrich Schiller, sagte Anton von der Arbeit aufblickend.

Friedrich von Schiller, sprach der Professor belehrend. Also Sie kennen ihn?

Im Handwerkerverein habe ich oft seine Gedichte lesen hören, auch manche Lieder wurden gesungen. Zum Beispiel das schöne Lied an die Freude, fügte er mit einem leisen Seufzer hinzu.

Nun sehen Sie, sagte der Professor zu der jungen Frau, so wird es mir Vergnügen machen Ihnen diese Gedichte nächstens mitzubringen und einige davon vorzulesen.

Ah! wie gütig Sie zu uns sind, rief Guste dankbar nickend.

Ich glaube, daß ich sehr gut vorlese, fuhr Viereck herablassend fort. Ich thue es zuweilen den Damen beim Thee zu Gefallen, wenn ich darum ersucht werde. Neulich beim Baron Leichtwitz habe ich den Hamlet gelesen, und bei dem Oberst von Arnstein den Faust. Den kennen Sie wohl nicht?

Faust? erwiderte Frau Mertens, die ihre Augen bewundernd auf den Professor heftete, den kenne ich wirklich nicht persönlich.

O! Natur, himmlische Natur! rief der Professor, wie beglückst Du Deine Wesen. Sie sollen den Faust kennen lernen, ich verspreche es Ihnen, aber was ich sagen wollte und weßhalb ich eigentlich heut hereingetreten bin, das ist eine besondere Angelegenheit.

Er wandte sich zu dem Schuhmacher, der sich um Nichts zu kümmern schien, sondern, den Kopf gebeugt, emsig fortarbeitete. Mein lieber Mertens, fuhr er fort, Sie haben gestern zwar nicht ganz nach meinen Wünschen in der Vereinsversammlung Ihren Eifer bethätigt, aber dennoch sah ich zuweilen Ihre Theilnahme und Freude und Ihr inneres Wohlbehagen auf Ihrem Gesicht. Habe ich nicht Recht, wenn ich denke, daß Sie sich erwärmt fühlten in dieser Gesellschaft der würdigsten und der besten Männer.

O, ja! o, ja! antwortete Anton. Warm wurde ich, um's ganze Herz herum warm.

Das ist die Macht der Wahrheit! rief der Professor, energisch die Hand erhebend, indem er auf den Arbeiter liebevoll niederblickte. Warm um's ganze Herz herum! Diese Aeußerung werde ich mir notiren und nächstens vortragen im Verein, als einen überzeugenden Beweis, welche schöne Früchte unsere Bestrebungen reifen sehen. Warm um's ganze Herz herum! Dies von einem einfachen, schlichten Manne mit Begeisterung ausgerufen, ist hinreißend. Ja, der wahre Patriotismus ist Poesie. Sie sind ein Poet, Mertens!

Sakerment, nein! rief Anton, der nicht recht wußte, sollte er lachen oder sich ärgern. Alleweil bloß ein Schuhmacher, der aber seine Sache auch versteht.

Ich werde diese Angelegenheit ordnen, fuhr der Professor fort, indem er sich in dem Stuhl ausstreckte, die Füße kreuzte und die Däume in die Achselöffnungen seiner Weste steckte. Ich werde dem Vereine einfach erzählen, welche Wirkung die erste Versammlung auf Sie gemacht hat. Dann treten Sie vor, reden was Ihr Herz spricht, wenige warme, treuherzige Worte und ich bin überzeugt, daß Ihr Geschäft die Folgen davon verspüren wird. Treue wird belohnt, Treue muß belohnt werden!

Reden! rief Anton erschrocken, eine Rede halten? O, Sakerment! lieber will ich mir die Zunge abschneiden.

Kehren Sie sich nicht daran, Herr Professor! rief Guste triumphirend dazwischen. Ich will ihn schon dahin bringen, daß er reden muß, wenn noch ein Funken Vernunft in ihm ist. Du sollst und mußt reden, Anton!

Recht so, theure Frau, sagte Viereck mit einem begeisterten Zunicken. Die sanfte Ueberredungskunst der Frauen steht als Schutzgeist neben dem widerstrebenden Mann.

Er müßte ja blind sein, wenn er nicht einsieht, daß Sie nur unser Bestes wollen, sagte sie.

Und das will ich auch, rief der Professor. Ich sehe hier eine Familie, die es verdient. Eine muthige, treffliche, entschlossene Frau, die unter mancherlei Sorgen zeigt, daß die Natur ihr ein edles, treffliches Herz gegeben hat.

Ach, nicht doch! Herr Professor, nicht doch! flüsterte Guste beschämt. Ja, so ist es! fuhr er mit Energie fort. Die Kleider thun es nicht, Rang und Stand auch nicht, aber die Natur thut es. Noch gestern habe ich dies meinen Freunden, ich habe es Grafen und Baronen ins Gesicht gesagt.

Siehst Du wohl! sagte Guste, und da sagen sie noch, es sind Aristo-kraten!

Menschenliebe! rief der Professor, reine, edle Menschenliebe, das ist das große Heilmittel aller Schmerzen und Trennungen, welche diese Welt bedrücken. Wir wollen helfen denen, die mit uns sind.

Das ist unsere Aufgabe, sagte er nach einer Pause, während welcher er die Arme kreuzte und sich völlig beruhigte. Sie wissen, Frau Mertens, daß wir eine Weihnachtssammlung machen; ich habe Sie auf die Liste gesetzt, damit freudige, schöne Feiertage bei Ihnen einkehren. Sie werden es doch nicht übel nehmen, sagte er lachend, wenn das Komité, dem ich die Ehre habe anzugehören, sich dafür erklärt, daß der treugesinnten Familie Mertens zehn Thaler oder vielleicht auch zwanzig Thaler, ich werde schon sehen, was sich thun läßt, als eine brüderliche Weihnachtshülfe zugesandt werden?

Ach lieber, verehrter Herr Professor, sagte Guste voll Seligkeit die Hände faltend, wie können Sie denken; so bedanke Dich doch, Anton, und sitze nicht da wie ein Stock.

Keinen Dank, sagte der Professor mit beiden Händen winkend, keinen Dank meine Freunde. Menschenliebe ist der höchste Lohn und dieser wird mir – bei dem letzten Worte sank plötzlich seine Hand nieder, der Laut kam abgebrochen hervor, starren Blickes schaute er nach den Glasscheiben der Ladenthür, zu welcher er zufällig sich umgewendet hatte. Die dunkle Gestalt eines Mannes schien dort zu stehen und rasch zurückzuweichen. Auch der Schuhmacher hatte den Kopf aufgehoben, er warf die Arbeit fort und sprang auf. Es war mir doch so alleweil, rief er, als hörte ich die Klingel anschlagen.

Der Professor schien von einem gewaltigen Erschrecken befallen zu sein, er war sichtbar blaß geworden. Es kam mir so vor, sagte er, während Anton hinausging, als sähe ich einen Kopf dicht hinter den Glasscheiben, der mit seinen boshaften Augen mich betrachtete und wie ein Teufel aus seinem roth ausgeschlagenen Mantel heraussah.

Lieber Gott! wer kann es denn sein? redete die Frau. Anton spricht mit ihm. Es wird nichts so Schlimmes sein, guter Herr Professor.

Mag es sein, wer es will, sprach Viereck mit neuem Muth, selbst wenn es der sein sollte, der mir dabei zufällig einfiel, selbst dieser elende Taugenichts würde mich nicht erschrecken können.

Im Augenblick machte Anton die Thür auf, und draußen fiel der nacheilende Lichtstrahl auf einen weitflatternden Mantel, in welchen der Fremde sich einhüllte und schweigend die Kellertreppe hinaufstieg.

Wer ist es? was will er? fragten Beide dem Schuhmacher entgegen.

Alleweile sage nichts mehr, Guste, rief Anton ganz belebt vor Freude. Hier sind Deine beiden Tücher, so rein und weiß, als wäre nie ein Blutfleck darin gewesen, und dazu – er drehte sich auf dem Hacken um, wie Einer, der sich seiner Dummheit plötzlich bewußt wird, warf das Haar von seiner Stirn und sagte dann etwas kleinlaut: dazu vielen Dank für alle Güte und Liebe.

Blutflecken? fragte der Professor. Wer hat denn sein Blut hier vergossen?

O! erwiderte die Frau schnell gefaßt, es hatte nichts zu sagen. Eine fremde Dame, die wir nicht kennen, hatte sich an den Kopf gestoßen. Ich lieh Ihr die Tücher und meinte schon, wir würden nichts davon wiedersehen.

Und der Mann, welcher eben hier war, hat die Tücher wiedergebracht?

Ja wohl, Herr, das hat er, antwortete Anton.

Wissen Sie, wie er heißt?

Wie er heißt? Er hat es mir nicht gesagt.

Aber wie er aussieht, fuhr der unermüdliche Frager fort, indem er den Schuhmacher mißtrauisch musterte, das werden Sie doch sagen können? Er ist groß, nicht wahr? Breitschulterig, hat eine etwas dicke Nase, funkelnde große Augen und trägt einen Bart, so recht, wie er sein muß, rund ums Gesicht.

Anton hörte aufmerksam zu und sagte dann bedächtig: Ich kann's nicht behaupten, ich habe ihn zu wenig darauf angesehen und sehen können.

Hm! sprach der Professor ärgerlich, indem er aufstand, ich werde heut nicht weiter in Sie dringen, aber gut wird es sein, wenn Sie mir morgen die Wahrheit gestehen. Mit dem Menschen dürfen Sie keinen Umgang haben, wenn Sie der guten Sache anhängen. Auf morgen also und dann erzählen Sie mir, was er von Ihnen will.

In der Frühe des nächsten Morgens verlangte der Kommissarius den Geheimrath zu sprechen, der ihn in seiner wohlwollenden Art empfing. Nun, mein lieber Herr Nachbar, sagte er, ihm die Hände drückend, haben Sie nochmals herzlichen Dank für Ihre gütige und umsichtige Ueberwachung meines lieben Alfred. Daß seine Verlobung mit meiner Tochter stattgefunden hat, wird Ihnen bekannt sein, und da nichts Verdächtiges mehr vorgekommen ist, so möchte ich glauben, es sei keine Vorsicht weiter nöthig.

Ich bin in der That ganz derselben Meinung, erwiderte der Beamte.

Aber noch Eines, fuhr Wilkau vertraulich fort, eine Frage: Kennen Sie den Fabrikanten Herzer?

Eben deswegen, sagte der Kommissar lächelnd, möchte ich mir eine Bemerkung erlauben. Dieser Herr Herzer ist uns wohl bekannt und seiner Gesinnung wegen widmen wir ihm einige Aufmerksamkeit. Wir wissen zum Beispiel, wer bei ihm ein- und ausgeht, und halten namentlich auch seinen Sohn unter Aufsicht, der aus Amerika zurückgekommen ist.

Nun? fragte der Geheimrath erwartungsvoll.

Wir müssen sagen, daß er sich ruhig verhält, fuhr der Beamte fort. Besonders in der letzten Zeit ist nichts vorgefallen. Die Familie ist sehr häuslich, es wird viel musicirt und, fügte er mit einem fixirenden Blick auf den Geheimrath hinzu, es finden sich dazu selbst zuweilen Zuhörer unter den Fenstern ein.

Ah, Sie haben mir erzählt, sagte Wilkau, daß Herr von Gravenstein sich sogar einmal dies Vergnügen gemacht hat.

Nicht einmal, gab der Kommissär zur Antwort. Er hat es wiederholt.

Ein eigenthümlicher Geschmack, rief der Geheimrath spottend.

Auch gestern Abend ist es der Fall gewesen, fuhr jener fort.

Gestern Abend? Alfred war bis gegen 11 Uhr bei uns.

Er ging von hier aus dort hin, und dann vor dem Hause auf und ab.

Aber es war eine wilde, kalte Nacht, sagte der Geheimrath erstaunt.

Es schneite ein wenig und war ziemlich dunkel. Plötzlich wurde ein Fenster geöffnet.

Wie, ein Fenster geöffnet?

Eine Gestalt beugte sich heraus und eine leise Stimme sagte: Hier ist die Antwort, aber fort! fort! Damit flog ein Papier, das an etwas Schweres gebunden war, auf die Straße. Das Fenster wurde schnell geschlossen; Herr von Gravenstein ging langsam näher, hob das Fallende auf und entfernte sich dann.

Das ist eine Täuschung! rief der Geheimrath bestürzt. Herr von Gravenstein kann es nicht gewesen sein.

Er ging in seine Wohnung und wurde bis zur Thür begleitet, erwiderte der Kommissär mit unerschütterlicher Bestimmtheit. Wir täuschen uns so leicht nicht, gnädiger Herr.

Dennoch, erwiderte der Geheimrath im strengen Tone, muß es ein Irrthum sein; aber sei dem, wie ihm wolle, ich danke Ihnen für diese Mittheilung und bitte Sie, Ihre Beobachtungen aufs genaueste fortzusetzen. Könnten wir nur den Inhalt des Briefes erfahren.

Wahrscheinlich werden wir aus den Wirkungen sehen können, was er enthielt, sagte der Beamte. Herr von Gravenstein wird nach dem Inhalt handeln.

Was meinen Sie? Was denken Sie? fragte Wilkau.

Ich denke, versetzte der Beamte lächelnd, daß es sich sicher um ein kleines Abenteuer handelt. Die Gestalt am Fenster ist eine weibliche Gestalt gewesen; die Stimme war sanft und furchtsam, es ist keine andere junge Dame dort im Hause als Fräulein Herzer.

Sie glauben? fiel der Geheimrath ein.

Es soll ein sehr schönes junges Mädchen sein, lächelte der erfahrene Mann achselzuckend. Was kommen nicht für Dinge in der Welt vor, und junge Herren, selbst wenn sie verlobt sind, haben doch häufig noch Augen für andere Schönheiten.

Machen es doch die Verheiratheten oft noch schlimmer.

Der Geheimrath schüttelte zu dieser Beruhigung den Kopf. Nach der Hochzeit, sagte er halblaut, mag man eher Entschuldigungen dafür finden, aber vorher sind solche Thorheiten weit gefährlicher.

Er dachte noch einen Augenblick nach und sein Gesicht nahm den starrsten Ausdruck des Hasses an. Diese verworfene Familie! murmelte er vor sich hin, es ist empörend, wenn ich Alles bedenke.

Mein theurer Freund, sagte er dann laut, in Ihren Händen ruht ein wichtiges Geheimniß, dessen Bekanntwerden mir sehr unangenehm sein würde.

Seien Sie ganz unbesorgt, erwiderte der Beamte.

Das bin ich nicht, aber ich rechne auf Ihre Hülfe, fuhr Wilkau lebhaft fort. Beobachten Sie ihn genau, forschen Sie aus, was das Papier enthält.

Ich wette darauf, bemerkte der Kommissär, daß es die Einwilligung zu einem Besuch oder die Erlaubniß dazu war.

Wohl möglich! – o! wohl möglich! rief der Geheimrath. Bringen Sie mir Gewißheit darüber, ich will Ihnen dankbar sein. Ich muß Beweise haben, um überlegen zu können, was weiter geschehen darf; aber mit äußerster Vorsicht, ohne alles Geräusch, die tiefste Stille und Verschwiegenheit.

Der Kommissär versprach Alles, aber als er hinaus war, faßte der Geheimrath mit beiden Händen an seinen Kopf, den er wild schüttelte. Wenn ich mir das denke! rief er, wenn ich in diesen Abgrund blicke, möchte ich rasend werden.

Er hörte die Thür öffnen und ließ die Arme sinken, indem er die Aufregung aus seinen Mienen zu entfernen suchte, aber als hätte er ein Gespenst erblickt, wich er zurück, indem er den Kopf anstarrte, der durch den Spalt herein sah.

Ich bitte um Verzeihung, sagte eine tiefe, zitternde und demüthige Stimme. Ich fand den Vorsaal offen, ein Herr, der herauskam, sagte mir, daß ich – Dich hier finden würde, und da ich Niemanden fand, da es mir lieb war, wenn ich ohne alle Zeugen wenige Worte mit Dir sprechen könnte, so trat ich ein.

Herr Herzer, erwiderte der Geheimrath mit vernichtender Kälte, indem er sich verbeugte, ich irre mich nicht, Sie sind es. Was verschafft mir die Ehre Ihres Besuchs?

Der Fabrikant schüttelte mit einem traurigen Blicke den Kopf. – Ich habe geglaubt, sprach er tief Athem holend, daß der Anblick eines alten schwergebeugten Freundes eine andre Wirkung auf Dich machen würde. Aber wie Du willst, es steht bei Dir, auch jetzt noch mich hart abzuweisen.

Da meine Zeit sehr beschränkt ist, erwiderte Wilkau, und was zwischen uns und jeder Annäherung liegt, keinem Zweifel unterworfen sein kann, so muß ich nochmals bitten, mir zu erklären, was Sie bewegen kann, mich hier heimzusuchen.

Bei diesen Worten richtete sich Herzer auf und seine Augen erhielten einen stolzen Glanz. In der nächsten Minute aber war dieser erloschen und mit sanftem Tone sagte er: Was mich bewegen konnte, den Mann aufzusuchen, der einst der Freund meiner Jugend war, ja, der mir oft betheuert hat, daß nichts unsere Freundschaft trennen könne, das ist der innere Glaube an seine Redlichkeit.

Der Geheimrath unterdrückte die Antwort, welche er geben wollte. Ich würde bitten, sagte er, zur Sache zu kommen.

Wohlan denn, erwiderte Herzer, so möge was Freundschaft heißt schweigen und nur die Gerechtigkeit sprechen. Ich schulde dem Herrn von Gravenstein ein Kapital, das er plötzlich von mir zurückgefordert hat. Doch das Alles ist hier bekannt genug, fuhr er stockend fort, ich will nicht eindringen in die Beweggründe derjenigen, die ihm die übelste Meinung von mir beigebracht haben.

Das ist nicht meine Sache, rief Wilkau, die Stirn faltend.

Lassen wir es, sagte Herzer sanft. Ich soll dies Kapital zahlen, ich muß es schaffen. Ich habe einen Prozeß verloren, den ein gewissenloser Verwandter durch einen Eid gewonnen hat, welchen er niemals hätte leisten sollen.

Was geht das mich an, fiel der Geheimrath unruhig ein.

Ich habe Alles versucht ein verhärtetes Gewissen zu rühren, erwiderte der Fabrikant, und vielleicht würde es mir gelungen sein, wenn nicht auch dabei ein Einfluß sich geltend gemacht hätte, der in erbitterter Leidenschaft mich zu verderben sucht.

Das heißt ich – ich bin damit gemeint! unterbrach ihn der Geheimrath mit Heftigkeit.

Wilkau! rief Herzer, beide Hände erhebend, wie weit ist es mit uns gekommen, daß ich so Dir gegenüber stehen muß.

Ich trage keine Schuld daran – ich nicht! versetzte der große, hartblickende Mann. Ich weise jede perfide Andeutung von mir.

Ich läugne meinen Antheil an der Schuld nicht ab, erwiderte Herzer. Ich bin wohl zu heftig gewesen – habe die Verhältnisse nicht richtig beurtheilt – habe Dir zu strenge Vorwürfe gemacht, statt zu bedenken, daß wir Alle Nachsicht nöthig haben und Niemand ein Ketzerrichter sein soll über Glauben und Meinung seiner Brüder.

Ein leises Lächeln lief über Wilkau's Gesicht. Was kann oder soll ich denn thun? fragte er ruhiger.

Ich will Deine Verwendung in doppelter Art in Anspruch nehmen, sagte Herzer, und bitte Dich inständig darum. Herr von Gravenstein steht Dir so nahe, daß es nicht schwer für Dich sein kann, ihn zu bewegen, mir das Kapital nur auf ein Jahr noch zu lassen, oder doch auf ein halbes Jahr. Ich bin nicht ruinirt, aber bedrängt und verstrickt. Bei meinem Worte! dem Worte eines ehrlichen Mannes, er soll keinen Pfennig an mir verlieren.

Ich glaube kaum, erwiderte Wilkau, daß meine Verwendung etwas nützen kann. Alfred hat mir erklärt, daß er einen letzten Termin gesetzt hat.

So ist es, in drei Tagen, am Weihnachtsabend, soll ich zahlen.

Was man nicht kann, sagte Wilkau, kann man eben nicht.

Ich muß es, wenn Gravenstein es fordert.

Du mußt? fragte der Geheimrath. Nachdem Du Deine kostbaren Vorräthe glücklich nach Hamburg geschafft hast, sollte ich meinen, eine Beschlagnahme, selbst wenn diese erfolgte, könnte Dich nicht so sehr beunruhigen.

Meine Ehre, die Ehre meines Sohnes bürgt dafür, erwiderte der Fabrikant, dessen Gesicht sich röthete.

Hat Gravenstein keine weitere Bürgschaft? fragte der Geheimrath.

Herzer hielt mühsam an sich, es kostete ihm sichtlich große Ueberwindung. – Ich glaube, sagte er, daß Herr von Gravenstein nichts Besseres haben kann, als was er besitzt. Ich werde zahlen und muß zahlen, und wenn ich Alles hergeben soll, was noch mein ist; aber ich bitte Dich dringend, mir zu helfen.

Wenn Herr von Gravenstein wirklich so hart sein sollte, selbst gegen Deine Fürsprache, fuhr er dann fort, als Wilkau schwieg, – aber nein! es ist nicht möglich – doch wenn es so wäre, nun so giebt es vielleicht noch einen andern Weg. – Daß ich betrogen worden bin von Zippelmann, hast Du früher oft mir selbst gesagt; daß er falsch geschworen hat, ist mir wenigstens so gewiß, wie die Sonne am Himmel steht. Du hast große Macht über ihn. Mein Gott! ich verlange nichts, als diese fünftausend Thaler, oder wenn es nicht anders sein kann, will ich sie als Darlehn betrachten, verzinsen, wieder bezahlen.

Er legte seine heiße Hand auf die kalten Hände des großen Mannes, und sah ihm bittend in das undurchdringliche Gesicht. – Laß Dich bewegen, Wilkau, fuhr er mit bebender Stimme fort. Es wird mir schwer, unendlich schwer, aber vergieb und vergiß, was uns trennte. Um unsrer alten Freundschaft, um Recht und Gewissens willen weise mich nicht ab.

Hat nicht Dein Sohn Felix, Deine Tochter und Du selbst, habt Ihr nicht Alle schon jede Mine springen lassen, um Zippelmann dazu zu vermögen? fragte Wilkau grollend. Dein Sohn hat ihm Wechsel vorgelegt.

Er suchte einen Vergleich zu schließen.

Aber er hat zuletzt den alten Herrn auf's äußerste beleidigt, fuhr Wilkau fort.

Er hat ihm einen Wahrheitsspiegel vorgehalten, erwiderte Herzer.

Und wo sind die Wechsel geblieben? fragte der Geheimrath mit einem eigenthümlichen, scharfen Ausdruck, indem er dem Fabrikanten durchbohrend in's Gesicht sah.

Eine dunkle Röthe loderte darin auf und verwandelte sich dann plötzlich in ein fahles Grau. Ich verstehe Deine Frage nicht, antwortete er mühsam.

Es war eigentlich nur damit gefragt, ob Zippelmann die Wechsel nicht von Dir angenommen, ob er sich auf nichts eingelassen hat?

Auf nichts! wiederholte Herzer vor sich niederblickend.

Eine kleine Pause entstand. Es regte sich unter der Stirn des Geheimraths ein Gedanke, der siegreich aus seinen Augen glänzte. Er betrachtete den gebeugten Mann mit stolzer Genugthuung; dann wandte er sich um, durchschritt das Zimmer, lächelte vor sich hin und kehrte zurück, indem er dicht vor Herzer stehen blieb.

Ja, so weit ist es mit Dir gekommen, sagte er. Du, so stolz und unbiegsam, auch Du hast Dich endlich bekehrt und lernst einsehen, was es heißt, das Gute und Vernünftige verachten.

Ich bitte Dich, Wilkau, ich bitte Dich, sage mir, ob Du mir helfen willst, erwiderte Herzer, mühsam athmend.

Ich will allerdings, sprach der Angeredete, aber ich kann nicht anders als unter einer Bedingung.

Welche Bedingung? Du willst – nenne sie! sagte der Fabrikant.

Du kennst meine Ueberzeugung, meine Stellung, meine Verhältnisse; Du weißt auch, wie Gravenstein denkt. Es ist Gewissenssache für uns, dem Gesinnungsgenossen zu helfen; für den Mann, der immer noch im Geruch steht, einer der thätigsten Förderer fortgesetzter Wühlereien zu sein, darf ich nichts thun.

Du meinst – stammelte Herzer und fieberhafte Röthe lief über seine Stirn.

Ich meine, sagte Wilkau, Du sollst öffentlich Dich lossagen, Dich öffentlich zu uns bekennen.

Ich verstehe, murmelte der Fabrikant; o, ich verstehe!

Entschließe Dich, fuhr der Geheimrath fort. In diesem Falle will ich Gravenstein zu bestimmen suchen, will selbst versuchen, Zippelmann zu dem Vergleiche zu bewegen. Die Wechsel, ich sage die Wechsel, sollen acceptirt werden, und wenn Alles fehlschlagen sollte, will ich selbst mich verbürgen.

Schande und Schmach über mich; sprach Herzer mit erdrückter Stimme.

Schande so wenig als Schmach ist es, rief Wilkau, da zu stehen, wo ich stehe und so viele Ehrenmänner.

Mit einer heftigen Bewegung ergriff Herzer seinen Hut. Er richtete sich stolz auf, sah den Geheimrath durchdringend an und sagte ruhig: Du hast gewußt, was ich antworten muß. Du hättest nichts Besseres ersinnen können. Ich gehe und werde Dich nie mehr belästigen.

So geh! rief Wilkau ihm nach. Ich wußte es wohl, ein Mensch, wie Du, ist unverbesserlich und wird niemals klug werden!

Es mochte um die neunte Stunde sein, als Herzer in dem großen Wohnzimmer gedankenvoll auf dem Sopha saß, den Kopf auf seinen Arm gestützt. Er sah unverwandt in die Flamme der Lampe, welche auf dem Tisch brannte, und schien nicht auf die Klänge zu hören, die aus einer dämmernden Ecke des Zimmers kamen. Seine Tochter saß dort am Flügel und ließ ihre Empfindungen zu Tönen werden, welche bald in einzelnen klagenden Accorden, bald in einer Reihe melodischer Verbindungen sich bewegten.

Lange Zeit war zwischen den beiden Personen kein Wort gewechselt worden, bis Clara nach ihrem Vater umblickte, der aufgestanden war und die Hände auf den Rücken gelegt, mit großen Schritten hin und her ging.

Sein würdiges, ernstes Gesicht war sorgenvoll und unruhig. Zuweilen schüttelte er seinen ergrauten Kopf, und hob ihn lebhaft auf, als sei er unmuthig über seine Gedanken, wenn er aber in die Nähe des jungen Mädchens kam, nickte er ihr zu und betrachtete sie mit freundlichen Blicken.

Wo ist denn Felix? fragte er endlich, als er bemerkte, daß seine Tochter ihr Spiel eingestellt hatte.

Seit Nachmittag schon ist er fort und noch nicht wieder heimgekehrt, gab sie zur Antwort. Du bist betrübt, Vater?

Nicht über Dich, mein liebes Clärchen, erwiderte er, ihr die Hand auf die Stirn legend, indem er an dem Instrument stehen blieb.

Sie sah zu ihm auf und schlang die Arme um seinen Hals. Mein armer Vater, flüsterte sie zärtlich, Du bist so gut und wahr, und doch so verfolgt vom Mißgeschick.

Das ist der Lauf der Welt, mein Kind, sagte Herzer. Kein wilderes Thier als der Mensch; kein grausameres, wenn es gilt, den Nebenmenschen zu hassen, zu höhnen und zu quälen.

Du bist bei Wilkau gewesen, fuhr sie fort. Ich habe Dich nicht gefragt. Felix hat es auch nicht gethan, wir wußten Beide, daß es ein unglücklicher Versuch war.

Vergessen wir es, rief der Fabrikant. Vergessen wir ihn, ich will alle diese Versuche aufgeben.

Und Alfred von Gravenstein hast Du auch gesprochen?

Nein, sagte Herzer, was kann es nützen. Er ist verlobt mit der eitlen leichtsinnigen Elise, er ist ihr willenloses Geschöpf.

Schmähe ihn nicht, Vater, fiel Clara lächelnd ein, dieser Gravenstein hat wenigstens doch ein menschliches Rühren gezeigt.

Ah, Felix! rief Herzer, indem er sich zur Thür umwandte, durch welche sein Sohn hereintrat, wo bist Du gewesen?

Auf der Jagd nach armen Seelen, lachte der junge Mann, oder was diesmal Eines und dasselbe ist, auf der Königsjagd.

Clara faßte ihren übermüthigen Bruder am Arm und sagte im tiefsten Tone: Sie begleiten mich auf der Stelle; Ihre verbrecherischen Aeußerungen müssen näher untersucht werden. Königsjagd! arme Seelen! Hochverrath, Aufruhr, Mord! Fort mit ihm!

Wie, mein Schwesterchen, sind das Reminiscenzen? rief Felix. Aber thue, was Du willst, ich werde mich glänzend vertheidigen. Wer kann mir Mangel an Patriotismus vorwerfen, wenn ich mir die erdenklichste Mühe gebe um fünftausend Mal das Bildniß des geliebten Landesvaters zu besitzen.

Und wenn ich nicht irre, sagte Clara, so beweist Deine übermüthige Laune, daß Du begründete Hoffnungen hast, diese patriotische Liebhaberei belohnt zu sehen.

Gott sei Dank, ja! erwiderte Felix vergnügt, indem er sich in einen Stuhl warf, es ist mir gelungen. Ich habe die Zusicherung eines achtbaren Mannes erhalten, der mein Freund und Agent für ein großes Haus ist. Er sah ein, daß unsere Lage keinesweges gefährlich sei; ich vertraute mich ihm an, erzählte ihm den ganzen Handel von Schufterei und Erbärmlichkeit und erhielt die Zusicherung, daß er auf ihn gezogene Wechsel auf vier Monate laufend, im Belang von 5000 Thalern annehmen werde.

Wir sind also glücklich aus der Klemme, fuhr er fort. Diese Papiere lassen sich leicht verkaufen, und Gravenstein soll übermorgen sein Geld haben. Ein hübscher Weihnachtsabend wird es für den jungen Herrn sein, wenn er damit der reizenden Braut alle Gelüste ihres Herzens erfüllen kann. – O! sie wird ihn mit den zärtlichsten Blicken belohnen, sie wird so geistreich und liebenswürdig sein – bah! fort damit, unterbrach er sich dann, genug wir werden von der ganzen Plage befreit werden und haben nur zu sorgen, daß wir in vier Monaten unsere Pflicht erfüllen, was so schwer nicht sein wird.

Armer Felix, sagte Clara, ganz vergessen hast Du noch nicht, was einst ein schöner Traum Deines Lebens war.

Man vergißt nie den Schmerz um Täuschungen, erwiderte er, und es ist so leicht, getäuscht zu werden. – Siehst Du, Clara, es gab eine Zeit, wo ich Elisen gläubig verehrte und beinahe so lieb hatte, wie ich Dich habe. Ohne ausgesprochene Worte war ich mir meines Glückes bewußt. Aber diese schönen Tage währten nicht lange. Auch ohne die Zerwürfnisse der Väter wäre der letzte gekommen, denn ich sah bald ein, daß ich der Rechte nicht sei. Meine Einfachheit trat ihren Wünschen und Neigungen zu grell entgegen, ich wurde mit jedem Tage unmöglicher; ich war ein formloser, roher, ungehobelter Bursch, der überall mit der Thür ins Haus fiel, und nun gar, als der Sturm losbrach und mein Bart wuchs! Er lachte auf, indem er die Fülle seines Haares zerzauste. Nein, sagte er dann, das Gleiche zum Gleichen, das ist das richtige Rechenexempel des Lebens. Der Junker paßt zum Fräulein, mögen sie glücklich sein, ich wünsche es ihnen von Herzen.

Sie werden sich gegenseitig betrügen, sprach Herzer vor sich hin.

Wer weiß, rief Felix. Gravenstein ist ein stolzer, straffer Mann, beschränkt in seinen Vorurtheilen, dennoch ein Mann von Ehre in seiner Art, der streng hält, was er verspricht, aber von seinem Schuldner wie von seiner Frau ganz dasselbe fordert.

Sage mir doch, fragte der Vater sich an den Sohn wendend, welche Mittel waren es denn, durch welche Du ihn bewegt hast, uns Geduld zu schenken?

Mittel, Vater? erwiderte Felix, weiß es Gott! meine Mittel waren gering genug. Ich stellte ihm unsere Lage vor, bat ihn mit Offenheit daran zu glauben, daß wir pünktlich zahlen würden, und daß er sein Geld am zehnten Tage spätestens haben sollte, was ich mit meinem Worte verbürgte.

Mit weiter nichts? fragte Herzer.

Vater! rief der Sohn lebhaft betroffen. Ihre Augen begegneten sich, es entstand eine Stille. Unruhe oder Mißmuth schickten ihre Schatten über das Gesicht des jungen Mannes. Plötzlich aber erhellten sich seine Züge wieder und mit der unbesorgten Ruhe und Heiterkeit, die der Grundton seines Wesens zu sein schien, sagte er: Besorge nichts; Du hast nicht den geringsten Grund, besorgt zu sein. Gravenstein hat mir zugesichert, bis übermorgen zu warten, ich werde halten, was ich übernommen habe. Alles löst sich daher, wie es sein muß; am Weihnachtsabend aber wollen wir einen funkelnden Christbaum aufrichten, und dankbar an den denken, der geboren wurde, um von den Pharisäern gekreuzigt zu werden, dieweil wir ihnen glücklich entrannen.

Herzer schwieg zu dieser Erwiderung. Sein Auge ruhte noch eine Minute lang auf seinem Sohne, der etwas in sein Taschenbuch schrieb, dann schien er seine Gedanken mit einem Entschluß von sich abzuthun, denn seine Mienen hellten sich auf und lächelnd reichte er Felix die Hand. – Ich weiß, sagte er, daß Du verständig und tüchtig bist, daß Dein Rechtsgefühl und Deine Ehre immer an dem richtigen Platz stehen. Meine Kinder! Ihr seid ja mein einziges Gut. In dieser trüben Zeit fühle ich erst recht, was es heißt, von meinen Kindern geliebt und getröstet zu sein.

Nach einem herzlichen Familiengespräch über Manches, was das häusliche Leben betraf, wurde der Abendtisch bereitet und mit wirthlicher Anstelligkeit von Clara versorgt. Man sah, wie geläufig ihr die kleinen Mühen waren, wie sich alles schickte, was sie angriff und wie sorgsam und mit ordnender Hand sie dies Hauswesen leitete. Im schwarzen Kleide, das zierliche Häubchen auf dem dunklen Haar, sah sie wie eine blühende junge Frau aus, was endlich auch der Vater in seiner Freudigkeit aussprach und weitere Scherze daran knüpfte.

Was mich zumeist freut, sagte er, ist, daß ich Dich noch habe, mein Clärchen; daß noch Keiner gekommen ist, den Du lieber hättest als mich, und um den Du den alten Vater verlassen möchtest.

Nie werde ich Dich verlassen, erwiderte sie.

O! sage das nicht, Kind, fuhr er fort, das Schicksal könnte Dich beim Wort nehmen, wie es gern zu thun pflegt. Ein Mädchen soll ja auch Vater und Mutter verlassen, um mit dem Manne zu gehen, den ihr Herz gewählt hat, und so thöricht bin ich nicht, um nicht zu wissen, daß es so sein muß.

Ich werde mit Keinem ziehen! sagte Clara lächelnd.

Ei was! rief Herzer, Du willst doch nicht sitzen bleiben? Du bist freilich nicht so, wie Andere, nicht so, wie Fräulein Elise zum Beispiel, sehnst Dich nicht danach, von jungen Herren umtänzelt zu sein und heute dem, morgen jenem zu gefallen, bis Einer an der Leimruthe fest klebt.

Nun, fiel Felix lachend ein, die Leimruthe ist doch so übel nicht. Alfred von Gravenstein ist ein Vogel, den Viele gern gefangen hätten.

Er will Dich necken, Clara, sagte der Vater, als ob der blondhaarige, finsterblickende Baron Dir Neid einflößen könnte.

Felix weiß wohl, daß es nicht der Fall ist, erwiderte Clara.

Und ich weiß es vielleicht noch besser, rief Herzer, denn eine Seele wie die Deine kennt weder den Neid, noch wird sie sich von falschem Schimmer blenden und betrügen lassen.

Auch die reinste und edelste Seele kann getäuscht und betrogen werden, sagte Felix, indem er ernsthaft auf seinen Teller blickte. Giebt es nicht viele Fälle, wo die heiligsten Schwüre gebrochen, die Neigung eines liebenden Herzens mit nichtswürdigem Verrath vergolten wurde?

Es giebt allerdings solche Fälle, sagte Herzer, aber immer sind es schwache, eitle oder leidenschaftliche Mädchen, die sich an einen Mann hängen, dem sie blind vertrauen, der ihrem Hochmuth oder ihren sinnlichen Begehren schmeichelt, und dessen Falschheit sie erliegen, weil sie es kaum besser verdienen.

Du urtheilst sehr hart, sagte Clara ruhig zu ihm hinblickend.

Das ist mein Stolz, fuhr der Vater fort, daß ich nicht so über Dich zu urtheilen habe. Du kannst nicht betrogen und verrathen werden; Du würdest mit Deiner freien, muthigen und klaren Erkenntniß der Verhältnisse und Menschen Dich nicht von einem Manne berücken lassen, der Deiner nicht werth wäre.

Mir fällt eben eine Geschichte ein, die ich vor einiger Zeit gehört habe, sprach Felix. Ein schönes und liebenswürdiges Mädchen lernt einen jungen Mann kennen, der sich viele Mühe giebt, ihr zu gefallen. Sie trifft ihn in gesellschaftlichen Kreisen. Er ist geistvoll, schwärmt für alles Schöne und Edle, aber seine Verhältnisse zwingen ihn, sich vorsichtig zu benehmen; denn sein Vater ist ein hoher Staatsbeamter, er hängt von ihm ab, und hat nur Aussicht, Unabhängigkeit und Stellung zu gewinnen, wenn er seine wahre Meinung verbirgt.

Er heuchelte also, wie es Viele thun! sagte der Fabrikant.

Das Mädchen glaubt ihm und seinen Gründen, fuhr Felix fort. Sie verbirgt dem strenggesinnten Vater ihre Neigung und ihre Zusammen-künfte. Sie hofft, daß sich bald die Verhältnisse ändern, daß die Freiheit wiederkehren und ihr Geliebter dann glänzend hervortreten werde.

Die Thörin! rief Herzer, habe ich nicht Recht?

Statt dessen aber befestigt sich die Reaktion und geht weiter. Der junge Herr ist klug genug dies zu erkennen; er hört auch, daß das Mädchen, die er für reich gehalten, es nicht ist, weil ihr Vater viel verloren hat. Von jetzt an faßt er seine Entschlüsse. Er bemüht sich der Regierung seinen Eifer und seine Ergebenheit zu bezeigen, und was die junge Dame anbelangt, so macht er die nichtswürdigsten Versuche ihre Liebe zu benutzen, um sie zu entehren und dann zu verlassen.

Was ihm natürlich auch gelungen ist, fiel Herzer ein.

Was ihm nicht gelungen ist, sagte Clara sich aufrichtend.

Ihr Gesicht hatte sich geröthet, ihre Augen glänzten vor Bewegung, sie blickte ihren Vater lange und fest an, der langsam die Hände faltete und mit Gewalt zusammenpreßte.

Du kennst diese Geschichte also auch? fragte er.

Ich kenne sie genau, erwiderte Clara. Sie verhält sich ganz so, wie Felix sie erzählte.

Eine lange Pause folgte, endlich stand Herzer vom Tische auf und trocknete sich die Stirn. – Was ich thöricht bin, sagte er lächelnd, ich könnte mich fast vor Eurer Geschichte ängstigen, weil ich mir den Gram und Zorn des Mannes vorstelle, der solche Noth an seinen Kindern erlebt. O! man kann Vieles an Kindern erleben, viel Freude und viel Leid, aber laßt uns nur an die Freude denken. Meine Sorge ist Euer Glück, mein ganzes Herz ist voll Sehnsucht, Euch glücklich zu wissen, und kein Opfer wäre mir zu groß, wenn ich wüßte, daß eine Gefahr Euch bedrohte und ich könnte sie abwenden.

Mit seiner linken Hand umfaßte er die Tochter, die Rechte reichte er seinem Sohne. Dann küßte er Clara's Stirn und sagte mit Heiterkeit: Man muß sich oft vor seinen eigenen Gedanken hüten, die unsere ärgsten Feinde sein können. Ich habe noch Einiges zu arbeiten und bin müde, zwei Dinge, die sich schlecht vertragen. Geht also für heut, und gute Nacht. In einer Stunde denke ich auch zu schlafen; morgen aber wollen wir sogleich Dein Wechselgeschäft ordnen und je eher je lieber Gravenstein befriedigen.

Er zündete ein Licht an und ging aus dem Zimmer in das Comptoir. Felix blieb bei seiner Schwester am Tische sitzen, ihre Hand ruhte in seiner Hand. Er verfolgte mit seinen Augen ihre Blicke mit rührender Besorgniß und Zärtlichkeit. Dann streichelte er ihre Stirn, legte den Arm um sie und betrachtete sie wieder, bis er seinen eigenen Gedanken nachging, die ihn in lange Betrachtungen versenkten. Es währte geraume Zeit ehe ein Wort gewechselt wurde. Was ahnet er? sagte der junge Mann endlich vor sich hin.

Ich glaube Alles! antwortete Clara leise.

Alles! wiederholte er auffahrend, nein! nein!

Aber, bei Gott, Clara! es liegt Etwas auf meiner Brust, was ich fort wünschte. Zum erstenmale in meinem Leben habe ich die Augen nicht aufschlagen können vor meinem Vater, und doch habe ich nichts gethan, dessen ich mich schämen müßte.

Was ist es also? fragte Clara.

Still! sagte er, frage mich nicht. Ich wollte, ich schwämme auf dem blauen Wasser und Du säßest dort bei mir, ich wollte es Dir erzählen. Sagtest Du nicht heut, daß Du mir etwas mittheilen wolltest?

Clara besann sich einige Augenblicke und schüttelte dann lächelnd den Kopf. Es ist nichts, sagte sie.

So schlaf, mein Clärchen, und behüt' dich Gott!

Gute Nacht, mein geliebter Bruder, erwiderte sie. – Die Geschwister umarmten sich zärtlich, dann entfernte sich Felix, und das junge Mädchen war allein.

Sie hörte aufmerksam auf die Schritte ihres Bruders, der den Vorsaal öffnete und die Treppe hinaufstieg, dann blieb sie an der Thür zum Comptoir stehen, klopfte endlich an und legte die Hand auf den Drücker, als sie keine Antwort erhielt. Aber sie überzeugte sich sogleich, daß ihr Vater diesen Ort der Arbeit schon mit der Ruhe seines Zimmers vertauscht habe, und schob nun die Riegel vor, indem sie zugleich den Schlüssel umdrehte.

Clara war jetzt sicher, ungestört allein zu sein, und ohne Zweifel suchte sie sich vor jeder Ueberraschung zu behüten; aber Alles, was sie vorhatte, erweckte ihr keine Unruhe. Sie schien jeden Schritt vorher überlegt zu haben, den sie ohne Zaudern jetzt ausführte.

Nachdem alle Thüren verschlossen waren, ging sie aus dem großen Zimmer in ein finsteres Nebengemach und aus diesem in ein drittes. Nach einigen Minuten kam sie zurück, einen dunkeln weiten Mantel über dem Arme und eine Kappe in der Hand. Sie legte Beides auf einen Stuhl in der Ecke, setzte sich dann an den Tisch und zog aus einem Körbchen eine Häkelarbeit hervor, deren buntes Farbengemisch, verschlungen mit blitzenden Stahl- und Goldperlen, sie eine Zeit lang beschäftigte. – Nur zuweilen hielt sie einen Augenblick ein, um nach der großen Stutzuhr hinüber zu schauen, die auf dem Pfeilertisch stand; endlich aber ließ sie die Hände sinken und neigte ihr schönes weißes Gesicht tief nieder, um es mit dem Ausdruck stolzer Entschlossenheit wieder zu erheben.

Plötzlich hob die Uhr aus und schlug zehn mal, und als der letzte Schlag verklungen war, legte Clara die Arbeit zusammen und stand geräuschlos auf. Sie trug den Stuhl an seinen Platz, stellte das Arbeitskörbchen fort, und trat an das Instrument, um es zu schließen. Aber indem sie den schweren Deckel hob, hielt sie inne und horchte nach der Straße hinaus. Es war als stände draußen Jemand still, der mit schallendem Schritt nahe heran gekommen war. Das junge Mädchen schien die festen Läden mit ihren heißen Blicken durchbohren zu wollen, dann legte sie leise den Deckel wieder nieder. Sie setzte sich und ihre feinen schmalen Finger flogen leicht über die Tasten hin, ihre Lippen zitterten den Tönen nach, sie sang mit reiner Stimme, die mit jedem Worte voller und inniger wurde, das schöne Lied ›Auf Flügeln des Gesanges‹; doch mitten darin brach sie ab, um mit ihren Händen die widerspenstigen Augen zu bedecken.

In dem Augenblick, wo die Stille zurückkehrte, wurde ganz leise an eine Fensterscheibe geklopft und sogleich stand Clara auf, schraubte die Lampe herunter bis auf ein mattes Lichtgeflimmer, warf den Mantel über, band die Kappe eilig zusammen und verließ mit leisen Schritten das Zimmer durch die große Eingangsthür, welche sie hinter sich verschloß.

Eben so leise öffnete sie die Thür des Corridors und befand sich nun auf dem dunklen Hausflur. Sie trat in den Hof hinaus, nirgend war Licht. Der Himmel hing gleichmäßig schwarz über der Erde, feine Schneenadeln flogen durch die Luft und drangen kühl in Clara's heißes Gesicht, die schweigend das schmeichelnde Schnauben eines großen Hundes abwehrte, der sich ihr genähert hatte.

Ohne Zögern ging sie an dem Fabrikgebäude hin und blieb einen Augenblick an der Mauer stehen. Es war ihr, als hätte ein Fenster geklirrt. Als jedoch nichts sich weiter regte, zog sie einen Schlüssel hervor und schloß die Thür auf, welche durch die Grenzmauer auf ein Seitengäßchen führte.

Mit eiligen leisen Schritten ging sie das Gäßchen hinauf und blieb an der Ecke eines freien Platzes stehen.

Es war der Kirchplatz, in dessen Nähe das Grundstück des Fabrikanten lag. Der alterthümliche, mächtige Bau löste seine düstre Masse in ungewissen Linien von der Finsterniß der Nacht ab. Die kleinen Häuser, welche ihn umringten, waren meist finster, nur da und dort fiel ein einzelner Lichtstrahl aus einem Fenster und schlüpfte über zwei oder drei alte Leichensteine, deren graue verwitterte Platten in den Boden gesenkt, die einzigen noch übrigen Spuren eines ehemaligen Kirchhofs waren. Ein paar hohe Bäume klapperten in ihren Gittern und Ecken mit nackten Zweigen und leise klingend fielen dann und wann von den ungeheuren Bogenfenstern der alten Kirche kleine Glasstückchen herunter, die der Wind mit hohlem Rauschen abbrach und der Vernichtung zuschleuderte.

Eine Minute stand Clara wankend an jener Stelle, dann ging sie mit langsamen Schritten über den dreieckigen kleinen Platz fort, an dessen entgegengesetzter Seite die Kirche dicht an die Häuser trat. Als sie bis in die Mitte gekommen war, hörte sie den Schritt eines Mannes, der ihr entgegen kam und wartend still stand, als er die dunkle Gestalt entdeckte.

Du bist es, Clara, sagte er leise, ich habe meine Sehnsucht kaum beherrschen können.

Ich bin es, mein Herr, ja, ich bin es, erwiderte sie gefaßt und ruhig, dicht an ihn herantretend. Ich habe Ihren Wunsch erfüllt, weil ich wissen will, wie viel Wahrheit oder Lüge in Ihrem räthselhaften Briefe enthalten ist.

Und darum nur, darum allein bist Du gekommen? fragte er mit sanft und traurig klingender Stimme.

Ich wüßte nicht, gab sie zur Antwort, welchen Grund ich sonst haben könnte.

Es ist noch nicht lange her, wo Du nicht so gesprochen haben würdest, fuhr er fort. Ich habe oftmals in der Laube dort hinter der Mauer in nächtigen Stunden Dich erwartet; in meinen Armen hast Du nie gefragt, ob meine Briefe Lügen sagten, und was darin stand nie bezweifelt, denn Du wußtest, wie sehr ich Dich liebe.

Er streckte die Hände nach ihr aus und wollte sie umfassen, aber sie wich einen großen Schritt zurück. – Wir kennen uns beide genau genug, wie ich denke, sagte sie mit sanfter, aber fester Stimme. Leider muß ich in Demuth zugeben, daß es eine Zeit gab, wo ich so thöricht war, Alles zu glauben. Sie können nicht erwarten, daß dies jetzt noch der Fall sein soll; im Gegentheil, selbst die Wahrheit in Ihrem Munde wird an meinem Unglauben zur Lüge werden.

Sie fürchten oder verabscheuen mich also? fragte er, oder Beides zugleich ist mein Loos.

Weder das Eine noch das Andere, erwiderte Clara, zu Beidem gehört eine Reizbarkeit, die ich überwunden habe.

So geben Sie mir die Hand zur Versöhnung, sagte er lauter. – Wie verdammt dunkel ist diese Nacht, daß ich Dein reizendes, zürnendes Gesicht nicht sehen kann.

War es sein rasches Nähertreten, oder die lebhafte Sprache, oder die Hast, mit der sie noch weiter zurückwich, sie schien vom heftigen Schrecken gefaßt zu sein, als er ihren Mantel festhielt und lachend fragte: Was fürchtest Du denn, Clara! Mein Wort darauf, Du hast nichts zu fürchten!

Sie haben einen Brief an mich gerichtet, erwiderte sie, in welchem Sie mir sagen, daß über meines Vaters Haupt eine große Gefahr schwebe, die Sie abwenden können und wollen, wenn ich mich zu einer Unterredung einfinde. Ich bin gekommen, trotz meines Widerwillens. So reden Sie denn, welche Gefahr droht meinem Vater, und was wissen Sie von Handlungen, die meinen Bruder verderben können?

Laß uns unter den Schutz der Kirchenmauer treten, erwiderte der Herr. Der Wind pfeift über den Platz, es ist ziemlich unangenehm hier zu stehen. Du zitterst, Clara.

Antworten Sie mir, sagte sie, indem sie ihm folgte.

Wir wollen uns unter das Eingangsportal stellen, fuhr er fort, auf den gothischen Schwiebbogen deutend, der einige Schritte von ihnen tief und schwarz in das Gemäuer lief. Es könnte Jemand vorübergehen, der uns störte.

Nein, nicht weiter, gab sie zur Antwort. Sprechen Sie kurz und bestimmt, wenn ich nicht glauben soll, daß Sie zu vielen Lügen eine neue ersonnen haben.

Du bist eine kleine Thörin! rief der Herr, und seine Stimme schwankte zwischen Aerger und Spott, aber wie Du willst, ich kann Dein Mißtrauen nicht verdammen. Du zürnst auf mich, Clara, weil ich Dich vernachläßigte. Du hältst mich für treulos, weil die Verhältnisse mächtiger sind, als unsere Vorsätze und mein vernünftiger Wille sich ihnen beugen muß. Wo sollte ich noch eine Erfüllung für möglich halten, wie Du sie forderst? Meine Liebe, die unwandelbar ist, mein Herz, das Dir gehört und immer gehören wird, hast Du zurück-gewiesen; meine Leidenschaft, die zu Deinen Füßen die Menschen und ihre Satzungen verachtete, hat Dich kalt und bedächtig gemacht. Du liebst mich nicht, wie ich Dich liebe.

Genug, genug! fiel sie ein. Ich habe keine Antwort dafür.

So habe ich denn alle Hoffnung verloren, sagte er. Keine Stimme in Dir spricht für mich!

Nein! ich hoffe zu Gott, nein! erwiderte sie mit Anstrengung.

Also Haß wo Liebe war, unversöhnlicher, bitterer Haß!

Auch der nicht, sagte sie leise bebend. Wir wollen Beide unsern Weg gehen, Beide glauben, daß wir uns täuschten und daß es nicht anders sein sollte.

Fromm und schön! rief der Herr lauter, aber mir genügt es nicht. Ein Anderer hat meinen Platz eingenommen. Antworte auf meine Frage. Ist es nicht so? Ich weiß mehr, wie Du meinst. Ich habe keine Antwort darauf, sagte sie kaum hörbar.

Gravenstein! flüsterte er, indem er ihren Arm hart anfaßte. Wie Du zitterst! Ja, Gravenstein!

Es ist Wahnsinn! rief sie verächtlich.

Du lügst es Dir vor, fuhr er hastig fort. Er weiß es, er hat es in Deinen Augen gelesen; oder glaubst Du, der ehrenfeste Baron nachtwandelte umsonst an Deinen Fenstern vorüber? stände umsonst dort und hörte Deine Lieder? Und wenn er Abends spät von Deiner beglückten Nebenbuhlerin, von seiner Braut kommt, von Elisens Küssen noch warm ist, was treibt ihn dann hierher, um an Deiner Thür zu seufzen? – Es ist möglich, rief er höhnisch lachend, daß Du selbst nicht weißt, welchen Schaden Deine zärtlichen Blicke angestiftet haben; aber die Wirkung ist da, es kommt darauf an, wie man sie benutzt.

Und dies Gewebe von Verläumdung und Gemeinheit soll ich hier erfahren? sagte sie stolz. Ist es fertig oder fehlt noch etwas daran?

Nicht ganz, erwiderte er. Gravenstein war entschlossen, Euch auspfänden zu lassen, er sah Dich und seine Entschlüsse wankten; er suchte einen Ausweg, den Dein Bruder ihm bot. Du kennst diesen Ausweg?

Herr von Gravenstein handelte edelmüthig, als er den Vorstellungen meines Bruders nachgab und meinem armen hart geprüften Vater eine Frist bewilligte.

Edelmüthig allerdings, aber Dein Bruder that mehr als er nöthig hatte. Er wußte nicht, wie lammweich das Tigerherz des Barons geworden war. Er gab ihm Wechsel.

Wechsel! wiederholte Clara und plötzlich lief es wie ein Blitz durch ihren Kopf, sie dachte an die Fragen und Antworten ihres Vaters und Bruders.

Wechsel! erwiderte der Herr, indem er sich zu ihr neigte und mit höhnischem Ausdruck hinzufügte: Papiere besondrer Art, die keines Menschen Auge sehen darf.

Warum nicht? Was sagen Sie da? fragte sie fast unhörbar.

Weil sie falsch sind! flüsterte er ihr ins Ohr.

Sie legte die Hand an die eisige Mauer, als suche sie eine Stütze, plötzlich aber richtete sie sich auf und sagte mit großer Festigkeit: Wem Sie diese Nachricht auch verdanken mögen, sie ist nichtswürdige Verleumdung. – Herr von Gravenstein wird pünktlich wie mein Bruder es ihm zugesagt, sein Geld empfangen.

Es ist möglich, erwiderte der Herr gleichgültig lachend, aber das ändert nichts. Ich bin es nicht allein, der von dem Verbrechen weiß, auch Andre wissen es, die Deines Vaters und Bruders Todfeinde sind. Jeden Augenblick kann das Beil auf Euch niederfallen.

Mein Gott! mein Gott! seufzte das junge Mädchen.

Darum habe ich geschrieben, fuhr er fort, jetzt weißt Du es, aber ich habe die Mittel in meiner Hand, alles Uebel von Euch abzuwenden. Versöhne Dich mit mir, mein süßes Clärchen, flüsterte er bittend, indem er den Arm um sie legte, schenke mir Dein Herz und Deine Liebe wieder und ich schwöre Dir mit tausend Eiden, Alles soll sich fügen, wie Du es wünschest. Nicht allein die Fälschung soll auf immer begraben bleiben, ich will, wenn ich Dein Beichtvater sein darf, Dich so glücklich machen, wie Du es nicht ahnen kannst, und wenn etwa wirklich der steife, ehrenfeste Gravenstein Dir behagt, nun, so giebt es Wege genug, um ihn aus Elisens Armen zu reißen, wenn uns Beiden damit gedient ist und wir als Freunde verfahren.

Er hielt einen Augenblick inne, denn die Uhr im hohen Thurme über ihren Köpfen hob aus und schmetterte elf dumpfe Schläge durch die Luft, die in dem Werk der Mauern langsam verhallten.

Die Mitternachtsstunde beginnt und die Geister wachen auf, fuhr er dann schmeichelnd fort. Laß uns gehen, mein armes, erschrockenes Clärchen, ich begleite Dich. Die Nacht verschweigt alle Geheimnisse der Liebenden. Hier heult der Wind, in Deinem Stübchen ist es warm. Bei Allem, was heilig ist, ich will Dein treuester Freund und Diener sein.

Mit einer plötzlichen Anstrengung machte sie sich frei; aber er faßte sie fester in seinen Mantel. Du willst nicht? fragte er lachend, Du mußt wollen. Du bist zu verständig; ich habe Dich in meiner Macht; bedenke Alles, ich liebe Dich ja.

O! wäre mein Bruder hier, sagte sie mit stolzer Heftigkeit. Laß meinen Arm los, erbärmlicher Mensch!

Und wenn ich nicht will, Clärchen?

Ich befehle es, rief eine tiefe Stimme aus dem Dunkel des Portals und drinnen regte es sich. Eine mächtige Gestalt löste sich aus dem Schatten los; es klirrte und rauschte auf den Steinplatten. Die Ueberraschung war so groß, daß der Unbekannte, von Furcht ergriffen, eilig zurücksprang und über den Platz fortlaufend entfloh.

Nach einigen Augenblicken sah Clara die Gestalt hervortreten und sich ihr nähern. Ein lähmender Schrecken hatte sie erfaßt; an die Wand der Kirche gelehnt schien sie in diese versinken zu wollen, keines Wortes mächtig und des Gebrauchs ihrer Glieder beraubt. – Sie fühlte endlich, daß sie unterstützt und fortgeführt wurde bis zu der Thür in der Mauer, die unverschlossen geblieben war.

Eine Hand streckte sich aus und öffnete diese Thür, dann trat die dunkle Gestalt zurück und ohne ein Wort zu sagen, wandte sie sich um und ging mit festen raschen Schritten das Gäßchen hinauf. – Wo die Straße mündete, flimmerte ein Lichtstrahl aus einem gegenüber liegenden Hause herein, Clara's Augen starrten dorthin. Sie sah einen hohen Mann, der ohne umzublicken schnell um die Ecke bog, und von Fieberschauer ergriffen, glühend und zitternd, eilte sie über den Hof, wankte unbemerkt ins Haus und sank erschöpft auf ihr Bett.

»Du kannst es mir aber doch sagen, wer der Mensch gewesen ist!« mit diesen Worten war Frau Mertens am Abend endlich eingeschlafen, als Anton das Licht ausgepustet hatte und gar nicht mehr antwortete, und mit denselben Worten erwachte sie am nächsten Morgen.

Anton schien Anfangs keine Lust zu haben einen Laut von sich zu geben. Er unterhielt sich mit seinem Kinde, das er aus der Wiege nahm, hob es zu dem Zeisig empor, der in dem kleinen Bauer am Ofen saß, und ließ es in die Lampe schauen, nach der es jauchzend seine Händchen ausstreckte.

Was er mich ärgert! rief die Frau von Zeit zu Zeit dazwischen. Ich will es wissen; ich sage, es ist schlecht von Dir, mich so zu quälen. Antonchen? willst Du mich denn wirklich so kränken? Gut kannst Du mir nicht sein, magst Du sagen was Du willst, Du kannst mir nicht gut sein, sonst wär's unmöglich, daß Du mich so verachten könntest.

Liebste Guste, sagte er endlich, bist alleweil aufgebracht über Nichts. Deine Tücher hast Du wieder und in jedem ein blankes Zweithalerstück eingeknüpft. Hätte ichs gewußt, ich hätt's nicht genommen, doch weils kleine Zettelchen sagte, es sollte für das Püppchen hier sein, so mag's darum hingehen, aber Gutthaten soll kein Mensch sich abkaufen lassen, und obenein – nun ja, ich hab' Dir's gesagt – obenein weil ich weiß, wer unsere Christenpflicht erfahren hat.

Siehst Du wohl, fiel Guste heftig ein, Du weißt es, warum also soll ich es denn nicht wissen? Ich bin Deine angetraute Ehefrau, und seiner Frau muß ein ordentlicher, rechtlicher Mann Alles sagen, gar nichts darf er ihr verschweigen. Willst es mir sagen, Antönchen? fuhr sie schmeichelnd fort, ich habe Dir auch den Kaffee recht süß gemacht. Du lieber Gott! wenn wir uns nicht einmal Alles anvertrauen sollten! Ich könnte Dir nichts verheimlichen, und wenns mein Leben kosten müßte. Also, jetzt sage es mir, wer ist es gewesen? Einen Bart hatte das Gesicht, ich will es beschwören. Es ist eine Schande, Anton, daß Du sehen kannst, wie es mir das Herz abdrückt. Das ist also der Lohn für alle meine Liebe und Treue. Als ob er keine Ohren hätte, als ob ich ein hergelaufenes Weib wäre, als ob ich – hier stieß Guste mit der Kaffee-kanne wüthend an die Tasse, die sie umwarf und zerbrach, daß die braune Fluth weit über den Tisch floß.

Ist es denn möglich! schrie sie im höchsten Zorn, so weit kann er es treiben, dahin bringt er es mit seiner Schlechtigkeit, daß ich die Tasse zerbrechen muß. Willst Du es nun sagen, Anton, willst Du es auf der Stelle sagen. – Sieh her, wie ich zittre; ich muß krank werden, es ist nicht anders, und wenn ich da liegen werde aus Aerger und Gram über Deine Behandlung, so sieh zu, was Dein Gewissen sagt.

Anton legte schweigend das Kind in die Wiege und schüttelte den Kopf.

Du hast kein Gewissen, rief Guste, Thränen in den Augen, wenn Du ein Gewissen hättest, würdest Du ein anderer Mensch sein, ein Mann der seine Frau achtet. Keiner würde es so machen wie Du, Keiner der seine Frau liebt. Und heut haben wir Weihnachtsabend. Du lieber Gott! jeder Mensch freut sich heut und ist einig und vergnügt. Ich habe gemeint heute Freudenthränen zu vergießen, wenn das

Christbäumchen brennt und unser Kind vor Glück springt und seine kleinen Händchen ausstreckt und nun – sie hielt sich die Augen mit der Schürze zu.

Die Thränen einer Frau, und wären sie noch so thöricht, verfehlen selten ihr Ziel bei einem Manne, der Mitleid und Liebe in seinem Herzen hegt. – Anton hatte längst alle Vernunftsgründe erschöpft, er wußte recht gut, daß damit nichts mehr zu erreichen war; jetzt, als er die Aufregung seiner Frau sah, wurde ihm bange, sie könnte wirklich krank werden und großes Leid über ihn bringen.

Bist gut, liebste Guste, sagte er, noch sanfter wie gewöhnlich und voller Theilnahme. Ich wollte es Dir gerne sagen, aber ich habe es versprochen, stille zu schweigen, und ein ehrlicher Kerl muß doch sein Wort halten, wenn's ihm auch schwer werden mag.

Wenn Du verständig wärest, antwortete sie eifrig, so würde es Dir gar nicht einfallen, daß der Herr Deine Frau auch damit gemeint haben könnte, nachdem ich es doch gewesen bin, die das Meiste damals für das junge Frauenzimmer gethan hat.

Dies Samenkorn fiel auf keinen schlechten Boden, denn Anton nickte leise dazu, aber im nächsten Augenblick sagte er dennoch: Ich weiß nicht, Guste, aber es ist mir doch alleweil noch immer so, als ob es besser wäre, Du wüßtest es nicht; wenn es Dir aber keine Ruhe läßt, nun in Gottes Namen denn, so sollst Du es erfahren.

Als ob er sich jedoch in diesem stillen Raume noch scheute, was er wußte laut herauszusagen, so flüsterte er seiner Frau einige rasche Sätze und Namen ins Ohr, die diese mit Verwunderung anhörte, dann in die Hand schlug und alle Zeichen halb gesättigter Neugier, die überall auf Zweifel stößt und weitere Aufklärung fordert, in ihren Mienen und Augen zur Schau trug.

Ich kann es noch gar nicht recht glauben! rief sie; aber jetzt fällt mir das Gesicht wieder ein und die Aehnlichkeit.

Aber kein Wort, Guste, zu keinem Menschen, sagte Anton warnend. Wenn sie es herauskriegten, daß der es war, das vergäßen sie uns nicht.

Was machen wir denn aber mit dem Professor, der es durchaus wissen will, fragte sie.

Das wäre der Rechte, erwiderte Anton trotzig. Ich wollte, wir wären den überhaupt los; ich wollte, ich hätte den Nußknacker nie gesehen. Element! Guste, ich habe ihn satt; und es läuft mir eine Gänsehaut über den Rücken, wenn ich an den Verein denke. Gehe mir weg, es brennt mir Innen wie Feuer und die Finger zucken mir, daß ich da wieder hin soll und mein Gewissen will's nicht leiden.

Du bist ein Narr, sagte die Frau lachend, als ob Einem das Gewissen satt machte. Fang' nicht die alten Geschichten an, Anton, aber mit dem Professor will ich schon fertig werden. Da kommt er über die Straße, rief sie zum Fenster aufblickend und erschrocken in die Hände schlagend. Er kommt, meiner Seele, in aller Frühe schon, und hat ein großes Pack Schriften unter dem Arm.

Anton zog rasch seinen Rock an, stülpte den Hut auf und fuhr in die Stiefeln.

Wo willst Du denn hin? schrie Guste, ihn am Kragen festhaltend.

Fort, sagte er hastig, ich will ihn nicht sehen. Mach, was Du willst, ich weiß wahrhaftig nicht, wie ich lügen soll, ohne die Wahrheit zu sagen. Brings in's Geschick, liebste Guste, es soll nicht lange dauern, so bin ich wieder da.

Er lief durch die Hinterthür in die Küche hinaus, als der Professor bedächtig eben die Treppe hinabstieg. Die Frau packte die Tassen zusammen in den Spülnapf und warf einen listigen Blick durch das Glasfenster, als der Besuch draußen klopfte.

Ach, mein Gott! rief sie, die nassen Hände an der Schürze trocknend, der Herr Professor, und wie sieht es hier aus.

Häuslich und wirthschaftlich, erwiderte Viereck. – Ohne alle Störung, Frau Mertens, guten Morgen. Ich habe Sie wohl überrascht? Und wo ist der Mann?

Ich bin ganz allein, sagte sie mit koketter Verlegenheit ein wenig verschämt und doch mit gehöriger Dreistigkeit lachend.

Und so hübsch, so zierlich, so allerliebst! rief der gelehrte Herr, indem er mit der Hand an ihr schwarzes Polkajäckchen hinabstrich.

Blos wie es sich gehört, erwiderte Guste ausbeugend. Aber der Herr Professor sind schon so früh auf der Straße.

Aus Theilnahme für Sie, kleine Frau, sagte er mit seinem freundlichsten Grinsen; aus einem Zuge meines Herzens, der mich zu Ihnen reißt.

Na, wer das glauben wollte! Wenns eine Brücke wäre, ich ginge nicht drüber! rief die hübsche Frau, ihre großen blauen Augen schelmisch aufschlagend.

Der Professor griff in seine Halsbinde und deutete mit drei Fingern auf sein Herz. Zweifeln Sie nie, sprach er mit Würde. Wenn ich sage: Es ist so! so steht es fest, es ist so! Meine Freundschaft ist treu, und eben weil ich ein treuer Freund bin, geben Sie mir Ihre Hand.

Er streckte die Hand aus und blinzelte einladend unter seiner Brille, indem er ihr zunickte.

Guste zuckte rechts und links mit den Schultern und fuhr mit den Händen bald vor, bald zurück. Ach, nicht doch, Herr Professor, sagte sie sich sträubend; ich darf es gar nicht wagen; meine Hände sind nicht darnach, die müssen arbeiten was vorkommt, und sehen Sie einmal hier, wie zerstochen Daumen und Zeigefinger sind von allem Nähen.

Köstlich! rief der Professor, seine braunen runden Augen weit aufmachend, indem er bald die Hände betrachtete, welche er beide endlich festhielt, bald von seinem Stuhle nach oben sah in das kräftige blühende Gesicht, das sich mit schalkhafter Sprödigkeit zur Seite wandte, als wollte es seinen Blicken ausweichen.

Diese Naivität! dieser Humor! er ist unerreichbar, flüsterte Viereck, und diese appetitlichen Händchen! fügte er mit einer begeisterten Anstrengung hinzu. Gerade wie Gretchen im Faust von ihren Händchen sagt: Wie mögt ihr sie nur küssen und dennoch – hier drückte er einen Kuß auf Gustens Finger, die sie rasch fortzog und lachend drohte: Wenn Anton das wüßte! Warten Sie, Herr Professor, der ist eifersüchtig wie ein Türke; ich darf es ihm gar nicht sagen.

Der Professor war entzückt, daß Jemand auf ihn eifersüchtig sein könnte. Er schlug übermäßig lachend mit der Hand auf sein Knie und schleuderte ein Paar triumphirende Blicke auf den Gegenstand seiner Hingebung.

Lassen Sie ihn eifersüchtig sein, wir wollen es ihm schon abgewöhnen, sagte er. Ich denke ihn zu erziehen, zu bilden und zu uns zu erheben. Kommen Sie her, kleine Frau, kommen Sie her, wir wollen Frieden schließen; ich denke, Sie fürchten sich nicht vor mir.

Guste machte ein listiges Gesicht. Sie war eine Hand breit größer, als der Professor, und offenbar zu Vergleichen aufgefordert. Ich fürchte mich gar nicht, erwiderte sie, wovor sollte ich mich denn auch fürchten?

Allerliebst! lachte der Professor, die Hände mit ungeheurer Schnelle reibend, allerliebst, und doch so natürlich. Nein, Furcht dürfen Sie nicht haben, haha! Furcht ist ganz überflüssig, ich will Ihnen ja nur Liebes und Gutes erzeigen. Er grinste sie entzückt an, und Guste stimmte vergnügt in sein Gelächter ein, während etwas sich um ihre

Brust zusammenzog, was bis in ihre Fingerspitzen ärgerlich zuckte. Nun sehen Sie her, fuhr Viereck fort, ich will Ihnen auch sogleich den Beweis dafür geben. Heut ist Weihnachtsabend und gestern spät haben wir noch über die Vertheilung der gesammelten Geschenke und Geldspenden beschlossen. Aepfel und allerlei Süßigkeiten, sammt Spielzeug für den kleinen Burschen da, sollen heut Abend noch folgen, aber das Beste bringe ich gleich mit, heda! Er schlug an seine Tasche, faßte hinein, zog eine Hand voll Thaler heraus und zählte langsam und laut fünfzehn Stück auf den Tisch.

Streichen Sie ein, rief er, streichen Sie Alles ein, und keinen Dank jetzt, ich werde ihn mir später einfordern. Mertens soll mir morgen den Empfang bescheinigen, aber ich denke, kleine Frau, Sie sollen öfter blanke Thaler einstecken. Ich habe die Mittel, um Anhänglichkeit zu belohnen; nun, was meinen Sie – bin ich Ihr Freund oder nicht? He, Gustchen? Ist ein treuer Freund nicht eine gute Sache in aller Noth?

Ums Himmels Willen! rief Guste seinen annähernden Bewegungen ausweichend, wenn Jemand käme! Ich weiß gar nicht, was ich sagen soll, lieber Herr Professor. Ach Gott! wie wird Anton sich freuen!

Wo steckt er denn eigentlich? fragte er.

Er ist zu Kunden gegangen, sagte sie, und will wohl auch ein Christbäumchen mitbringen.

Da fällt mir ein, rief der Professor plötzlich ernsthaft werdend, daß ich von gestern noch ein paar Fragen zu thun habe.

Guste nahm rasch die Thaler fort, legte sie in den Tischkasten und stellte sich davor. Was war es denn, gütiger Herr Professor, was war es doch gleich? sagte sie während dieser Arbeit. Ach! richtig, Sie wollten wissen, wie es mit den beiden blutigen Tüchern war, die wir der armen Dame geliehen hatten und mit dem bärtigen Herrn, der sie gestern Abend wiedergebracht hat.

Mit diesem Anfange erzählte sie weitläuftig und ziemlich geläufig eine lange Geschichte von einer jungen Dame, die einen harten Fall gethan und ein tüchtiges Loch am Kopfe davon getragen hätte. Anton habe sie herunter gebracht, weil sie ganz ohnmächtig gewesen sei, und lange Zeit sei nöthig gewesen, ehe sie mit den Tüchern um den Kopf hätte nach Haus gehen können.

Hm! sagte der Professor, der aufmerksam zugehört hatte, und Sie haben wirklich nicht nach dem Namen gefragt?

In der Verwirrung und Aufregung dachten wir erst daran, als sie fort war.

Die ganze Geschichte ist etwas seltsam, fuhr Viereck fort, ich bin jedoch überzeugt, daß meine kleine Freundin mir die Wahrheit sagt.

Ich kann es Wort für Wort beschwören, sagte Guste mit dem ehrlichsten Gesicht, daß ich nicht gewußt habe, wer sie war, und daß sie fortgegangen ist ohne ein Wort davon zu sagen.

Wie lange ist es her? fragte der Professor.

Wie lange? O! es können drei, nein es werden vier Wochen sein.

War die Dame groß?

Guste besann sich. Ich denke sie war groß, sagte sie.

Schlank, mit dunklen Augen und hohen auffallend gewölbten Augenbrauen.

I Gott bewahre! rief die junge Frau lachend, so schön war sie nicht.

Sehr starkes, glänzend schwarzes Haar.

Ich möchte einen Eid darauf nehmen, sie waren braun oder blond vielmehr, fiel Guste ein.

Dann kann sie es nicht sein, sagte der Professor vor sich hin. Wo war denn das Loch? Auf dem Hinterkopf?

Das war es ja eben, rief Guste. Auf der Stirn war es, grade mitten hier auf der Stirn, kreuz und quer durchgefallen. Es muß eine Narbe bleiben so lange sie lebt.

So ist es unmöglich, fiel der gelehrte Herr ein, denn ich habe sie, die ich meine, vor einigen Tagen zufällig gesehen und keine Spur von Pflaster oder Narbe entdeckt.

Sie glauben also, daß Sie sie kennen? fragte Guste.

Der Professor nickte würdevoll. Wenn es die wäre, sagte er, so hätte eine gelinde Kopföffnung ihr nicht schaden können. Aber sie ist es nicht.

Ich ging mit einem meiner Freunde, dem Baron Leichtwitz, dicht an ihr vorüber. Leichtwitz sagte: Süperbes Fleisch! worauf sie ihn mit ihren stolzen Augen starr ansah. – Wir hätten die Narbe sehen müssen; aber gestern, der Mensch mit dem großen Bart, der die Tücher wiederbrachte, ich bin noch jetzt beinahe überzeugt, daß es ihr Bruder gewesen sein muß.

Wessen Bruder denn, lieber Herr Professor? sagte Guste neugierig.

Liebliche Unschuld! rief der Professor ihre Arme fassend, ich will kein Gemälde entwerfen von diesem Bösewicht, der zwischen uns nicht genannt zu werden verdient. – Er lächelte anmuthig und nickte zu ihr empor, plötzlich aber läutete die Glocke an der Außenthür und mit einem hastigen Ruck befreite sich die junge Frau.

In dem Augenblicke, wo dies geschah, ließ sich draußen eine kräftige und froh angeregte Stimme hören. Nein, mein lieber Freund Mertens, lauteten die deutlichen Worte, ich will selbst Ihrer guten Frau danken, für den Beistand, den sie dem armen erschrockenen Verwundeten geleistet hat. Es war eine verteufelte Geschichte. Das Pistol ging mir in der Hand los. Ich hatte es für ganz andere Dinge bestimmt. Helfen konnte ich ihr nicht, ich rief ihr zu, davonzulaufen; aber sie hat ein muthiges Herz und verdiente ein Mann zu sein.

Eine schreckliche Verlegenheit ergriff die junge Frau, als sie diese rasch und unaufhaltsam gesprochenen Worte hörte. Ihr ganzes Gesicht färbte sich mit einer dunkelen Röthe, die bis in Hals und Nacken lief. Sie wußte nicht, was sie beginnen sollte; ihre erschrockenen Augen richteten sich auf den Professor, der ganz still saß, doch ebenfalls nicht wenig verwirrt und überrascht schien.

Das Einzige was Guste in rascher Ueberlegung that, war, daß sie die Tassen auf dem Tisch zusammenpackte und tüchtig klirren ließ, während sie so heftig und laut sprach, daß sie die Stimmen draußen überschrie. – Da ist ja mein Mann, Herr Professor, rief sie. Sehen Sie wohl, Herr Professor, ich sagte, er käme gleich wieder. Nicht wahr, lieber Herr Professor, ich habe Recht, Herr Professor. Aber wer da mit ihm kommt, weiß ich nicht, Herr Professor. Anton, da ist der Herr Professor! Komm doch herein, der Herr Professor sitzt hier; der gute Herr Professor hat Dir eine Weihnachtsfreude machen wollen.

Sie winkte dabei durch die Scheibenthür und schob den grünen Vorhang zurück, hinter welchem Anton höchst rathlos und bestürzt stand und seinen Begleiter festhielt, der ihm lebhaft zuflüsterte und ihn seitwärts schieben wollte, während der Schuhmacher ihn hinderte, die Thür aufzumachen.

Nach einigen Augenblicken aber riß Guste selbst die Thür auf und deutlich genug vernahm sie, daß der Fremde leise sagte: Es ist besser, jetzt hinein als hinaus. – Dann trat er über die Schwelle und mit einer höflichen Verbeugung wandte er sich plötzlich von der jungen Frau zu dem Professor, der aufgestanden war und seinen Mantel bedächtig umwarf.

Wie! rief der Herr überrascht, wen finde ich hier? Unseren verehrten Freund, als Arbeiter im Weinberge des Herrn. Wohin muß der Himmel seine Heiligen führen, damit sie sich begegnen?! Aber welch glücklicher Zufall, lieber Professor. Ich bin hier in der Nähe bei einem Freunde, als dieser würdige Meister dort erscheint. Auch ich brauche, trotz meiner demokratischen Verwilderung, als Kulturmensch die verwünschten aristokratischen Dinger, welche man Stiefeln nennt, um festzustehen auf meinen Beinen. Sie wissen, Feststehen ist die Hauptsache! Es bleibt mir somit nichts übrig, als ihm zu folgen, und wie die Perle in der grauen Schale finde ich hier den Mann der so oft schon mich aufrichtete, belehrte, erbaute, tröstete, und an seiner Weisheit Brüsten säugte. Bleiben Sie, theuerster Freund, bleiben Sie, wir dürfen den schönen Augenblick unseres Wiederfindens nicht zu schnell abkürzen. Der Professor hörte unerschütterlich diesen Strom von Spöttereien an, ohne eine Miene zu verziehen. Langsam griff er nach seinem Hute und nach den Papieren, die unter diesem lagen; dann richtete er sich würdevoll auf, und betrachtete den redseligen Herrn mit Blicken voll Ueberlegenheit. Herr Felix Herzer, sagte er, ich habe die Ehre, Ihnen zu bemerken, daß es mir leider an Zeit gebricht dies zufällige Zusammentreffen zu benutzen, wie es dasselbe verdient.

O! fiel der junge Mann höflich ein, ich verstehe, mein lieber Herr Professor Viereck. Sie werden jedenfalls von einigen ihrer berühmten und vornehmen Freunde erwartet und haben Besseres zu thun, als sich mit mir zu beschäftigen, aber es ist ein Wink des Schicksals, daß ich Sie finde, theurer Herr Professor, denn ich denke von Ihnen einige Nachrichten über Personen zu erhalten, die mein besonderes Interesse erregen.

Jedermann weiß, erwiderte der Professor, in seine Halsbinde fassend, daß ich allen meinen Mitmenschen gern hülfreiche Dienste leiste, und selbst – hier betrachtete er den jungen Mann mit weit geöffneten Augen und hielt einen Augenblick inne – selbst solche, mit denen ich gern nichts zu schaffen habe, sind nicht davon ausgeschlossen.

Nun denn, sagte Felix lächelnd, darf ich wohl hoffen, daß sie mir aufrichtig bekennen, ob diese christliche Menschenliebe Sie auch geleitet hat, als Sie heut hierher kamen?

Was wollen Sie damit sagen? fragte der Professor mit einem seiner starrsten Blicke.

Lassen wir das, fuhr der junge Mann fort, Friede sei mit uns und diese Stunde eine Stunde der Versöhnung. Warum also wollen Sie mir jetzt noch nachjagen mit Rossen und mit Wagen? Ich habe früher allerdings wohl zuweilen Ihren Zorn verdient, als ich in Jugendthorheit Ihre tiefsinnigen Wahrheiten anfocht und zuweilen die Lacher auf meiner Seite hatte.

Wollen Sie mich hier von Neuem beleidigen und schmähen, rief Viereck, sein rothes Gesicht mit Würde erhebend, wie Sie dies in roher Weise oft schon gethan haben?

Ich will Sie durchaus nicht beleidigen, fiel Felix demüthig ein, ich schwöre Ihnen vielmehr, daß es meine Absicht ist, Sie zu versöhnen. In wenigen Tagen schon werde ich diese Stadt und dieses Land für immer, wie ich hoffe, verlassen, mein alter Vater und meine arme Schwester, die zurückbleiben, können Ihnen keinen Grund zu Haß und Verfolgung geben.

Ich hasse und verfolge Niemanden, sagte der Professor.

Sie sind zuletzt immer noch der Unschuldigste, und ich glaube Ihnen, sagte der junge Mann. Sie besitzen aber auch einigen Einfluß auf meinen theuren Vetter Zippelmann und auf den Geheimrath. Ich weiß, daß diese Menschen trotz Allem was sie schon über uns gebracht haben, noch immer auf Böses sinnen. Ich bitte Sie, mein lieber Herr Professor Viereck, wenden Sie Ihren Einfluß an, um Ihre Freunde von weiteren Schlechtigkeiten abzuhalten, und warnen Sie den Geheimrath besonders vor so elenden Subjecten, wie sich diese in seiner Nähe befinden.

Ich habe die Ehre, Ihnen zu bemerken, sagte der Professor in seiner pathetischen Art, daß ich nicht Lust habe, hier Männer schmähen zu hören, welche ich schätze und hochachte.

Und warum, mein theurer Herr, warum schätzen und achten Sie diese Männer?

Weil sie vor der Welt zu hoch und rein stehen, um von der Verläumdung angetastet zu werden.

Vor der Welt! ja wohl, vor der Welt! rief Felix, aber Sie kennen ja hinlänglich alles, was meinem Vater und uns widerfahren ist. Sie haben selbst daran Theil genommen, so viel Sie vermochten. Sie sind Partei, und dennoch traue ich Ihnen in diesem Augenblicke zu, daß Sie gerechter sind, wie jene da, die mit Ränken und Betrug aller Art uns zu vernichten suchen.

Betrug und Ränke! erwiderte der Professor drohend, indem er heftig mit dem Kopfe nickte und seine Halsbinde in die Höhe zog – es geht mich nichts an, ich weiß nichts davon, aber hüte sich Jeder, so schändliche Dinge auszusprechen, der nicht reines Herzens ist.

Felix verstummte; seine Augen ruhten flammend auf dem Professor, der erschrocken zurücktrat, denn das Gesicht des jungen Herzer hatte etwas Unheimliches. Ein Zucken lief darüber hin, auf seiner breiten Stirn lag eine fahle Blässe, der wilde Bart schien sich hochzusträuben und seine nervige Hand ballte sich auf dem Tisch zusammen, auf welchen er sich stützte.

Nach einigen Augenblicken aber verschwand die Aufregung aus seinen Zügen und mit seiner früheren Freundlichkeit sagte er: Was sollen wir uns streiten und erzürnen. Wenn Treue und Glauben noch in dieser Welt zu finden sind, so wird den Menschen, die so begierig lauern, um Unglück über uns zu bringen, all' ihr Wüthen und Drohen nichts helfen.

Geben Sie mir die Hand, Professor, und lassen Sie uns als Freunde scheiden. Schlecht und verächtlich sind die, ich sage es noch einmal, welche Sie als Ehrenmänner vertheidigen, aber mag es darum sein. Ich ziehe fort und somit seid so patriotisch und tugendhaft wie Ihr wollt. Bekehrt, wer sich bekehren läßt, stiftet Vereine und haltet Reden, sammelt Geld und werbet Rekruten, frömmelt und heuchelt und streut Saaten aus, die Euch einst verzehren werden. Ihr werdet die Wahrheit doch nicht zur Lüge machen, den Gang der Menschheit und der Geschichte doch nicht aufhalten. Das grüne Reis wird ein Baum werden, aber der abgestorbene Zweig wird dürr bleiben, begießt ihn so viel Ihr wollt, beim ersten Sturm wird er zu Boden stürzen.

Wir haben nichts zusammen zu schaffen! fiel hier der Professor ein, indem er die Hand, welche Felix ergriffen hatte, rasch zurückzog. Was Sie sagen mögen, Herr Herzer, von mir sagen mögen, darüber bin ich erhaben. Von Besserung und Bekehrung ist bei Leuten Ihrer Art nicht die Rede.

Gott sei Dank! nein, lachte Felix, ich darf hoffen, daß Sie keinen Versuch mit mir machen werden.

O, gewiß nicht! rief der Professor mit Pathos. Es giebt Sümpfe, die so tief sind, daß wenn man auch Berge hineinstürzte, sie nicht ausgefüllt werden könnten; giftige Gewächse giebt es, denen kein Leben zu nahe kommen darf; reißende Thiere giebt es, deren Zähnen nichts entgeht.

Und Menschen giebt es, fiel Felix in derselben Redeweise ein, die man Narren nennt, deren Narrheit so unheilbar ist, daß alle Götter vergebens daran kuriren würden.

Mit einem vernichtenden Blicke starrte ihn der Professor an. Felix blieb vor ihm stehen und kreuzte die Arme; der Professor sah aus wie Einer, der eine verzweifelte That im Sinne hat. Alles Blut in ihm schien in sein Gesicht gedrungen zu sein; seine von Natur rothe Nase glühte wie ein Karfunkel, er zeigte seine Zähne und zitterte vor Zorn, gekränkter Eitelkeit und Schaam. Der Schuhmacher und seine Frau standen hinter dem Tisch als ängstliche Zuschauer dieses peinlichen Auftritts, von dem sie nicht wußten, wie er enden würde; plötzlich aber warf sich Felix auf den Stuhl, der neben ihm stand, und in ein höchst unehrerbietiges Gelächter ausbrechend, rief er, von dem komischen Anblick des kleinen wüthenden Mannes überwältigt: Und wenn es mein Leben kostete, ich kann nicht anders. Bringt Wasser, oder er berstet! Professor, so müssen Sie gemalt werden für alle Vereinsmitglieder zur ewigen, unvergeßlichen Erinnerung.

Gut, sagte der Professor mit einem Blicke der tiefsten Verachtung sich abwendend, wir wollen es überlegen, jedenfalls werde ich mich nicht weiter herabwürdigen. Aber das merkt Euch, schrie er, den Kopf in den Nacken werfend und Anton anstarrend, der von dem Lachen des übermüthigen jungen Mannes angesteckt war, welches selbst ein derber Ellenbogenstoß und ein empfindliches Kneipen seiner Ehehälfte in seinen rechten Arm nicht länger unterdrücken konnte – das merkt Euch, Jeder wird erhalten, was er verdient, und die Lügner, die Heuchler, die Betrüger und Verräther sollen ihrem Lohn nicht entgehen. Damit stülpte er seinen Hut auf, rückte heftig mit der Hand an der Krempe und ging zur Thür hinaus.

Bravo! Bravo! *da capo!* schrie ihm Felix nach. Bleiben Sie theurer Freund noch einen Augenblick, nur noch einige würdevolle patriotische Schwüre. Anton in seiner Herzensfreude klatschte in die Hände, während Guste ihm den Mund zuhielt und zwischen Aerger, Furcht, innerer Lustigkeit und eigennütziger Besorgniß schwankend ihm zurief: Willst Du wohl stille sein, willst Du Dich mäßigen, Anton. Er hat uns ja eben fünfzehn Thaler ausgezahlt, der gute Herr Professor; hier liegen sie im Tischkasten. Ich dachte es wohl, wie es kommen würde und habe Sie gleich in Sicherheit gebracht. Und was ist denn das für ein Benehmen bei anständigen Leuten. Lacht man Einen aus, der Geld bringt? Ich frage gar nichts darnach, ob Du mir zuwinkst. Alles was Recht ist; aber was haben wir denn von der ganzen Geschichte? Nichts als Aerger und Verdruß von Anfang bis zu Ende und Gott steh' uns bei! wenn es die Geheimräthin erfährt. Sie macht uns unglücklich! Aus dem Verein wirst Du mit Sang und Klang geschmissen, die zweihundert Thaler nehmen Sie uns, und Alles ist vorbei, Alles ist verloren!

Alleweil laß Dir sagen, liebste Guste, stotterte Anton, den bei diesen inhaltschweren Perspektiven, deren Richtigkeit er anerkennen mußte, doch nicht allzuwohl war, es ist nun einmal nicht anders, und Du hast ja auch gelacht. Ich habe es Dir angesehen, wie Dir inwendig zu Muthe war.

Mir angesehen? erwiderte sie. Du hast mir gar nichts angesehen, ich dachte beständig an den Tischkasten. Aber eine Schande ist es und dabei bleibe ich. Jetzt kannst Du zusehen, was daraus wird.

Liebe Freunde, sagte Felix, grämt Euch nicht darüber, daß Ihr den Mantel der Heuchelei nicht dicht genug über Euch ziehen könnt. Ueber lang oder kurz würde er doch abgefallen sein, oder Ihr würdet falsch und schlecht werden müssen. Ich und meine Schwester, wir sind Ihnen großen Dank schuldig, Frau Mertens, was wir helfen können, soll gewiß geschehen. Ich habe Ihrem Manne schon gesagt, was ich denke und thun will; ich habe ihm Vorschläge gemacht, die überlegt sein wollen, und wie es auch kommen mag, so übel steht es nicht mit uns, daß mein Vater, wenn ich nicht mehr hier bin, nicht in aller Noth mit Rath und That Ihnen zur Seite stehen könnte.

Siehst Du wohl, Guste, das pfeift alleweil aus einem andern Tone, rief Anton und seine Augen glänzten vor Lust, indem er seine Frau umarmte. Jetzt lache ihn aus, lache ihn den Augenblick aus. Sakerment! der Nußknacker und die alte dicke Geheimräthin und alle zusammen, ah! ich könnte an die Decke springen, daß ich nicht mehr in den Verein brauche. Die junge Frau lachte wirklich, aber es kam doch nicht recht von Herzen. Felix setzte sich zu ihr, er erzählte ihr Alles und je länger er redete, um so mehr hellte sich ihr Gesicht auf. Ein lebhaftes Mitgefühl ergriff sie, und lange ehe er geendet hatte, schüttelte sie ihre ansehnlichen Hände voll Zorn über die gemeine Schlechtigkeit derer, die ihn und seine Familie verfolgten.

Der Geheimrath empfing an diesem Morgen schon ziemlich früh seinen Vertrauten, den Kommissarius, der mit geheimnißvoller Miene zu ihm in's Zimmer trat und seinen Backenbart streichelnd, indem er sich verbeugte, in offenbarer Verlegenheit war, wie er beginnen sollte.

Nun, ich sehe schon, wie es steht, lächelte der Geheimrath, ich sehe, mein lieber Nachbar, der Irrthum hat sich aufgeklärt, es konnte auch nicht anders sein. Herr von Gravenstein war bis gestern gegen 10 Uhr bei uns; äußerst ermüdet und von Kopfschmerzen geplagt, ging er nach Haus. Ist es nicht so? Sie müssen es bestätigen, Herr von Gravenstein ist ein Mann, dessen Wort unverbrüchlich ist, und er betheuerte uns, daß er eilen müsse, um in's Bett zu kommen.

Der Polizeibeamte zuckte während dieser Zeit mehrmals mit den Schultern, und schlug seine großen, raschblickenden Augen in verdächtiger, bedauerlicher Weise zu dem sprechenden Herrn auf, um sie nachdenkend wieder von ihm abzuwenden. Er legte den Kopf auf seine linke Seite, um genau zu hören und schüttelte ihn dann nach der rechten Seite hinüber, indem er nochmals an seinen Bart faßte und einige dumpfe Töne von sich gab, die wie ein wiederholtes, langgedehntes Hm! Hm! klangen. Plötzlich aber hob er sein mächtiges, vollwangiges Antlitz steil in die Höhe und sagte mit Energie: Herr von Gravenstein hat Ihnen aber dennoch nicht die Wahrheit gesagt.

Oh! oh! rief der Geheimrath. Nicht die Wahrheit gesagt? Das ist eine kühne Behauptung, eine sehr gewagte Behauptung.

Ich wage nie etwas, erwiderte der Herr, was ich nicht wagen kann und weiß jedesmal was ich zu vertreten habe. Ich sage nochmals, Herr von Gravenstein hat sich getäuscht, denn er ist nicht zu Haus gegangen.

Nun und wohin ist er gegangen? fragte Wilkau unsicher.

Auf den Kirchhof, sagte der Beamte barsch.

Was sagen Sie da! fiel der Geheimrath erschrocken ein. Das ist Tollheit! Auf den Kirchhof. Wollte er die Todten tanzen sehen?

Ich habe es mit meinen eigenen Augen beobachtet, fuhr der Beamte fort, denn bei der Wichtigkeit, welche die Angelegenheit für Sie hat, unterzog ich mich selbst der Vigilirung.

So Sie? sagte Wilkau ihn anstarrend.

Ich! entgegnete der Herr mit Selbstbewußtsein. Er ging so rasch, als er aus Ihrem Hause trat, daß ich ihn fast aus dem Gesicht verlor und nur seine hohe Gestalt, sein flatternder Mantel und meine scharfen Augen ließen mich ihn wieder finden. Einige Minuten stand er dicht an der Mauer der Kirche still, dann sah ich ihn in das Portal treten und nun merkte ich die ganze Geschichte.

Kirchenmauer, Portal, Geschichte! rief der Geheimrath. Theuerster Freund, Sie befinden sich doch wohl?

O! ganz wohl, sagte der Kommissarius lächelnd. Es dauerte gar nicht lange, so kam sie.

Wer kam?

Sie, fuhr der Beamte fort. Ganz leise, wie ein Schatten, ganz schwarz, wie ein Gespenst; aber nun tritt ein seltsamer Zwischenfall ein, den ich mir nicht erklären kann. Es war noch ein Dritter da; wer er war, weiß ich nicht, was sie sprachen, blieb mir verborgen, denn ich stand in zu großer Entfernung. Zuweilen wurde gelacht, dann kam es mir vor, als sei Streit; endlich aber hörte ich deutlich, daß Herr von Gravenstein sagte: Ich befehle es! und bei diesen Worten entfernte sich der Dritte, so schnell er konnte. Er gab ihr den Arm und führte sie fort, ziemlich dicht bei mir vorüber – ich stand nämlich hinter einem Pfeiler – und konnte ganz genau sehen, wie er sie umfaßt hatte und an sich drückte, bis er mit ihr die kleine Pforte erreichte, wo er Abschied nahm.

Sagen Sie mir ein Wort, flüsterte der Geheimrath, seinen Arm fassend. Hat sich das Alles wirklich zugetragen?

So gewiß wir beide hier stehen.

Und der Mann, den Sie sahen, war Gravenstein?

Er war es ganz sicher, denn bis an seine Wohnung habe ich ihn begleitet.

Und sie – das Frauenzimmer meine ich – die in seinen Armen lag – es war – wie heißt sie?

Es war das hübsche Fräulein Herzer, auf mein Ehrenwort, Herr Geheimrath. Sie kennen doch die kleine Pforte in dem Gäßchen. Dort kam sie heraus und ging hinein.

Jetzt weiß ich Alles! stöhnte Wilkau aus tiefer Brust.

Er legte die Hände auf den Rücken, ging durch das Zimmer und kam dann zurück, indem er in gewohnter Weise lächelte. Aber so ganz Herr war er doch nicht über sich, daß sein farbloses, unter den heftigsten Empfindungen arbeitendes Gesicht die noblen Lebensanschauungen bestätigt hätte, welche er dem lieben Nachbar jetzt zum Besten gab.

Wir haben es mit einem jungen Heißsporn zu thun, mein werther Freund, sagte er, dem je eher je lieber Schloß und Kette angelegt werden muß.

Ring am Finger, lachte der Kommissär, und dann einige schreiende Kleinigkeiten, so wird Alles gut.

Der Geheimrath nickte vergnügt. Sie verstehen es, erwiderte er.

Ich kenne die Welt, rief der Herr. Wir haben Alle unsere Streiche gemacht. Leben und leben lassen.

Ein goldenes Wort, sagte Wilkau. Im Grunde ist es nichts und heißes Blut, Verlockung, gereizte Nerven thun viel. Ich werde handeln wie es nöthig ist. Von einer ernstlichen Absicht kann natürlich bei dieser nächtlichen, romantischen Pläsanterie des jungen Herrn auf dem Kirchhofe die Rede nicht sein.

I, Gott bewahre! rief der Beamte, nichts als Spaß.

Also eine Posse, versetzte der Geheimrath, doch Alles hat sein Ende. Es ist aber merkwürdig was unsere Jugend jetzt für Streiche macht.

Es liegt in der Zeit, verehrter Herr Geheimrath.

Eine schöne Zeit! ja wohl, ja wohl! sagte Wilkau. Nun, wir müssen es so hinnehmen. Jugend hat keine Tugend. Man muß die gebratenen Gänse jetzt mit der Haut essen, versetzte der Kommissär.

Die beiden Herren lachten, der Geheimrath schüttelte dem lieben Nachbar die Hand. – Guten Morgen, Herr Nachbar! Sie sind der richtige Mann. Sollte noch etwas vorfallen, so verlasse ich mich auf Sie, aber ich denke, es wird nichts vorfallen. Meine ewige Dankbarkeit bleibt Ihnen, es wird sich schon Gelegenheit finden, wo ich dienen und helfen kann. Immer wenden Sie sich an mich, dreist an mich, nur darum bitte ich – strenge Verschwiegenheit.

Der Kommissär legte den Finger auf den Mund, seine großen Augen glänzten in Ergebenheit und Eifer. Mit einer tiefen Verbeugung und hochgesträubtem Backenbarte verließ er seinen Gönner.

Als er fort war, zog der Geheimrath die Klingel. Der Bediente mit der rothen Nase schoß herein und blieb an der Thür stehen. Der Geheimrath kehrte ihm den Rücken zu und besah eine Feder.

Meine Tochter ist doch schon auf? fragte er.

Das gnädige Fräulein ist vor einer Stunde schon aufgestanden, erwiderte Friedrich vertraut und listig lächelnd. Arbeitet in ihrem Zimmer an der Börse für Herrn von Gravenstein.

So, sagte der Geheimrath, so sage der Louise, sie soll dem Fräulein melden, ich wünschte sie sogleich zu sprechen.

Der Geheimrath blieb stehen, probirte noch einige Federn, nahm dann ein Federmesser und schnitt ein paar Spitzen ab, bis er wieder die Thür öffnen hörte, worauf er sich umwandte und seiner Tochter freundlich zunickte.

Guten Morgen, Papa, sagte Elise, was giebt es denn? Ich bin ganz erstaunt über Deine Botschaft.

Der Papa warf einen forschenden Blick auf sie. – Die aufgewickelten Locken, der Morgenrock, das blasse Gesicht, die matten wasserblauen Augen kamen ihm in seinen Betrachtungen und geheimen Vergleichen nicht besonders reizend vor. – Erwartest Du Alfred nicht? fragte er.

O! freilich, Papa, erwiderte sie. Ich bin voller Neugier, was er mir heut Abend schenken wird.

Du arbeitest eine Börse für ihn?

In höchster Eile, sagte sie lachend. Man kauft dergleichen Arbeiten jetzt angefangen, das heißt beinahe fertig, und hat nur wenig noch damit zu thun.

Das ist sehr bequem, Elise.

Aber ist es zu verlangen, daß man Wochen lang sich plagt, wie in alter Zeit, Papa, wo man durchaus den Geliebten eigenhändig bestricken, besticken und umgarnen mußte? Jetzt thun das Andere für uns und der Glaube macht selig.

Nimm Dich in Acht! rief der Geheimrath lächelnd und drohend.

Wovor, Papa.

Vor dem Bestricken und Umgarnen durch Andere.

Alfred? sagte sie spottend. O! das Netz ist fest.

Es giebt kein Netz, das nicht reißen könnte, fiel er ein.

Was willst Du denn? fragte sie aufmerksam. Warum hast Du mich zu Dir befohlen?

Ich wollte Dich fragen, begann er nach einem kurzen Schweigen, ob es Dir Recht wäre, wenn sich Deine Hochzeit beschleunigte.

Beschleunigte? wiederholte Elise, indem sie in seinen Augen zu lesen schien.

Ja, beschleunigte, antwortete der Papa. Ich denke am Neujahrstage das Aufgebot, dann rasch die übrigen Formalitäten abgethan und die Hochzeit in drei Wochen.

Du willst mich ja förmlich über Hals und Kopf los werden, erwiderte sie lächelnd. Es ist unmöglich, Papa, die Einrichtungen erfordern Zeit.

Es muß möglich sein, sagte er mit der entschiedensten Bestimmtheit.

Und Deine Gründe? fragte Elise, nachdem sie ihren Vater nachdenkend betrachtet hatte; ich weiß, Du thust nichts ohne triftige Gründe.

Der Geheimrath neigte sich zu ihr und sagte mit leiserer Stimme: Dein Glück bewegt mich dazu, ich will es vor allem Wanken schützen.

Was wankt? Wer wankt? rief sie ungläubig.

Höre mich an, Elise, sagte er. Liebst Du Alfred?

Das ist die sonderbarste Frage, Papa, die je an eine Braut gerichtet werden kann, erwiderte sie spottend.

Du bist verständig, fuhr er fort; Dein Herz will ich nicht beschweren, auch keinerlei Tadel oder Makel auf Alfred werfen.

Mein Gott! Papa! rief die Braut die Farbe wechselnd, sprichst Du denn im Ernst?

Er nickte ihr langsam zu und sagte dann: Aengstige Dich nicht, Kind, erschrick auch nicht – es ist nichts, gar nichts, als eine Nichtswürdigkeit von Seiten der Familie, die uns schon so viel Verdruß verursacht hat. Du weißt, Alfred ist bei Herzer gewesen, er hat dort Clara gesehen; auf ihr Bitten hat er sein Recht aufgegeben und das haben die Elenden sich gemerkt, die sanften, menschlichen Regungen Alfreds benutzt und eine Intrigue angezettelt, an welcher Alfred durchaus unschuldig ist und keinerlei Theil hat, die aber doch nicht ganz ohne Eindruck bei ihm geblieben sein mag.

Es ist Rache, Papa, eine verächtliche Rache, bei der Felix hilft.

Rache und Eigennutz, sagte der Geheimrath, aber wir müssen ihre Plane vereiteln und es giebt einen Weg dazu, der unfehlbar ist. Du mußt dabei mitwirken, Elise.

Ich! rief das Fräulein, was soll ich thun?

Nichts als eine kleine List ausüben, erwiderte der Papa. Alfred wird kommen, verschaffe Dir auf irgend eine Weise sein Taschenbuch. Du wirst schon ein Mittel finden, ihr Weiber seid erfinderisch, wenn es dergleichen gilt.

Aber wenn es Alfred merkt, sagte Elise bedenklich.

Du sollst das Taschenbuch nicht behalten, fiel Wilkau ein. Gott bewahre! Nur ein Papier sollst Du rasch herausnehmen, oder ich will es herausnehmen, ich selbst, womit Herzer ihn betrogen hat. Ich will ihm den Betrug beweisen. Ist er dahin gebracht, so wird er uns unsere liebevolle Sorgfalt vergeben und Herzer ist in meiner Gewalt, flüsterte er mit dem Ausdruck des ingrimmigsten Hasses, es ist gar nicht mehr daran zu denken, daß Alfred sich diesen Menschen jemals wieder nähern könnte.

So hat er sich Ihnen also jetzt genähert? fragte das Fräulein erregt.

Aus Mitleid, Elise; aus einem edlen Gefühl für ein, wie er meint, schuldloses, schönes Mädchen. Denn schön ist sie, und in ihren Augen liegt etwas, was einen Mann bezaubern kann. Du willst also?

Ich will, ja wohl, ich will! rief Elise heftig. Laß mich nur machen, doch sei bei der Hand. Wer klopft da? O Himmel, ich darf mich nicht sehen lassen. Mit diesen Worten schlüpfte sie durch die Seitenthür in demselben Augenblick, wo der Professor von der Korridorseite hereintrat und eine tiefe Verbeugung machte.

Lieber Professor, sagte der Geheimrath eilig, ich denke wir sehen Sie heut Abend bei uns. Nicht wahr, heut Abend? Oder wollen Sie mit meiner Frau über den Aufbau der Weihnachtsbescheerung in Vereinssachen sprechen? Oder was giebt es denn? Sie sehen über die Maßen erhitzt und feierlich aus.

Ich habe eine Entdeckung gemacht! erwiderte Viereck, indem er seine Halsbinde ungeheuer hoch zog und eine Anstrengung machte, als wollte er seinen ganzen Körper daran in die Luft heben.

Quadratur des Zirkels, Perpetuum mobile, oder was ist es? fragte Wilkau.

Falsch! falsch! es ist ungeheuerlich! murmelte der Professor, seinen Zeigefinger an die Nase legend.

Lieber, guter Viereck, rief Wilkau, es greift meine Nerven an, Sie in dieser Kolumbuslaune zu erblicken.

Sagen Sie mir, fragte der Professor würdevoll näher tretend, haben Sie keine Ahnung, wer an jenem Abende die verbrecherische Pistole vor ihrem Hause abfeuerte?

Die Pistole? Ahnung? Nicht die geringste. Ist das Ihre Entdeckung?

Meine Entdeckung, sagte Viereck stolz, so ist es. Ich kenne die beiden Vagabonden; er und sie oder sie und er, gleichmäßig schuldig, obwohl der ganze Zusammenhang mir noch nicht ganz klar geworden ist.

Wie? rief Wilkau; er und sie oder sie und er?

Es ist wunderbar wie mein Scharfsinn das herausgebracht hat, fiel der Professor ein, indem er staunend in den Spiegel sah. Wenigen würde es geglückt sein, denn es gehört Menschenkenntniß dazu, Kaltblütigkeit, Combinationsvermögen, ein tiefer Blick in die Natur.

Ich bitte Sie, Freund, schrie der Geheimrath, es ist nur möglich mit Ihren Gaben, ich gebe es zu, aber nun sagen Sie mir schnell, wer es war?

Wer anders, versetzte der Professor, als der schändliche Bube, Felix Herzer, und seine tugendhafte Schwester.

Der Geheimrath ließ die Hand, welche er auf des Professors Schulter gelegt hatte, sinken und sah ihn starr an, dann lief ein eigenthümliches, verklärtes Lächeln durch sein Gesicht. Er drückte den Professor auf das Sopha, setzte sich zu ihm und sagte schmeichelnd: Jetzt müssen Sie mir Alles erzählen, Ihre ganze Entdeckung bis auf's Kleinste, dann wollen wir gemeinsam weiter berathen.

Alfred von Gravenstein trat etwa eine Stunde später in das Familienzimmer und Elise flog ihm entgegen, legte ihre schmale Hand auf seine Stirn und sagte mit der Miene eines Arztes: Das Fieber ist fort, mein verehrter Herr, alle Hitze hat sich in das Herz zurückgezogen, wohin sie gehört, aber ich finde noch einige Trockenheit, einige düstere Schatten in den Augen. Wir müssen an wirksame Mittel denken, um Symptome zu bewältigen, die wiederum zur Krankheit werden können, wenn wir nicht zeitig vorbeugen. Ich verordne Ihnen daher heut am Weihnachtsmorgen drei Küsse, am Abend aber werde ich sehen, wie weit wir die Dosis verstärken können.

Alfreds Gesicht war in der That ernsthafter und selbst düsterer, als es gewöhnlich war. Seine Augen sahen röthlich aus, wie von einer schlaflosen Nacht und seine muskelkräftigen Züge hatten etwas Verzerrtes, als sei er heftig aufgeregt oder erzürnt.

Nach und nach aber verlor sich diese Starrheit des Ausdrucks unter Elisens Scherzen und Neckereien. Er lachte mit ihr und ließ sich ausschelten, indem er die Medizin in Empfang nahm und, deren gute Wirkung belobend, um einen neuen Löffel voll bat, den sie standhaft verweigerte.

Du wirst viele Geduld mit mir haben müssen, rief er endlich, indem er mit einem innigen Blick ihre beiden Hände ergriff. Mein reizbares Gemüth ist leicht verstimmt, verdüstert durch Menschen und Dinge, die mir gleichgültig sein könnten, erregt durch jeden Antheil an Verhältnissen, die mir näher treten, selbst empfindlich gegen den grauen Himmel, der über uns hängt.

In Wahrheit, Alfred, sagte Elise, Du siehst verstört aus und machst mich besorgt.

Druck im Kopf, erwiderte er, erfreut über ihre Sorge, die ihm wohlzuthun schien.

Du sollst aber wohl sein, ich will es haben, rief die Braut. Heut, lieber theurer Alfred, ist ja Weihnachtsabend, wo mein Christbäumchen herrlich und freudig Dir brennen muß. Da meine erste Medizin nichts geholfen hat, so muß ich eine andere versuchen, die mir selbst oft wohlthut.

Sie eilte zu einem Eckschrank, nahm ein Fläschchen und einen Löffel heraus, schüttelte das Fläschchen um und begann die Flüssigkeit in den Löffel zu gießen.

Um Gottes Willen! sagte Alfred lachend, ich soll doch nicht etwa das Zeug verschlucken?

Das sollst Du; ganz gewiß, das sollst Du! erwiderte sie näher tretend.

Ich hasse alles, was Medizin heißt, auf's äußerste.

Schadet nichts, Du mußt! sagte sie entschlossen.

Liebe Elise, rief er sich sträubend; – aber ein übermüthiges Lachen, in welches Alfred einstimmte, unterbrach seine Worte. Nimm Dich in Acht! schrie er in dem Augenblick, wo der Löffel umkippte und der ganze Inhalt über ihn hinfloß.

Zu spät sprang er zurück; es war geschehen. Elise warf den Löffel fort, ihre Ausgelassenheit verdoppelte sich, als sie den verlegenen Blick sah, mit welchem er seinen Rock betrachtete.

O Uebermuth! was hast Du angerichtet, rief er. Es riecht abscheulich nach Wermuth und Kampfer. Was soll ich nun anfangen?

Sie klatschte in die Hände, sprang aber dann von dem Stuhl auf und sagte noch immer lachend: Wie unbehülflich sind doch diese gebietenden Herren der Schöpfung. Gieb den Rock her, schnell, schnell! Eine Braut kann auch wohl einmal Kammerdienerdienste verrichten. Eins, zwei, drei, soll mit einigen Wassertropfen der Schaden geheilt werden.

Alfred fügte sich willig, er war belustigt von dem Vorschlage. Nun, immerhin, sagte er, es soll Deine Strafe sein; dann streifte er den Frack ab, mit dem Elise rasch davoneilte.

Es ist eine häusliche Scene, murmelte er, als sie hinaus war. Sonderbar, in welche Lage hat sie mich mit diesen Possen gebracht. Aber wie gutherzig und gleich bereit zur entschiedenen That. Voller Liebenswürdigkeit, voll heitrer Laune, und über die ängstlichen Schranken steifer Prüderie hinaus.

Bei diesen Worten wandte er sich lebhaft um, der Thür entgegen, durch welche der Assessor Stephani so eben hereintrat. Alfred blieb stehen, sein Gesicht wurde plötzlich ernsthaft.

Wie, Herr Baron, rief Stephani in vertrauter Weise, ist der Frühling Ihres Herzens zum Ausbruch gekommen?

Ich begreife nicht, erwiderte Alfred kalt. –

Wie ich Sie überraschen konnte, unterbrach ihn der junge Herr. Man ließ mich draußen passiren und, wie konnte ich vermuthen, Sie in Sommernachsträumen allein zu finden.

Mein Herr, sagte Alfred von Gravenstein stolz und finster, was nächtliche Träume anbelangt, so habe ich diese Nacht einen gehabt. Es war ein Winternachtstraum, den ich so leicht nicht vergessen werde. Da ich aber etwas auf Träume halte und auf die Warnungen, welche sie uns geben, so bitte ich, daß Sie dies in allem ferneren Verkehr zwischen uns berücksichtigen wollen.

Ach so, lächelte Stephani, ich bin davon keinesweges überrascht. Ich habe ebenfalls geträumt. Wir sahen uns beide, ich Sie, Sie mich; allein ich nehme an, daß wir uns gegenseitig nicht damit belästigen wollen, uns unsere Träume vorzuerzählen.

Ich wenigstens, erwiderte Alfred, bin weit davon entfernt. Nur in dem Falle, fuhr er fort, indem er einen durchbohrenden Blick auf das lächelnde Auge des Anderen warf und dann schwieg.

Nun, in welchem Falle, lieber Baron? fragte jener unbesorgt.

In dem Falle, daß ich wieder träumen sollte. Dann, Herr Stephani, dann werde ich Ihnen meinen Traum erzählen und eine deutliche Auslegung hinzufügen.

Mein Gott! was Sie eifrig werden, rief Stephani spottend. Ich habe mich erkältet bei dem Besuch der Königin Mab und fühle nicht die geringste Lust nach weiterer Bekanntschaft. Indes zwingen Sie sich nicht, theurer Baron, vielleicht könnten wir uns gegenseitige Auslegungen machen, und Fräulein Elise oder Herr von Wilkau würden nicht wenig über Eines oder das Andere erstaunt sein.

Eine Röthe, die er nicht unterdrücken konnte, lief über Alfreds Stirn. Sein Blick wurde unsicher, er senkte ihn nieder; eine Reihe plötzlicher Gedanken und Vorstellungen schien ihn zu überkommen. Ich habe Ihnen schon einmal erklärt, sagte er dann, was ich darüber beschlossen habe.

Also Frieden zwischen uns, Herr von Gravenstein, rief der Assessor im Gefühle seines Uebergewichts. Lassen Sie uns einträchtig neben einander wandeln und alle Träumerei vergessen.

Alfred sah einen Augenblick über die Hand hin, welche Stephani ihm entgegenhielt und trat dann zurück, indem er sich umwandte und schweigend nach dem Fenster ging.

Nun, wie Sie wollen, lieber Baron, ganz wie Sie wollen, lachte Stephani, wir haben Zeit uns gelegentlich zu verständigen. Vor der Hand will ich den Geheimrath aufsuchen. Es bleibt also bei unserer Abrede, wir schweigen beide und träumen nicht wieder.

Während diese Scene in dem Familienzimmer vorging, war Elise hastig durch einige Thüren geeilt, bis ihr der Geheimrath entgegenkam, der sie erwartet zu haben schien.

Als er den Rock in seiner Tochter Hand erblickte, spannte sich die Erwartung in seinem Gesicht bis zum äußersten Grade. Seine Muskeln zuckten, seine Augen erhielten einen eigenthümlichen Glanz; er faßte mit katzenartigem Griff, wie ein Geizhals, der einen Schatz festhalten will, welcher ihm entrissen werden könnte, nach dem Kleidungsstück und sagte leise: Hast Du ihn wirklich, Kind? Du bist ein Engel! – Gieb her, geschwind her, wo ist die Tasche? Kehre ihn um, kehre ihn um!

Halt! Papa, halt! rief Elise. Nimm das Taschenbuch, da steckt es, den Rock muß ich waschen und reiben lassen. Es wäre zu viel für meine Nerven. – Luise soll ihn in die Kur nehmen, bald kehre ich zurück und während dessen thue was Du willst.

Mit triumphirendem Lächeln hob der Geheimrath das Taschenbuch in die Höhe und nickte seiner Tochter zu. Dann lief er auf den Zehen zu der Flügelthür, und drehte dort den Metallriegel um, und nun trat er an den Tisch und öffnete rasch den leichten Verschluß seiner Beute. Ich thue es ja nur zu unserem allseitigen wahrhaften Wohle, murmelte er vor sich hin, zur Entlarvung des Verbrechens, zur Sicherung der Ehre und des Glücks meiner Familie, und Alfred selbst muß es mir danken, wenn ich ihn zwinge, von seinem Verderben abzustehen. Mit diesen Worten durchwühlte er hastig die Seitentaschen und Doppeltaschen, in welchen verschiedene werthvolle Bank- und Kassenscheine steckten, dann zog er ein Billet heraus, das er mit einem spöttischen und haßerfüllten Blick aufschlug. Flüchtig las er den Inhalt vor sich hin: Sie wollen mir eine wichtige Mittheilung machen, ich überwinde allen Widerstand und werde gleich nach zehn Uhr auf dem Kirchplatze hinter unserem Hause mich einstellen, wie Sie es vorgeschlagen, Clara; – da haben wir ja den Beweis, den fürchterlichen Beweis, wie weit das Einverständniß schon gekommen ist, rief er drohend. Davon darf Elise niemals ein Wort wissen, aber in der Stille will ich den leichtsinnigen Patron doch vornehmen und ihm die Leviten lesen. Er besann sich einen Augenblick, steckte das Billet aber wieder an seinen Ort und öffnete rasch die letzte Tasche, aus der ihm mehre zusammengeschlagene dünne Papiere entgegen fielen, die er sogleich erkannte.

Da sind sie, flüsterte er. Eins, zwei, drei – drei Wechsel, jeder zu zweitausend Thaler. Ha, die Unterschrift! Die steilen, zittrigen Buchstaben nachgemacht, aber schlecht, miserabel schlecht. Alfred hätte es auf den ersten Blick merken müssen, daß es dieselbe Hand ist. Er ist verloren! sagte er mit dumpfem, hohlem Ton in sich hinein. Jetzt habe ich sie, und kein Gott soll sie retten.

Nun, Papa? rief Elise, indem sie mit dem Rocke zurückkehrte.

Der Geheimrath zog die Hand aus seiner Weste, steckte mit der andern rasch die Brieftasche in den Frack und lächelte seiner Tochter zu.

Alles in Ordnung, Du Schelm, erwiderte er. Was so ein kleiner Kopf nicht alles ausgrübelte! Rasch hinein, der arme Alfred muß frieren. Ich komme in einem halben Stündchen, er muß bei uns bleiben. Macht zusammen einen Spaziergang oder eine Spazierfahrt, was Ihr wollt und rufe die Mutter, die mit dem Professor drüben sitzt und noch immer Weihnachtsgeschenke vertheilt.

Du bist also mit mir zufrieden? fragte Elise.

So zufrieden, schmeichelte der Papa, daß ich Dich zum Geheimrath machen möchte, wenn ich nicht selbst einer wäre. Aber sei liebenswürdig, Elise, und befestige Deine Herrschaft, im Fall Alfred das übel nehmen wollte, was wir zu seinem Wohle thun mußten.

Sei ohne Sorge, rief sie zurück. Die ganze Geschichte ist ja ein Scherz. Ich darf ihn und mich nicht betrügen lassen.

Als sie hinaus war, stieg der Geheimrath die Hintertreppe seiner Wohnung hinab und erschien plötzlich ganz unerwartet bei Herrn Zippelmann, der in seinem schottisch roth und grün karirten Schlafrock, eine violette, etwas abgetragene Sammtmütze auf dem Haupte, auf dem Sopha saß und eine fürchterliche Tabackswolke verbreitete, aus welcher seitwärts der Kopf des Assessors auftauchte.

Na, da kommt ja der Geheimrath, rief Herr Zippelmann. Hehe! wie steht es mit der Weihnachtsbescheerung? Alfredchen lief vorher bei mir vorüber, wie ein wilder Eber, ohne mich anzusehen. Wissen Sie was, Geheimrath, so ein politischer Schwiegersohn hat doch immer seine Mucken. Es kommt aber alles von der deutschen Einheit; das ist der dümmste Gedanke im ganzen Jahrhundert, der eine Verrücktheit über uns gebracht hat, die uns nie wieder verlassen wird. Stellen Sie sich vor, jetzt wollen Sie ein Parlament berufen! Hehe! wahrhaftig ein Parlament, als wenn noch nicht genug geredet wäre.

Schicken Sie Alfredchen hin, der redet nicht viel, hehe! Aber wie sehen Sie denn aus, liebster Geheimrath? Ganz seelenslustig wie damals, wo wir uns die schwarzrothgoldene Kokarde annähten.

Der Assessor war aufgestanden und ohne auf Herrn Zippelmanns Reden zu achten, hatte der Geheimrath sich ihm genähert und einige Schritte weit zum Fenster geführt, wo er rasch und leise mit ihm sprach und eben so leise Antworten erhielt. Jetzt wendete er sich um und plötzlich hielt Zippelmann mehre Papiere hin, indem er im bestimmten Tone sagte: Haben Sie das geschrieben, lieber Zippelmann? Ist das Ihre Unterschrift?

Den Teufel! schrie Herr Zippelmann zurückprallend, als sei er von einer Wespe gestochen worden. Nichts habe ich geschrieben. Ich kann einen Eid leisten! Es ist auch gar nicht meine Hand, es ist ein Betrug, so wahr ich lebe! oder ein Witz oder ein Weihnachtsspaß. Hehe! wie kommen Sie denn dazu, liebster Geheimrath? Es sind ja wahrhaftig die drei Wechsel, die der Bengel, der Felix, mir vorlegte, wie er mich rühren wollte. Aber ich, rühren! Eher wird eine deutsche Einheit zusammengerührt oder eben so unmöglich. Hehe! was wollen Sie also, Geheimrath? Von mir kriegt keiner einen Pfennig und wenn es das ganze Parlament auch unterschrieben hätte.

Sie erkennen diese Wechsel also als diejenigen an, welche der junge Herzer Ihnen damals vorlegte? fragte Stephani.

Freilich erkenne ich sie an, schrie Herr Zippelmann. Da ist der dreieckige Tintenklex, den ich machte, als der Vagabond mir mit Gewalt die Feder aufdringen wollte. Ich leistete aber Widerstand, passiven Widerstand, und machte die Hand fest zu. Ich sage Ihnen, liebster Geheimrath! ich war unerschütterlich. Keine Miene verzogen, kein Glied gerührt, höchstens gelächelt; gerade so wie unser verehrter Minister, wenn die ganze Meute ihn anblafft, was ich auch von ihm in Betreff der deutschen Einheit gewiß bin. Hehe! der wird sie machen, geben Sie Acht, Geheimrath, der macht sie!

Was meinen Sie also, lieber Assessor? fragte Wilkau inzwischen.

Die Absicht eines Betruges liegt jedenfalls vor, sagte Stephani, und unfehlbar könnte Seitens des Staatsanwalts schon jetzt eingeschritten werden. Wenn wir dem würdigen Zippelmann diese Wechsel in die Hand geben, er sie als falsch, seine Unterschrift als nachgemacht erkennt, und wenn der ganze Zusammenhang der Umstände damit verbunden wird, so dürfte Herr von Gravenstein wohl gezwungen werden können, Zeugniß abzulegen, unter welchen thatsächlichen Verhältnissen sie ihm als Unterpfand gegeben wurden. Geben Sie mir die Papiere, in einer Stunde soll die Sache im Gange sein.

Der Geheimrath zog jedoch die Hand mit den Wechseln zurück und steckte diese ein. Wir wollen nichts übereilen, sprach er lächelnd. Die Papiere habe ich, morgen früh läuft der Termin ab, das Geld können sie nicht schaffen, wir können also immer noch sehen, was Gravenstein thut, mit dem ich morgen gleich reden will. Ich habe aber noch einen Grund, fuhr er fort, der mich zurückhält; hätte ich früher gewußt, was ich jetzt weiß, so hätten wir diese Dinge vielleicht gar nicht gebraucht. Herr Zippelmann und der Assessor sahen ihn neugierig an. Ja wohl, fuhr er fort, ich denke, Herr Felix und seine saubere Schwester sollen dem strafenden Arme der Gerechtigkeit nicht entgehen. Beide sind es gewesen, sie in Mannskleidern, die vor dem Hause hier die Frevel verübten. Er hat das Pistol abgefeuert. Ich erwarte nur noch Zugeständnisse eines sicheren Zeugen, der sich dazu bequemen wird, wie er muß, um vollständig im Klaren zu sein.

Der Assessor sah starr vor sich hin. Was, was! schrie Herr Zippelmann, seine Troddelmütze rund um den Kopf drehend. Der heillose Galgenstrick! das ist er auch gewesen? – Sie sollen Alles hören, sagte der Geheimrath, Sie sollen Genugthuung haben.

Jetzt, Guste, alleweil, liebste Guste, jetzt komm! rief Anton Mertens mit dem freudigsten Gesicht zu der kleinen Thür hinaus, die nach der Küche führt.

Bist Du schon so weit? antwortete die junge Frau, erwartungsvoll lachend, indem sie mit dem Kinde auf dem Arme seinem Rufe folgte.

Siehst, wie's glänzt und flimmert? schrie Anton. Ein propres Christbäumchen mit zehn Lichtern. Gieb ihn her, den kleinen Kerl, gieb ihn her, und nun schau Dir's an, ob ich's recht gemacht habe.

Er zog sie an der Hand fort, während er ihr das Bübchen abnahm. Sein Gesicht glänzte vor Freude; er warf sein Haar heftig zurück und tanzte rund um den Tisch vor Seligkeit, als das Kind jauchzend seine Händchen dem Lichtglanze entgegenstreckte.

Anton hatte in der That gethan, was er vermochte. Ein Tannenbaum mit Goldschaum und bunten Schleifen verziert stand mitten auf dem weißgedeckten Tische; Mandeln, Nüsse und Pfefferkuchenreiter und Könige hingen von allen Zweigen herunter, eine große Schüssel voll Aepfel und ein Kuchen obenauf war vor dem Baum aufgepflanzt, aber die eine Seite des Tisches gehörte vorzugsweise seiner Frau, die andere dem Kinde an; denn hier lagen Handschuh, ein Winterhut, ein großes Umschlagetuch und in einem geöffneten großen Papier ein schönes dunkelgrünes Wollenkleid; dort gab es ein paar kleine Schachteln mit Bäumen und Häusern, sammt Peitschen, Trompeten und Thieren allerlei Art.

Schau hin, liebste Guste, schau hin! rief Anton, das ist alles Dein, was Du da siehst! So faß' es doch an, Frau; faß' es an, ob es Dir gefällt.

Du bist ein Verschwender, Anton, erwiderte sie, während ihre Augen vor Vergnügen blitzten. Es ist zu viel, viel zu viel! und bei diesen Zeiten und in unserer Lage. Ach! ein neues Kleid, wohl gar ein Tibetkleid? Bist nicht gescheut, Anton! Gott! was sind die Männer leichtsinnig. Ich hätte es ja nicht nöthig gehabt, es wäre so auch gegangen.

Aber es war lange schon Dein Wunsch, liebste Guste, rief Anton, den Arm um sie schlingend.

Als ob man sich nicht Allerlei wünschen könnte, fiel sie roth vor Freude ein. Du bist ein Narr! ja gewiß, ich habe es immer gesagt, Du mußt Jemand neben Dir haben, der Dir aufpaßt, sonst machst Du dumme Streiche.

Ach, Guste! lachte er, sie an sich drückend, verstell' Dich doch nicht. Sakerment! ich sehe Dir's ja an, wie lieb es Dir ist. Es ist grün, dunkelgrün, wie Du es gern haben wolltest.

O, es ist wunderschön, lieber guter Anton! sagte sie mit hervorbrechender zärtlicher Dankbarkeit, und der schwarze Hut dazu und hier ein Umschlagetuch, ein weißes gewirktes. – Mein Gott! es ist ja Wolle, kein Faden Baumwolle, die reine Wolle und ganz groß mit Palmen. – Anton! Du bist um den Verstand gekommen, reinweg um den Verstand, und woher hast Du das Geld – das schwere Geld Anton?!

Alleweil sei nur stille, rief er herzlich lachend, mein Verstand sitzt noch fest da oben, nämlich so viel ich davon bekommen habe; aber den

Tuch da hatte Herr Felix in seiner Manteltasche und als er heut fort ging, gab er es mir draußen, und sagte, ich sollte es Dir aufbauen heut Abend, und dann gab er mir noch ein kleines Papier, das käme von seiner Schwester, das sollte ich darauf legen. Ich wollt's nicht nehmen, Guste, Sakerment! ich wollte absolut nicht; aber er sah mich mit seinen großen, guten Augen an und sagte: Hören Sie, Mertens, wenn ich mehr hätte, würde es mehr sein, aber weil's eine Gabe ist von Freunden, die eben auch nicht zu den glücklich Situirten gehören, darum müssen Sie es nehmen als eine Liebesgabe, und wäre ich an Ihrer Stelle, ich würde mich nicht weigern. Weil er das sagte, habe ich es genommen, und in dem Papier war ein Friedrichsd'or eingewickelt. Da habe ich denn noch etwas zugelegt und das Kleid gekauft, denn ich wußte wohl, Du hättest es alleweil nimmermehr gethan, sondern hättest ihn auf die hohe Kante gestellt. Sollst aber absolut auch eine Freude haben in der Welt für alle Deine Qual und Sorge, liebe Guste.

Ach, Du guter Anton! Du guter Anton! rief Guste, so gerührt über seine Güte, daß die Thränen ihr in die Augen traten, und ich habe nichts für Dich, als da ein Seidentuch, das ich heimlich gesäumt habe, wie Du schliefst, und endlich noch die kleine Bürste hier, damit Du Deine Haare in Ordnung hältst und wie ein anständiger Mensch aussiehst. – Aber Unrecht ist es doch immer von Dir Anton, sehr Unrecht ist es.

Während sie ihre Schätze und Herrlichkeiten hervorbrachte, jubelte Anton beglückt mit dem Kinde umher, voll Dankbarkeit und Seligkeit. Was bist Du gut zu mir, liebste Guste, rief er. Ach Sakerment! komm mir Einer und zucke die Achseln. Da hab' ich meine Frau, die ist eine treue Seele, wie es so leicht keine giebt auf Erden. Da hab' ich mein Kind, das ist ein so feines Bübchen, wie es mancher Graf oder Prinz nicht aufweisen kann, und gäbe alle sein Gold dafür, wenn er's hätte. Laß es gehen, liebstes Gustel, laß es gehen, wie's Gott gefällt, wir wollen schon fest auf den Beinen sein, wie der verdammte Professor sagt. Ich lief vorhin durch die Straßen nach dem Weihnachtsmarkt und kaufte ein für das liebe Kind, Stück für Stück einen ganzen Groschen. Der liebe alte Weihnachtsmarkt! Die feinen Herrschaften wollen nichts mehr von ihm wissen, die laufen in die glänzenden Läden mit himmelhohen Spiegelscheiben und Glassonnen; denn Seide, Sammet und Pelz passen nicht zu der Nässe und Kälte in den offenen Buden. Aber das Volk, das arme Volk, das hat den alten Weihnachtsmarkt lieb, wie einen kranken heruntergekommenen Freund, mit dem es seinen letzten

Groschen theilt. Puh! was brannten da in den Straßen schon die Kronen und Christbäume und Pyramiden. Bei Geheimraths sah ich hinauf, da glänzte es herunter wie ein Palast; da werden die Tische brechen von Geschenken und doch möcht' ich nicht dabei sein, Guste; und doch möcht' ich nichts von denen geschenkt nehmen. Und was ich sagen wollte alleweil, liebste Guste, es frägt sich noch, wer glücklicher ist, die da drüben oder wir? Es frägt sich noch, ob ich mit ihnen tauschen möchte?!

Die junge Frau lachte laut auf, aber Anton schlug sich funkelnden Auges mit der Hand auf die Brust, und wenn in diesem Augenblicke ein König gekommen wäre und hätte ihm seine Krone aufsetzen wollen, er hätte sie ohne Besinnen abgerissen und aus dem kleinen Kellerfenster auf die Straße geworfen.

Aus seiner begeisterten Glücksstimmung wurde er erst von der Klingel im Laden aufgeweckt und mit einem raschen Umschwunge in die übelste Laune versetzt, als er auf den ersten Blick den Professor erkannte, der ganz bedächtig die Thür zumachte und seinen Mantel dann wieder malerisch über die Schulter warf.

Ich möchte ihn gar nicht herein lassen, rief er grimmig auf den Tisch schlagend mit unterdrückter Stimme.

Pst! Anton, flüsterte die Frau, denk an den Geheimrath, und wenn Du ein richtiger Mann bist, wirst Du Einsehen haben von wegen, weil wir eben nicht anders können.

Inzwischen hatte der Professor langsam den Raum durchschritten und stand mitten auf der Schwelle. Die warme Luft des Wohnzimmers beschlug die Gläser seiner Brille, welche er jedoch deswegen nicht abnahm, sondern blos auf die Spitze seiner Nase rückte, welche heut noch mehr wie sonst dunkel röthlich schimmerte. In dieser Stellung blieb Viereck einige Augenblicke. Dann aber wich der Ernst in seinem Gesichte dem freundlichen Grinsen, mit welchem er häufig abzuwechseln pflegte. Er nickte dem Ehepaare zu, grüßte mit einer Handbewegung und sagte lebhaft:

Das ist meine wahrhaft innige, herzliche Freude, eben jetzt hierher zu kommen, wo der Christbaum brennt, und den Jubel mit anzusehen, den ich vermehren will durch allerlei frohe Nachrichten. Es ist ein Freudentag, lieber Mertens, ein wahrer Glücksund Wonnetag, ich hoffe, Sie werden zufrieden sein. Habe ich nicht Recht, sind Sie nicht zufrieden? Haha! Sie sind zufrieden. Ich sehe es Ihnen an, Sie sind sehr zufrieden.

Ja wohl, Herr, ich bin so recht aus dem Grunde zufrieden, erwiderte Anton. Da sehen Sie einmal, was die Guste mir aufgebaut hat, und hier ist mein Junge, der jauchzt und zappelt vor Lust.

Und was ich Alles bekommen habe! fiel die junge Frau ein. Wir müssen uns auch nochmals bei Ihnen schön bedanken, guter Herr Professor!

Liebliche Natur! rief Viereck, seine Arme ausbreitend und wonniglich um sich blickend. Wahrheit, Einfachheit und Stille wohnen noch immer in der Hütte. Ihr guten Menschen, fuhr er mit einem Seufzer fort, ihr wißt nicht, was man auf der Höhe des Lebens leidet. Ihr wißt nicht, was es heißt, denken und an Gedankenschmerz leiden. Ist es nicht so, Mertens, was sagen Sie?

Ich sage, erwiderte Anton, daß ich den Hunger für den größten Schmerz halte, Herr. Wenn man so Weib und Kind hat und sieht in ihre blassen Gesichter, und wenn sie die Hände ausstrecken nach Brod, und wenn sich ihre Augen bittend auf den Vater richten, der nicht weiß woher er's nehmen soll. Ah, Sakerment! wir wollen heut nicht daran denken, rief er, in seinem schwarzen Haar wühlend, aber es wird mir ganz weh, wenn ich mir vorstelle, daß auch heut, wo es so viele glückliche Menschen giebt, noch mehr unglückliche vorhanden sind, die im dunklen Kämmerchen oder in Ketten und Banden sitzen oder umherirren ohne Dach und Decke, und kein Stück Brod haben. Guter Gott! ist das ein Weihnachten.

Sie denken materiell subjectiv, Mertens, erwiderte der Professor lächelnd, weil Sie die Höhe des Gedankens nicht begreifen. Aber das ist nichts. Sie sind sehr glücklich! Das ist gar nichts gegen den tiefliegenden objectiven Gedankenschmerz großer und unglücklicher Seelen. Ich machte heut einen Spaziergang mit meinem Freunde dem Baron Leichtwitz, darum bin ich so spät gekommen, denn eigentlich war es meine Absicht, Sie schon Nachmittag aufzusuchen. Baron Leichtwitz ist reich, außerordentlich reich, dabei jung, er hat Alles was ein Mensch wünschen kann um glücklich zu sein, aber er ist sehr unglücklich. Leichtwitz, sagte ich zu ihm, bei Gott! Leichtwitz, richten Sie sich auf, ich bin Ihr Freund, ich stehe fest. Diese Welt hat Mängel, aber ein Mann, der sich fühlt und kennt, weiß was er soll.

Mein lieber Herr Professor, sagte er den Kopf schüttelnd, ich sehe nichts als Gräuel und Untergang, Barbarei und Verwilderung. Es ist nichts mehr zu hoffen, die Gesellschaft geht ihrem Verderben entgegen. Die Menschen sehen mich an wie reißende Thiere; ich bin so herunter, daß mir nichts mehr schmeckt, ich kann das Zarteste nicht mehr vertragen. Glauben Sie mir, mein lieber Herr Professor, das ganze Band der menschlichen Organisation ist zerrissen. Ich schaudre Tag und Nacht. Ueberall Gestalten, überall wilde fürchterliche Gesichter, Bärte, Nasen, Beile! – Es schmeckt mir nichts mehr, ich trinke Alles ohne Geschmack. – Sehen Sie, Mertens, das ist der Gedankenschmerz einer schönen Seele.

Na, sagte Anton, die schöne Seele wollt' ich wohl kuriren.

Sie, kuriren! rief Viereck mitleidig, wo ich umsonst kurire!

Tüchtig arbeiten, lachte der Schuhmacher, und etwas hungern, das würde ihm schon auf die Beine helfen. – Es giebt viele Solche, die blos arbeiten müßten, so würden sie vernünftige Menschen werden.

Schweigen Sie von solchen gefährlichen Kriterien, rief der Professor, ihn streng betrachtend, die offenbare Reminiscenzen der Lehren Ihrer anarchischen Verderber sind. Die Algebra des Lebens rechnet mit unbekannten Größen. A ist nicht immer gleich A, es kann A auch gleich B oder C sein. Ungleiches aber wird nie aufgelöst in Gleiches; die Wurzeln bleiben, was sie sind; Primzahlen sind Primzahlen, und das X, was gesucht wird, ja, das ist die Lösung einer unendlichen Reihe. Verstehen Sie mich?

Nicht eine Sylbe, sagte Anton ihn anstierend.

Ich glaube es! rief der Professor stolz lächelnd und äußerst befriedigt. Wenige fassen mich, noch Wenigere begreifen mich, die Wenigsten verstehen mich. Mit diesem Klimax setzte er seinen Hut auf und sagte gelassen: Ziehen Sie sich an, Mertens, und folgen Sie mir.

Folgen? fragte Anton verwundert, wie so folgen? Warum denn folgen?

Zu Ihrem Glück, sagte der Professor mit Würde. Zu dem Herrn Geheimrath.

Geheimrath! Ich zum Geheimrath? murmelte der Schuhmacher erschrocken zurückweichend.

Mein lieber, theurer Freund, so sagte Wilkau zu mir, fuhr Viereck fort, bringen Sie mir den Mertens, ich will ihn selbst sprechen.

Ach, mein Gott! seufzte Guste, da haben wir's!

Gut, lieber Wilkau, sagte ich, ich werde Mertens bringen, und wenn er sich benimmt wie ein Mann von Ehre, wie ein Patriot, der Wahrheit und Recht achtet?

Dann soll er sehen, daß ich ihn zu belohnen weiß, erwiderte mein edler Wilkau. Er soll reich beschenkt werden.

Ich danke! ich danke! rief Anton dazwischen. Ich bin so reich beschenkt, daß ich nichts mehr gebrauche.

Von den zweihundert Thalern, die er mir schuldet, soll nicht weiter die Rede sein, ich will sie ihm schenken! Sagen Sie ihm das im Voraus, mein lieber Herr Professor Viereck. Sie wissen, wie man die Herzen rührt; Sie sehen in die geheimen Falten der Seelen – so sprach mein Freund Wilkau.

Was geht denn vor? fragte Anton, indem er scheu zu seiner Frau hinüber blickte? Schenken – zweihundert Thaler – was will er denn von mir?

Stehen Sie fest, Mertens! sagte der Professor, energisch sich an seiner Binde in die Höhe ziehend; fest, wie es sich in schwierigen Augenblicken für den deutschen Mann ziemt. Man will nichts von Ihnen, als Ihr redliches, wahrhaftes Zeugniß zur Entlarvung der Bosheit und des Verbrechens. Sie wollen doch? Wie? Sie sind doch bereit für die gute Sache Ihr Leben zu lassen?

Allemal, Herr! allemal! erwiderte Anton, dem das Blut ins Gesicht stieg. Sagen Sie rasch was ich thun soll.

Der Professor näherte sich ihm, legte die Hand auf seine Schulter und sah ihm stier ins Gesicht. Es ist ein großer Augenblick, sagte er, wo das Vaterland volle Hingebung von Ihnen verlangt. Sie wissen, daß der junge Herzer und seine Schwester Greuelthaten verübt haben gegen die Diener der Obrigkeit. Sie haben genaue Kenntniß von diesen Vorgängen, man fordert von Ihnen ein offenes Bekenntniß.

Von mir? rief Anton lachend, ich weiß nichts! Nicht ein Wort weiß ich. Ist es nicht wahr, wir wissen alle Beide nichts?

Gott soll uns behüten, mit der Polizei wollen wir nichts zu schaffen haben, fiel die Frau ärgerlich ein. Alles muß sein Ende erreichen, und alles was Recht ist, Herr Professor, aber – Ihr Benehmen ist anstößig.

Sie sind immer naiv! sagte der Professor lächelnd. Ich liebe die Naturwahrheit, aber ziehen Sie sich an, Mertens, wir wollen es weiter überlegen.

Alleweil, erwiderte Anton mit vieler Bedächtigkeit, wird nichts daraus.

Sie wollen nicht? fragte Viereck ganz erstaunt. Sie wollen nicht, wenn ich Sie darum ersuche?

Diesmal haben Sie es getroffen, antwortete der Schuhmacher. Nein, ich will nicht. Sakerment! daß ich nicht wild werde. Seh' ich aus wie Einer, der seinen Mitmenschen verrathen könnte? Nicht um ein Faß voll Gold, nicht um ein Königreich – nicht – nicht! – und, Herr Professor, alleweil möcht' ich allein sein. Verstehen Sie wohl, ich möchte allein sein!

Und ich desgleichen, schrie Guste, den Arm in die Seite stemmend, besonders wenn Anton nicht zu Haus ist. Meine Natur kann dergleichen nicht vertragen; ich denke, Sie wissen nun, woran Sie sind. Seid Ihr denn toll! rief der Professor, nachdem er sich von seinem Erstaunen erholt hatte. Ihr widersetzt Euch! Ihr wollt den Bösewicht schützen, aber es ist aus mit ihm. Die Wechsel sind entdeckt, er ist verloren! – Wollen Sie mir jetzt folgen oder nicht?

Nicht folgen, nicht einen Schritt folgen! sagte Anton unerschütterlich; aber das Christbäumchen brennt noch immer hell genug, um Ihnen zu zeigen, wo die Thür ist.

Da ist sie, Herr, groß und breit, und alleweil guten Abend oder gute Nacht.

Der Professor wickelte sich in seinen Mantel und wendete sich stolz um. Mit einem Lächeln des Mitleids blickte er von der Thür zurück. Sie verstehen mich nicht, sagte er; wie könnten Sie es auch?! Aber Ihr werdet es empfinden. Meine Hand ziehe ich ab von Euch.

Ist er fort? fragte Anton in großer Aufregung, als er die Klingel draußen hörte. Jetzt nimm das Kind und die Stiefeln her, Guste. Ich muß fort, ich muß hin zu ihm. Es ist etwas im Werke. Was sagte er? Er ist verloren, sagte er?

Die Wechsel sind entdeckt, sagte Guste, indem sie ihm half. Lauf, Anton, lauf; er machte ein Paar schreckliche Augen dazu.

Mertens riß den Hut vom Schranke weg und eilte davon.

Auch in dem Hause des Fabrikanten brannte in einem großen Saale des Fabrikhauses ein Christbaum mit zahlreichen Lichtern. Eine lange Tafel war stattlich aufgeputzt und mancherlei nützliche und schöne Geschenke lagen neben den Schüsseln mit Aepfeln, Nüssen und den gewöhnlichen Weihnachtsgaben. Jeder der Arbeiter hatte seinen Theil bekommen und voll dankbarer Freude drückten sie dem guten Herrn die Hände, der sammt Sohn und Tochter unter ihnen war, und freudiger gestimmt schien, als sie ihn seit längerer Zeit gesehen hatten. Die Verheiratheten hatten Frauen und Kinder mitgebracht, welche in ihrer Glückseligkeit schreiend, blasend und pfeifend umher zogen, und mitten unter dem Kinderschwarm ging Clara auf und ab, um die Freude durch ihre Liebkosungen zu vermehren.

Endlich aber wurde der Saal leer, nachdem zum letztenmale auf das Wohl des Herrn Herzer und seiner ganzen Familie getrunken war. Die drei Personen, aus welchen diese bestand, blieben allein an dem leeren Tische; der große Baum schickte sein strahlendes Licht aus, aber Niemand antwortete darauf, als ein tiefer Seufzer, der aus der Brust des alten Mannes kam.

Nein Vater, sagte Felix, ihm die Hände reichend, das laß ich heut nicht gelten. Alles war, wie es sein sollte, und nach der großen Freude, die auch in Dir das trübe Buch der Vergangenheit zumachte, darf wenigstens heute kein Rückfall eintreten.

Es war, wie es sein sollte, sagte Herzer melancholisch lächelnd. Ja, wir haben gethan, was wir immer thaten; denn auch in solchen Zeiten und in unserem Stande, sorgt der einfache Bürger so lange er es irgend vermag dafür, daß diejenigen nicht den Druck und die Noth merken, welche für ihn arbeiten und zu ihm gehören. Das ist, fuhr er mit einem Gefühl des Stolzes fort, eine schöne, alte und gerechte Sitte und ein wohl zu merkender Unterschied zwischen uns und vielen vornehmen Leuten, die sich selbst nichts entziehen mögen, aber es Andern knapp zumessen. O! sie werden auch darum wieder Steine auf mich werfen, wenn sie hören, daß ich in gewohnter Weise meine Arbeiter beschenkte.

Ich glaube nicht, daß das Dich so tief betrüben kann, fiel Felix ein.

Nein, sagte Herzer, es ist der Menschen Art so. Was mich betrübte, war die Erinnerung an Vergangenheit und Zukunft. Vor zwei Jahren war dieser Saal kaum groß genug, um die Zahl der freudigen, glücklichen Menschen zu fassen, die mit Liebe und Dankbarkeit mich umringten. Im vergangenen Jahr war der Kreis wohl kleiner geworden, aber wir waren hoffend und muthig; heut ist nur Eine Tafel gedeckt worden, Ein Baum brennt nur noch, und wie nun Alles leer und öde um mich wurde, dachte ich mit Kummer an das nächste Jahr. Wer wird dann die Lichter hier anzünden, wer wird dann um mich sein, Felix? Vielleicht, sagte er mit hohler Stimme, seine Hand über die Stirn deckend, stehe ich dann ganz einsam hier vor dem stillen Tische und Niemand giebt mir Antwort; Niemand der mich liebt, den ich liebe.

Gewiß nicht, Vater, erwiderte der Sohn tröstend, ich denke, es soll fröhlicher dann hergehen; aber wo liegt denn überhaupt der Grund zu solchen trüben Gedanken? Ich habe heut glücklich das Geld herbeigeschafft, um Gravenstein zu befriedigen. Zu jeder Stunde kann er es haben. Unsere Aussichten können sich beruhigend auf die Zukunft richten, denn wir besitzen begründete Hoffnungen, daß unser Unternehmen gut ausfallen wird; auch wissen wir ja am besten selbst, daß es nicht so übel mit uns steht, wie Feinde und Verläumder es gern sähen. Endlich aber, mein Vater, hast Du ja Deine beiden Kinder, die in Liebe bei Dir sind und immer sein werden, mag auch Alles Dich verlassen und alle Hoffnungen als Täuschungen zusammenbrechen.

Herzer antwortete nicht, aber er zuckte jäh zusammen, als zwei weiche Arme sich um seinen Nacken legten und seine Tochter, die leise herbeigetreten war, mit klaren, glänzenden Blicken ihm ins Auge schaute.

Muth! mein geliebter Vater, Muth! rief sie ihm zu, wir werden uns nicht schrecken lassen; wir werden aushalten mit Dir und endlich wird Alles gut werden, was böse war. Endlich wird das Glück wiederkehren und mit seinem Frieden auch unsere Wunden heilen.

Ein langer Blick des Vaters, der aus anfänglicher Strenge in Rührung und heftige Bewegung überging, war die Antwort. Er küßte Clara auf die Stirn und lächelte ihr zu. Mein Clärchen, sagte er, Dein Glück und der Frieden Deiner Zukunft sind es ja, mit denen sich meine Gedanken Tag und Nacht beschäftigen. Alles will ich opfern, Alles, mein armes Kind, auch meine letzten Freuden, um Dich zu sichern.

Komm, erwiderte sie zärtlich, ihm die Hand reichend und ihn fortziehend, heute soll uns nichts mehr betrüben. Ich habe Dir auch etwas aufgebaut, ganz wie sonst in der guten Zeit. Kommt Beide, fuhr sie fort, nach Felix die andere Hand ausstreckend; unten erwartet uns das gedeckte Tischchen und die hellen Lichter warten schon lange; laßt sie nicht vergebens leuchten.

Mit frohen Mienen führte sie Vater und Bruder fort und lächelnd öffnete sie die Thür des Wohnzimmers, in dessen Mitte zwischen Lampen und Lichtern der Festtisch stand. Er war mit Blumen geschmückt und auf der einen Seite vor dem Teller mit Konfekt, wie der Vater es liebte, lag ein schön gesticktes Schlummerkissen, auf der andern Seite die funkelnde Stahlbörse, welche Clara mit Mühe erst wenige Stunden vorher fertig gemacht hatte.

Hier Felix, rief Clara, nimm den leeren Geldbeutel zum Christabend, aber an jeder Masche haften meine Zaubersprüche, die ihn bald mit Gold füllen werden. Und hier mein lieber theurer Vater, dies Kissen für Dich, um Dein müdes Haupt zu stärken, wenn das Leben und die Menschen es schwer gemacht haben. Jede Blume, mein geliebter Vater, soll Dir blühen; bei jeder habe ich für Dich gebetet. Bei jedem grünen Blatte habe ich innig gewünscht, daß es ein Oelblatt für Dich sein möge.

Herzer hielt die schöne, von kindlicher Liebe und Freude überglühte Tochter in seinen Armen, und drückte Küsse auf ihre Lippen, während er sie still betrachtete. Endlich wurden seine Augen naß, und seine Stimme zitterte, als er mit gewaltsamer Fassung sagte: Ich danke Dir, mein Clärchen! Gottes reichster Segen über Dich. Deines alten Vaters Segen soll mit Dir ziehen über Land und Meer, und wenn ich recht müde und sehnsuchtsvoll bin, will ich mein Haupt auf dies Kissen legen, vielleicht daß Du dann in meinen Träumen kommst und Deine lieben Hände mich so fest halten, wie jetzt, wo ich Dich noch habe, und mich wachend daran freuen kann.

Was denkst Du? Was meinst Du? fragte Clara, indem ihre Stimme langsam auszulöschen schien, und eine feurige Röthe ihr Gesicht bedeckte.

Mein Kind, erwiderte Herzer, und seine Sprache wurde stark und fest, ich habe kein Geschenk für Dich, und doch bringe ich Dir Alles, was ich zu geben habe. Du sollst Deinen Bruder begleiten – Du sollst mich verlassen, sagte er tief athmend.

O Gott! rief Clara erschüttert, indem sie den Kopf an ihres Vaters Herz drückte.

Das kannst Du nicht! das darfst Du nicht! fiel Felix seine Schwester umfassend ein. Es ist Winter, die Reise ist hart, und Du, Vater, Du kannst es nicht ertragen, Du kannst sie nicht entbehren.

Ruhig junger Mensch! sagte Herzer sich gefaßt aufrichtend, ich will es so, denn es muß geschehen. Ja, es muß so sein! fuhr er fort und ein bitteres Gefühl schien sich ihm aufzudrängen, während seine scharfen großen Augen so durchdringend den Sohn betrachteten, daß dieser die seinen schweigend niederschlug. Glaubst Du denn, rief der alte Mann ihm zu, ich wüßte nicht, was ich thäte? Ach! ich weiß es nur allzu wohl.

Ich weiß, was es mich kostet, ich weiß, was ich tragen muß – dennoch aber wirst Du reisen und Clara wird Dich begleiten.

In diesem Augenblick wurde mit Heftigkeit die Glocke an der Hausthür geläutet und von einem plötzlichen Schrecken ergriffen rief Herzer, indem er die Hand seines Sohnes zusammenpreßte: Sollte es zu spät sein! Bräche das Unglück doch über uns zusammen. Verbirg Dich! Flieh! oder nein – was es auch sein mag, es muß mich ja doch erreichen.

Erreichen, erwiderte Felix ruhig. Was soll Dich erreichen, Vater?

Wer ist es, wer? sagte der Fabrikant ohne darauf zu antworten, indem er Clara losließ und auf die Stimmen hörte, welche draußen laut wurden. Er that einige Schritte nach der Thür und blieb dann unentschlossen stehen, bis er plötzlich rasch öffnete und Anton Mertens anstarrte, der athemlos und erhitzt mit einer Dienerin redete, die ihm das Haus geöffnet hatte.

Ich muß ihn aber alleweil gleich sprechen, sagte der ehrliche Anton athemlos, und es ist eine Sache, wo Sie gar nichts bestellen können, Jungfer.

Wen müssen Sie sprechen? fragte Herzer dazwischen. Was wollen Sie? Anton schwieg, bestürzt über den unerwarteten Einspruch. Er warf einen scheuen Blick auf den alten Herrn, der ihn mit seinen großen düsteren Augen streng forschend betrachtete. Wenn's erlaubt ist, stotterte er hervor, so möchte ich wohl dem jungen Herrn ein paar Worte sagen.

Hier herein, gab Herzer zur Antwort, indem er einen Schritt zurücktrat und dem Schuhmacher winkte, der diesem Befehle, welcher mit größter Bestimmtheit gegeben wurde, nicht widerstehen konnte.

Hier ist mein Sohn, fuhr der Fabrikant fort, sich zu seinen Kindern umwendend. – Felix hatte sich Clara genähert, er sprach leise mit ihr und schien bemüht, sie zu beruhigen; jetzt aber, als er Antons Stimme hörte, ließ er sie los und rief erstaunt: So wahr ich lebe, da ist unser Freund Mertens. Was ist geschehen? Hat der Professor wieder dumme Streiche gemacht? Ist es deswegen, daß Sie zu mir kommen? Will er sich durchaus nicht beruhigen? Was, zum Henker! soll ich noch einmal über den lächerlichen Patron kommen und ihn in die Flucht schlagen? Ei ja! ei ja! rief Anton bei jeder Frage, indem er heftig nickte, aber immer mit einer gewissen Scheu das rothe faltige Gesicht des alten Herrn betrachtete. Dann fuhr er mit der Hand durch sein schwarzes

Haar und sagte verlegen stockend. Wenn ich nur die Ehre haben könnte, auf ein paar Minuten – er winkte verstohlen nach der Thür und machte eine sehr lebhafte Geberde, indem er mit seinem Finger rund um den Hals fuhr, die Felix aber durchaus nicht verstand.

Was, schrie dieser lachend: der Professor will sich den Hals abschneiden?

I, nein doch, nein doch! erwiderte Anton bestürzt.

Was will er denn? So reden Sie doch, Mertens.

Ja, erwiderte der Schuhmacher bedächtig, ich thäte es wohl, wenn ich nur wüßte – hier sah er wieder den Fabrikanten an, der immer aufmerksamer geworden war.

Wer ist der Mann? fragte er in seiner entschiedenen Art.

Ein Mann, erwiderte Felix, den ich Dir dringend empfehle, lieber Vater, und um dessentwillen es mir lieb ist, ihn Dir persönlich bekannt zu machen. – Merkwürdiger Weise, fuhr er dann fort, hat der berühmte Mann, welcher immer nur mit vornehmen Freunden umgeht und den wir alle genugsam kennen, eine besondere Zärtlichkeit für die naive reine Naturwahrheit gefaßt, welche er bei Mertens gefunden haben will. Er hat ein eben so empfängliches Herz wie Don Juan, aber er ist völlig unschädlich, Mertens, sie können es sich ruhig gefallen lassen. Ich sollte freilich meinen, meine Gegenwart hätte wie Assa foetida auf ihn gewirkt, denn unter Allen, die ihn je verhöhnt und verspottet haben, bin ich ihm stets der Widerwärtigste gewesen. Ich habe ihn also nicht vertrieben? Er ist wiedergekommen mit neuen Narrheiten? Heraus denn mit der Sprache, ohne alle Umstände. Hier ist mein Vater, der Alles hören kann und hier meine Schwester, der er oft genug seine verkehrten Augen und sein noch verkehrteres Geschwätz zum Besten gegeben hat, bis wir es glücklich dahin brachten, daß er uns sämmtlich gründlich verachtet.

Die Sache ist die, sagte Anton noch immer bedenklich, daß er heut Abend kam und durchaus wissen wollte – von wegen – na, Sie wissen wohl, was ich alleweil meine. Er wollte mich absolut mitnehmen zu dem Geheimrath, da sollt ich eine Erklärung abgeben vor Gericht, oder so dergleichen, wegen des Schusses, na, sie wissen ja schon und von wegen der jungen Dame, denn die Tücher hatte er einmal gesehen und erzählt war es auch worden. Nein, nein! fuhr er fort, indem er Clara zuwinkte, und die Hand wie zum Schwure aufhob; gar nichts hat er erfahren, und eher wollte ich meinen Kopf auf den Block legen, und Guste legte ihren Kopf dazu, ehe ein Mensch von uns etwas erführe.

Aber ich! fiel hier Herzer ein, der seinem Sohne befehlend zuwinkte, welcher Anton zum Schweigen zu bringen suchte, ich will Alles wissen, von wem ich es auch erfahren mag.

Es wäre besser, lieber Vater, sagte Felix, wenn Du mir gestattetest, mit diesem wackeren Manne auf mein Zimmer zu gehen.

Nein! erwiderte; Herzer mit Strenge, nein! – Vielleicht sind meine Ahnungen schlimmer, als die volle Wahrheit, und es ist leichter diese zu ertragen, als länger in halben Ungewißheiten umherzutappen. – Ich befehle Dir, mir nichts mehr zu verbergen! – Reden Sie, Herr Mertens, was wollte der Geheimrath wissen? Was sollten Sie beschwören?

Es trat eine Pause ein, die Keiner zu unterbrechen wagte. Der alte Mann mit bleichen, zitternden Lippen und weit geöffneten Augen, aus denen eine düstere Entschlossenheit leuchtete, stand vor dem armen Anton, der seine Blicke ängstlich zu Boden schlug, oder sie scheu und hülfebittend zu den Geschwistern hinüber sandte.

Ohne Regung und bleich, wie ein Marmorbild, stützte Clara den angespannten Arm, dessen Muskeln und Sehnen sich krampfhaft zusammengezogen hatten, in die Hand ihres Bruders. Ihr Gesicht war stolz aufgerichtet, ihre Augen glänzten furchtlos darein, aber ein schmerzliches Lächeln zuckte um die feinen Lippen und mit gewaltsam schweren Athemzügen hob sich ihre Brust.

Haben meine Kinder keine Antwort für mich? rief Herzer mit der Bitterkeit des Unglücks. Ist es mit uns dahin gekommen?!

Antworte, Felix, sagte Clara mit leiser, fester Stimme. Du wirst nicht wollen, daß ich es thun soll.

Was verlangst Du zu wissen, Vater, sprach der Sohn entschlossen vortretend. Soll ich Dir nochmal die Geschichte erzählen, die Du vor wenigen Tagen von mir hörtest? Von einem Mädchen, die schamlos betrogen und verrathen wurde und keinen Schützer hatte, als ihren entfernten Bruder, der endlich, als er nach Hause zurückkehrte, ihren Kummer bemerkte und in sie drang, die Kette von Nichtswürdigkeiten erfuhr, deren Opfer sie geworden war.

Ich weiß, erwiderte Herzer, ihm langsam zunickend, ich kenne diese Geschichte. Weiter, weiter!

An jenem Abend, wo Wilkau den glänzenden Ball gab, hatte ich sie erfahren, fuhr Felix fort. Ich wollte den Elenden aufsuchen, wollte in dem Ballsaale selbst Gericht halten über ihn; ich war in der wildesten Aufregung und war bewaffnet. Clara, in Schrecken vor meinen Vorsätzen, drang in mich, davon abzustehen; sie wollte mich nicht verlassen. Sie besaß männliche Kleider, er selbst hatte ihr diese früher verschafft, in Zeiten, wo seine Verlockungen den Reiz des romantischen in einem Herzen voll Muth und Liebe zu erwecken wußten.

Schande! Schande! murmelte der Fabrikant mit erlöschender Stimme. Wir irrten durch die nächtlichen Straßen, sagte Felix ruhiger, ich sah ihn aus dem Wagen steigen, und wollte ihm nach. Clara hielt mich fest und zog mich fort. Sie beschwor mich ruhig zu sein, und zeigte mir, welch Unglück ich über sie, über Dich und uns Alle bringen würde, wenn ich öffentlich machte, was bis jetzt ihr alleiniges Geheimniß war. Ich mußte es anerkennen und gelobte zu schweigen. Wir kehrten zurück und gingen nochmals bei Wilkau's hellem Hause vorüber, als wir angehalten wurden und verhaftet werden sollten. Ich vertheidigte mich und riß endlich zum Schutz für mein bedrohtes Leben eine Pistole heraus, die sich entlud. Clara floh verwundet, ich entkam. Sie fand bei diesem wackeren Manne und seiner Frau Beistand, ihre Wunde war unbedeutend, unter ihrem Häubchen ließ sie sich leicht verstecken. Du hast nichts davon erfahren, Vater; Niemand hat es ahnen können.

Und jetzt, fiel Herzer die Worte angstvoll hervorstoßend ein, jetzt ist es entdeckt! – Gott! Gott! meine Tochter – verfolgt, angeklagt, entehrt!

Lieber Herr, rief Anton gerührt von seinem Schmerze, verlassen Sie sich darauf, kein Wort kommt über meine Lippen. Der Professor hat es auch gemerkt, fügte er eiliger hinzu. Ihr wollt nichts sagen, schrie er, als er von uns ging, aber sie sind dennoch verloren! Es ist aus mit ihnen, die Wechsel sind entdeckt!

Mit furchtbarer Gewalt hob der alte Mann seine Hände auf, und schlug sie über seine weißen Haare zusammen. Ein Stöhnen rang sich ihm aus der Brust; Clara stieß einen Schrei aus, indem sie auf ihn zu flog und beide Arme um ihn schlang. Die verzweiflungsvolle Energie im Gesicht ihres Bruders gab Antwort auf ihre flehenden Blicke.

Vertheidige Dich, sagte Clara mit schwankender Stimme, vertheidige Dich, mein geliebter Bruder! Verläumderische Gerüchte habe auch ich hören müssen. Es ist nicht wahr, es kann nicht sein.

Nein, nein! rief sie mit großer Heftigkeit, der es mir sagte war ein Schelm, den ich verachte. Wiederholen Sie noch einmal, Mertens, was Sie so eben sagten, erwiderte Felix.

Ich will es nicht hören, rief Herzer, ich weiß Alles und Du, fuhr er fort, indem er seinen Sohn kummervoll anblickte, Du mußt wissen, daß er Wahrheit sprach. Hast Du nicht an Gravenstein Wechsel gegeben? Hast Du nicht, – o! daß ich es sagen muß – hast Du nicht eine Fälschung begangen?

Ich habe es gethan, erwiderte Felix mit ruhiger Entschlossenheit, denn es blieb keine andere Wahl. Entweder war Alles verloren, entweder gelang es diesen Elenden, uns zu verderben, oder, es mußte Etwas geschehen, uns vom Aeußersten zu befreien. Es ist möglich, fuhr er fort, daß ich gesündigt habe in den Augen der Menschen, daß ich gefrevelt habe gegen ihre Satzungen, aber vor meinem Gewissen nicht. Gravenstein gab mir sein Ehrenwort bis zum Ablauf der Frist zu schweigen. Es war mir so, als verstehe er Alles, was ich that. Sein Blick schien bis in meine Seele zu dringen, es leuchtete etwas darin, was aussah wie eine Billigung. Er nahm die Papiere, steckte sie ein und sagte: Verlassen Sie sich darauf, keine Hand wird daran rühren, ich hoffe jedoch, daß Sie zur gestellten Zeit dies Pfand, was für mich keinen Werth hat, zurücknehmen. Ich versprach es ihm mit meiner Hand, die er annahm. Ich kann nicht glauben, daß er gemein und verächtlich gehandelt haben sollte.

Du hörst es ja, seufzte Herzer. O! jetzt verstehe ich den falschen, lauernden Blick Wilkau's, als er mich nach den Wechseln fragte, die Zippelmann unterzeichnen sollte.

Wie dem auch sein mag, sagte Felix, ich will vor ihn hin treten und Rechenschaft fordern auf der Stelle. Sein Geld liegt bereit, ich fordere mein Pfand zurück. Wehe ihm! wenn er es nicht herausgiebt; wehe denen, die ihn dazu vermochten! Was auch geschehen möge, Vater, ich habe es zu tragen, ich allein! Beruhige Dich, Dein Name, Deine Ehre sollen nicht leiden, und welchem Richter ich auch Rechenschaft geben muß, ich will mein Haupt stolz vor ihm aufrichten, stolzer bei jedem Verdammungsurtheil, denn ich habe gethan, was ich mußte.

Als er sich rasch entfernte, schien Herzer ihm nacheilen und ihn aufhalten zu wollen, aber er blieb nach den ersten Schritten stehen. Er hat Recht, sagte er dann weit ruhiger und gefaßter, was geschehen soll,

muß sogleich geschehen. Aber er soll nicht allein gehen, ich will ihn begleiten. Was ihn trifft muß mich mit treffen, denn ich
ich habe es gewußt, murmelte er vor sich niederstarrend und – ich habe geschwiegen. Was willst Du? fragte er sich aufrichtend, als er sah, daß Clara schweigend Hut und Mantel nahm und sich anschickte ihn zu begleiten.

Mein theurer Vater, antwortete sie sanft, Du darfst nicht gehen ohne mich. Wenn es so sein muß, daß wir vor denen erscheinen sollen, die uns hassen und verfolgen, um ihnen zu sagen, da sind wir, denen ihr Uebles gethan habt, aber gerechter, als ihr und ehrenvoller in unserer Unehre, so darf ich nicht fehlen. Ich bitte Dich, fuhr sie dringender fort, laß mich nicht hier allein. Wenn wir Gravenstein aufsuchen wollen, können wir ihn nicht anders finden, als bei Wilkau. Mehr als einmal haben wir ein frohes Weihnachtsfest gefeiert, jetzt werden wir Alle dort beisammen finden, die uns wie böse Geister empfangen.

Der Vater bewegte leise beistimmend den Kopf, und ohne einen weiteren Einspruch machte er sich zu dem schweren Gange bereit.

Während dieser ganzen Zeit stand Anton an der Thür völlig ungewiß, was er thun sollte. Einige Male machte er eine Wendung, als wollte er seinem Gönner Felix nacheilen, aber ehe er seinen Entschluß auszuführen vermochte, traf ihn wieder ein Blick aus den gramvollen, düsteren Augen des alten Herrn, oder das bleiche Fräulein sah ihn so liebreich und doch so traurig an, daß er bleiben mußte, weil es ihm war, als könne sie ihn nöthig haben.

Das Herz des gutmüthigen Mannes war mit warmer Theilnahme gefüllt. Alles, was er hörte und sah rief diese hervor, obenein aber war Herzer ein seiner Grundsätze wegen Verfolgter und diese Grundsätze theilte Mertens aus voller Seele. Seine Augen glänzten in Hingebung und Treue. Arm und ohnmächtig wie er war, hätte er doch gern irgend etwas thun mögen, um zu zeigen, wie mächtig das Band der Zuneigung sei, daß ihn an diese verfolgte Familie fessele.

Mit Eifer nahm er den Augenblick wahr, als Herzer seinen Rock beim Ausziehen nicht gleich auf die Schulter ziehen konnte, um ihm zu helfen, und während er diese Arbeit verrichtete, konnte er nicht umhin, seine Trostworte zu wiederholen. Es ist alleweil eine Schande, sagte er, wie es hergeht. Die es redlich meinen mit ihren Mitmenschen, werden gehetzt, wie wilde Thiere, aber man muß sich nicht unter-kriegen lassen. Von mir sollen sie nichts erfahren und darum mögen sie ruhig sein, Herr Herzer. Wenn's auch so kommt wie ich denke, es wird nichts daraus, niemals nichts daraus!

Herzer drückte ihm die Hand, aber er erwiderte kein Wort, Clara jedoch sah ihn so dankbar und gütig an, daß er ihnen langsam nachfolgte, und als er endlich beide in das Haus des Geheimraths treten sah, blieb er unten stehen und sah langsam hinauf zu den hell erleuchteten Fenstern, während seine Unruhe mit jeder Minute wuchs. Der Glanz der Kron- und Armleuchter überstrahlte feenhaft die prächtige Wohnung, in welcher jedoch jetzt nur die Familie im engen Kreise beisammen war. Der große Saal war leer, eben waren die letzten der neunzig Kinder auserwählter Mitglieder des Vereins gegangen, denen hier der Weihnachten aufgebaut worden war. Der Bediente mit der rothen Nase hatte den großen Christbaum in das Familienzimmer getragen und neue Lichter aufgesteckt; jetzt räumte er im Saale mit einigen Mädchen die Tafeln ab und reinigte den Fußboden von Nußschalen, zerbröckelten Kuchen- und Apfelstücken.

Es ist doch eine Schande, was solch Volk für Schmutz macht, sagte er ärgerlich.

Und Keiner hat für Herrn Friedrich nicht einmal ein Zweigroschenstückchen nicht, lachte eines der Mädchen.

Zweigroschenstückchen, grinste Friedrich ingrimmig; als ob wir nicht Alles aus christlicher Liebe thäten.

Ach was, christliche Liebe! rief eine Andere. Das ist eine Marotte von den Herrschaften jetzunder, damit wollen sie sich was zeigen und wir haben die Arbeit davon. Die halbe Nacht habe ich Aepfel abwischen müssen, damit die ja recht blank aussähen, ehe sie die Bälger vertilgen.

Louise, sagte der Bediente mit der rothen Nase feierlich, Sie sprechen wie eine Gans über die großen Angelegenheiten der Menschheit. Wir haben das Alles überlegt und wissen, was wir uns dabei denken, wenn es auch einige Mühe macht.

Na, meinte Louise trotzig, der Herr Geheimrath hat vorhin selbst gesagt, den Skandal wolle er hier nicht wieder haben und die Geheimräthin wird sich im Stillen auch davor bedanken.

Das wird auf die Umstände ankommen, erwiderte Friedrich bedächtig, und gehört ins Gebiet der Pulletük was wir im Verein erst näher überlegen müssen. Wenn wir bald Hochzeit haben und unser Schwiegersohn sich so macht, wie wir denken, so können wir freilich etwas anders auftreten.

Herr Je! das wird eine Hochzeit werden, rief Louise dazwischen. Was ist denn morgen los?

Morgen essen wir bei Ministers, erwiderte Friedrich im Gefühl seiner Würde, und übermorgen giebt Gravenstein das erste Souper in seiner neueingerichteten Wohnung. Nächstens aber werden wir etwas erleben, meine Damen, worüber Sie sich Alle außerordentlich wundern werden.

Was werden wir denn erleben, theuerster Herr Friedrich? rief die Jungfer lachend. Etwa das erste Aufgebot? Als ob wir das nicht schon längst wüßten?

Friedrich blinzelte mit den Augen und nickte dazu. Sie wissen es also schon, sagte er verwundert. Gleich nach Neujahr geht es los. Es kommt eine frohe Zeit für uns, meine Damen. Der Stern des Morgenlandes ist uns in Pommern aufgegangen. Knickrig ist er nicht, ich habe das verschiedentlich zu bemerken Gelegenheit gehabt; also aufgepaßt, Fräuleins, es wird vielleicht mehr setzen als heute. – Die Zeiten sind schlecht, man muß überall Ersparnisse machen, sagte die Frau Geheimräthin zu mir.

Na, damit soll sie uns nicht kommen, riefen die Mädchen im Chore. Wenn sie sparen will, braucht sie nicht alle die Bettelei sich auf den Hals zu laden. Großthun mit den vielen Wohlthaten und: lasset die Kindlein zu mir kommen, worüber der verrückte Professor heut Abend wieder eine lange unvernünftige Rede gehalten hat, ja, das möchten sie wohl; aber die Leute scheeren und ihnen ein paar Thaler abzwacken – nicht wahr? Nein! schrieen sie einmüthig erhitzt, wenn es so geht, so sagen wir auf, und machen, daß wir fortkommen. Seit sie hier patriotisch und fromm geworden sind, ist so nichts mehr anzufangen.

Meine Damen, sagte Friedrich sehr belustigt, und den Finger an die Nase legend, Sie verstehen zwar nichts von den großen Ideen der Menschheit und der Pulletük, aber wenn Sie etwas pullitüsch nachdenken, so werden Sie doch ihre grausamen Vorsätze uns zu verlassen aufgeben, indem Sie sich an die Hochzeits-Geschenke erinnern.

In diesem Augenblick dröhnte durch die Flügelthüren aus dem Familienzimmer ein lautes und anhaltendes lebhaftes Sprechen und der Lärm froher Geselligkeit herüber.

Da geht es los! rief der Bediente, die Bescheerung geht los. Nun kommen wir auch bald an die Reihe! schrieen die Mädchen.

Die gesammte Dienerschaft drängte sich um das Schlüsselloch. Was das Fräulein nur bekommen wird, flüsterten sie sich zu. – Sie ist so neugierig, sie konnte die Zeit nicht erwarten. –
Ach, er ist gefährlich reich, er wird ihr schon aufbauen.
Schade, daß man hier gar nichts sehen und hören kann.
Während sie sich vergebens bemühten, einzelne Worte und Ausrufungen zu erhaschen, endlich aber von der eintretenden Wirthschaftsmamsell verjagt wurden, hatte wirklich die Scene des gegenseitigen Beschenkens in der Familie stattgefunden.
Alfred von Gravenstein war der Einzige in dem kleinen Kreise, der eine ärgerliche Falte auf der Stirn nicht ganz überwinden konnte, wie viele Mühe er sich auch damit gab. Er hatte gehofft, mit Elisen und ihren Eltern allein zu sein, aber die Geheimräthin hatte entweder den Professor festgehalten, als die Kinderbeschenkung im Saale vorüber war, oder der Professor hatte sich an die Geheimräthin festgekettet, kurz er erschien auf die Spitzen tretend und in rosenrother Verklärung aufs süßeste grinsend an ihrer Seite in dem Familienzimmer, wo er sogleich wieder die Ehre hatte zu bemerken, daß er eigentlich eingeladen worden sei, bei seinem Freunde, dem Grafen Buchwald den Abend zu verleben, aber nicht widerstehen könne hier zu bleiben, wo er sich so gern festhalten lasse. Ich habe so viele Einladungen! rief er auf einige eingehende Worte der Geheimräthin, indem er nachdenklich die Augen nach oben richtete, so viele Einladungen, der Kopf schwindelt mir. Mein Gott! theilen kann man sich doch nicht; es ist doch nicht möglich, an sechs Orten zugleich zu sein. Ich möchte es gern; möchte wahrhaftig herzlich gern alle meine Freunde befriedigen, aber es geht doch nicht an. Es soll keine Beleidigung, keine Zurücksetzung sein, es geht aber durchaus nicht an.
Der Professor hatte trotz jener Täuschung, die er in demselben Zimmer erlebte, seine freundschaftliche Stellung zu Fräulein Elisen nicht im Geringsten geändert. Kein einziges Merkmal der Empfindlichkeit oder der Verlegenheit konnte ihm vorgeworfen werden. Von seinem höheren Standpunkte aus empfand er nur für diejenigen Wesen ein gewisses Etwas, welche durch ein bewunderndes Anstaunen seiner geistigen Erhabenheit seine Aufmerksamkeit verdienten. Dabei war es ihm im Grunde einerlei, ob er von Elisen oder Gusten angebetet wurde; allein sobald er merkte, daß er sich geirrt habe, bedauerte er nicht sich, sondern die mißgeschaffenen, unglücklichen Geschöpfe, die es nicht

weiter verdienten, daß er ihnen zürne oder ihnen eine Aufregung zeige, weil sie ihn nicht zu begreifen vermochten.

Wenn Alfred von der Gegenwart des Narren schon unangenehm berührt wurde, so ward er es noch weit mehr, als der Geheimrath die Herren Zippelmann und Stephani hereinführte. Der Assessor war höchst liebenswürdig, ungezwungen und lachlustig. Er scherzte mit Elisen über den Christbaum und die Geschenke, zog den Professor so vortrefflich auf, daß das Fräulein und Herr Zippelmann nicht aus dem Lachen kamen, und hänselte den alten Zippelmann so prächtig, daß der Professor nicht aufhörte, sich die Hände zu reiben, an seiner Halsbinde zu ziehen, und unter einigen unverständlichen Redensarten in der seligen Gewißheit umherzulaufen, daß er selbst diesen Zippelmann jetzt eben mit dem köstlichsten Witz tractire.

In dem Ecksalon wurden inzwischen die Thüren angelehnt, um Elisens Geschenke aufzustellen, und während Alfred, der stumm und halb abgewandt dem ganzen Possenspiel zuschaute, von der Geheimräthin zur Hülfe gerufen wurde, nahm Stephani seinen Platz ein und führte am Fenster ein langes, schnelles und leises Gespräch mit der erregten Braut, das bisweilen bis zum tonlosen Geflüster sank, und dann wieder von einem schlecht unterdrückten Lachen unterbrochen wurde.

Das haben Sie vortrefflich gemacht, sagte Stephani ihr endlich in's Ohr. Es war das einfache und doch einzige Mittel, die Wechsel in unsere Hände zu bringen. Herr von Gravenstein muß entzückt sein, wenn er Ihre List erfährt.

Ich besorge, erwiderte Elise, daß er bei seiner eigenthümlichen Schwere in einige Verwirrung darüber gerathen wird.

Sie meinen, flüsterte der junge Herr lächelnd, er könnte es wagen, diesen schönen Beweis einer Hingebung ohne Gleichen mißzuverstehen, die mich zur Bewunderung fortreißt.

Ich muß wenigstens darauf gefaßt sein, erwiderte sie leichtfertig.

Dann, ja dann! sagte er, indem er sein Auge bedeutsam auf sie heftete.

Nun, dann? fragte sie.

Dann verdient er das Glück nicht, das die Götter nur zu oft wunderlich austheilen, war die Antwort. Das launenhafte Glück, welches schon die Griechen so fein und sinnig auszudrücken wußten, wenn sie Venus mit dem rohen, plumpen Vulkan vermählten.

Herr Assessor Stephani! rief Elise ein wenig lauter, drohend aber mit einem schalkhaften Blicke und einem reizenden Lächeln.

Er führte die schmale Hand an seine Lippen und fuhr dann leise fort.

Ach! Vulkan war wenigstens ein höchst nachsichtiger Eheherr; wenn aber dieser, wie ich leider glauben muß, schuldbeladene Freier oder Freiherr von Gravenstein Ihnen mit Prätensionen entgegen treten wollte, so mag er sich hüten. Denn sind nicht in Ihrer Hand alle Mittel, um ihn erröthen und verstummen zu machen?

Ei gewiß! erwiderte sie lebhaft. Die Mittel besitze ich.

Und eigentlich verdient dieser klägliche Sünder Ihre Verzeihung nicht, sagte Stephani. Wie gütig sind Sie, wie sanft schlägt dies schöne Herz! Welche edle Selbstüberwindung gehört dazu, einem Bräutigam zu vergeben, für welchen eine so unbedeutende Erscheinung noch Anziehungskraft besitzen konnte.

Elisens Augen glänzten unwillig, ihr Gesicht röthete sich. Stephani hatte den rechten Ton getroffen. Ich weiß nicht, sagte sie, was Sie meinen können, aber, wie es scheint, bin ich schon bis zu Ihrem Bedauern herab gesunken.

Nein, bis zu meiner innigsten, aufrichtigsten, mein ganzes Herz erfüllenden Theilnahme, flüsterte er, ihre zitternde Hand leise drückend.

Jetzt öffnete die Geheimräthin die Thür des Ecksalons, aus welchem der große Christbaum leuchtete. Geschwind, Elise, rief sie mit frohem Tone, und Sie Alle, meine lieben Freunde, treten Sie ein, treten Sie Alle ein!

Wir wollen nicht die Herrlichkeiten des stattlichen Aufbaues beschreiben, aber es war für alle Theilnehmer etwas vorhanden. Der Professor ergötzte sich mit einem eleganten Lesepulte und sah ungemein feierlich und erhaben aus, indem er betheuerte, täglich seine Studien daran machen zu wollen. Obwohl schon jetzt wenige Mathematiker sich mit ihm zu messen vermöchten, würde nun unfehlbar keiner mehr, wenigstens unter bekannten Nationen, vorhanden sein, der den Vergleich aushalten könnte. Herr Zippelmann betrachtete seinerseits gerührt einen feinen Wollenshawl und bunte Morgenschuhe, die er mit einem innigen Lächeln streichelte und befühlte. Hehe! rief er, ich weiß gar nicht, was ich sagen soll, aber damit hält man die deutsche Einheit allenfalls aus. So ein Shawlchen drei Mal um den Hals geschlungen und die Füße warm und ein neuer Schlafrock – hehe, liebster Geheimrath, da lassen wir sie kommen, da warten wir sie geduldig ab bis an unser seliges Ende.

Der Assessor vertiefte sich inzwischen im Anblick eines von Perlen gestickten Notizbuches, in welches Elise einige widmende Zeilen geschrieben hatte, aber sie, die schöne Braut flog von Stuhl zu Stuhl, von Tisch zu Tisch, denn überall fand sie eine Fülle der reizendsten Gaben. Hier glänzende Stoffe, dort Putz und Schmuck. Verwandte und Freunde hatten die Gelegenheit benutzt, ihre Theilnahme durch eingesandte glückwünschende, beziehungsvolle Briefchen nebst Beilagen auszudrücken, und selbst Herr Zippelmann hatte ein billig auf einer Auktion gekauftes und neu aufgesottenes Armband, nach Gott weiß wie vielen Seufzern sich abgerungen. Jetzt aber faßte plötzlich der Professor in seine Tasche und überreichte Elisen ein Schachspiel, da er selbst sie früher in Schach unterrichtet hatte, und in einem dreieckig gefalteten äußerst wichtigen Briefe, den er vorlas und auf jede Anspielung mit hoch gezogenen Augenbrauen, den Finger an der Nase, vorbereitete, erklärte er die Bedeutung der Figuren und die Wichtigkeit und Macht der Königin, welche zum Schutz ihres Gemahls nach allen Richtungen schlage, Alles niederwerfe und besiege, was das Wohlsein ihres theuern Lebensgefährten bedrohe; dennoch aber wohl auf ihrer Hut sein müsse, damit man nicht auf verbotenen Wegen sie ertappe, wohl gar umringe und einsperre, wobei es vorkommen könne, daß sie an einem gemeinen Bauer ihre Freiheit verlöre.

Stephani lachte Beifall klatschend am lautesten über diese Auslegung, auch der Geheimrath stimmte ein. Herr Zippelmann umarmte den Professor und grinste ihn zärtlich an. Hehe! schrie er, ausgezeichnet! Das muß gedruckt werden, ausgezeichnet! Sie Spaßvogel Sie! die ganze deutsche Einheit haben Sie abgemalt. Die Könige sind nichts ohne die Bauern und die Königinnen verlieren ihre Freiheit an die gemeinen Unterthanen, wenn sie nicht pfiffig sind und sie bei Zeiten beseitigen. Professor, Sie müssen einen Orden bekommen. Hehe! Sie müssen einen Orden bekommen und in den Staatsrath gesetzt werden. Ich bitte Sie, Zippelmann, kein Wort mehr! rief der Professor mit Entrüstung. Orden! hier habe ich meinen Orden – er setzte den Finger auf seine Brust. Staatsrath! hier ist mein Staat! Er schlug mit der Hand vor seine Stirn. Mehr brauche ich nicht, mehr braucht kein Mensch! Aber Sie verstehen mich nicht, Freund. Niemand versteht mich! wiederholte er mit einem schwermüthigen Kopfschütteln, denn Geister giebt's, die einsam wandeln müssen! sagt Shakespeare.

Er wendete sich langsam um, denn eben stieß Elise einen lauten Schrei der Freude aus. – Auf einem Nebentischchen stand ein Kästchen, welches sie so eben geöffnet hatte und dessen Inhalt eine ungemein schöne Broche von künstlichster Arbeit in Gold und römischer Mosaik war.

O! Alfred, rief sie mit einem schmelzenden Liebesblicke, das ist Dein Geschenk. Ich weiß, es muß Dein Geschenk sein; denn ich erinnere mich, daß, als ich diesen reizenden Schmuck gesehen hatte, ich Dir davon erzählte.

Dennoch, erwiderte Gravenstein beharrlich, ist es nicht mein Geschenk.

Elise wandte sich von ihm ab, während er ihre Hände fest hielt und blickte Stephani an. – So müßten Sie es denn sein, sagte sie erregt, Sie waren gegenwärtig, als ich davon sprach.

Stephani antwortete mit einem vielsagenden Lächeln, Gravenstein aber hatte inzwischen einen ziemlich unscheinbaren Ring mit einem kleinen Brillant von seinem Finger gezogen. Theure Elise, sagte er, ich habe den bunten Tand verschmäht, den man gewöhnlich schenkt. Was ich besitze, wird auch Dein sein, was Du wünschest, wird Dir zu Gebote stehen. Trage diesen einfachen Ring als ein Zeichen des Bundes zwischen uns; er gehört zu dem Liebsten, was ich mein nenne. Meine Mutter gab ihn mir als ich von ihr ging in die Welt; wenn ich ihn an Deiner Hand sehe, wird er wie ein Magnet mich beherrschen, und wenn irgend eine dunkle Wolke sich zwischen uns drängen wollte, dann wird er die Sonne sein, die alle Nebel zu überwältigen vermag.

Elise war sichtlich überrascht, das hatte weder sie noch irgend Jemand vermuthet. Sie erwartete, reich und überreich beschenkt zu werden; alle ihre Freundinnen hatten im Voraus neugierig Glück gewünscht zu den auserwählten, kostbaren Gaben des reichen und verliebten Bräutigams, und jetzt hielt sie den werthlosen Ring in ihren Fingern, die Augen fest darauf geheftet, im Kampfe um ein geheucheltes Lächeln, das ihr empörter Stolz und ihre Eitelkeit nicht hervorzurufen vermochten. Sie hörte zu ihrer Seite ein Flüstern und konnte in Stephani's Gesicht den Ausdruck des Hohns erkennen. Deutlich glaubte sie zu hören, wie er vor sich hin sagte: Immer die gute Selige, immer diese unvergeßliche Mutter, die als Schutzengel über dieser Ehe schweben und ihr als Vorbild voranleuchten wird.

Ich danke Dir für dies Geschenk, brachte sie endlich über die Lippen, es wird mir immer sehr werth und lieb sein. Aber der Ton war kalt, und ohne daß sie es vermochte, die Augen zu Alfred zu erheben, legte sie den Ring mit einer Hast, als würfe sie ihn von sich, auf den Tisch. Er rollte darüber hin, fiel und kollerte auf dem Boden weiter zu Alfreds Füßen, der sich schweigend bückte, um ihn aufzuheben.

Bei dem Falle des Ringes sah Elise ihren Verlobten an und sie erschrak vor seinem Blicke. In seinen Mienen war keine Spur von Zorn oder Aufregung, kein finsterer Zug, der sonst so leicht sein hartes Gesicht noch mehr verdüsterte; aber in seinen Augen brannte ein Schmerz, der sie bestürzt machte. Eine ahnungsvolle Frage lag darin, die wie erwachte Reue und erkannte Täuschung sie anleuchtete.

Laß mich suchen, Alfred, laß mich suchen, ich muß meine Unbesonnenheit büßen, rief sie in ihrer alten neckischen Weise, indem sie sich ebenfalls bückte und seine Hand ergriff, die wie Feuer brannte. Gravenstein steckte den Ring wieder an seinen Finger und sagte so mild er konnte, aber mit Entschiedenheit: Ich habe ihn wieder, er ist zu mir zurückgekehrt und vor der Hand will ich ihn für Dich verwahren.

Der ganze Auftritt hatte etwas Peinliches. Niemand mischte sich ein. Der Geheimrath und seine Gemahlin lächelten bald, bald blickten sie ernsthafter und flüsterten sich zu. Herr Zippelmann machte alles nach und brummte dem Professor etwas ins Ohr von der Einheit Deutschlands, die ganz akkurat so sich die Ringe vor die Füße würfe, wobei er sich ungeheuer vergnügt die Hände rieb. Der Professor stand in würdevoller Starrheit, abgetrennt von Zeit und Raum und nur Stephani schien unbefangen wie immer zu sein und mit vollkommener Ruhe sich an den Ofen zu lehnen.

Ehe jedoch irgend eine Wendung Elisens erstauntes und erzürntes Gesicht erheitern konnte, öffnete der Bediente mit der rothen Nase die Thür und sagte in seiner weihnachtsfreudigsten Unterthänigkeit: Ein Herr wünscht den Herrn Baron zu sprechen. Seinen Namen will er nicht nennen, aber wie der Knecht Ruprecht sieht er aus, als hätte er unter seinem Mantel den ganzen Weihnachtsmarkt.

Herein mit ihm! rief der Geheimrath, der froh war, eine Unterbrechung zu finden. Das ist eine Ueberraschung von Ihnen, Alfred; jetzt kommt das Beste, Elise. Ich dachte es wohl, daß Du vollkommen Unrecht haben müßtest; daß noch irgend etwas im Hintergrunde wäre.

Mit süßem Erröthen und mit Blicken, die Freude und Verzeihung ausdrückten, wandte sich Elise zu dem stummen Freunde, allein schon im nächsten Augenblicke war ihr hoffendes Lächeln winterlich verwandelt. Denn was sie nie gemeint hatte, hier zu sehen, der Mensch, welcher ihr am widerwärtigsten war und dessen Anblick sie jetzt mit Angst und Abscheu erfüllte, Felix Herzer trat herein und sein Auge fiel zunächst auf sie, dann auf Gravenstein, dem er sich mit einem leichten Gruße näherte.

Das Erstaunen und Entsetzen der Gesellschaft, deren erster Freudenslaut, als er über die Schwelle trat, mitten im Tone erstarrte, der zurückprallende Professor und Herr Zippelmann, welcher, von jäher Furcht ergriffen, sich hinter den Assessor flüchtete, mochte eben so wohl die Ursache des spöttischen Zuckens sein, das um den Mund des gefährlichen Gastes schwebte, wie die verdüsterten Gesichter des geheimräthlichen Paares, das über die Frechheit dieses Eindringens alle Fassung verloren hatte.

Verzeihen Sie mein störendes Erscheinen an diesem Orte, sagte Felix umherblickend, ich glaube jedoch dazu berechtigt zu sein. Herr von Gravenstein, ich habe mit Ihnen wenige dringende Worte zu wechseln. Wollen Sie mir diese gestatten?

Alfred schien unschlüssig, er antwortete nicht. Elise hatte den Arm in seinen Arm gelegt und abgewendet von Felix ihm etwas zugeflüstert, was er mit einem finstern, fragenden Blicke auf den jungen Herzer beantwortete.

Nur wenige Minuten, fuhr dieser auf das offene Nebenzimmer deutend fort, schenken Sie mir Gehör. Es ist wichtig, so wohl für mich wie für Sie, daß Sie mich hören.

Nein! flüsterte Elise halb laut, sich gegen Alfred lehnend, Du darfst diesen Menschen nicht hören. Er hat Böses im Sinne. Gerüchte, die ich nicht wiederholen mag, sind verbreitet worden über Dich und ihn, die mich aufs Aeußerste beunruhigt haben.

Was wünschen Sie, Herr Herzer, sagte Gravenstein hart und abstoßend. Sie wählen in der That die unpassendste Stunde, um mich aufzusuchen.

Es ist nicht meine Schuld, antwortete Felix gelassen, aber ich beharre darauf, Ihnen jetzt zwei oder drei Minuten lästig zu werden.

Wenn es so sein muß, rief Alfred, einen Schritt vortretend, warum nicht hier auf der Stelle? Ich habe keine Geheimnisse zu bemänteln. Reden Sie, mein Herr, was haben Sie mir mitzutheilen?

Sie wollen es, versetzte Felix, und indem er eine kleine rothe Mappe hervorzog, fügte er hinzu: Mein Vater glaubte Ihnen und uns noch heut, am Weihnachtsabende, die Freude machen zu müssen, die Kapitalschuld zu tilgen, welche Ihnen zukommt. Hier ist Geld, Herr von Gravenstein. Nehmen Sie es mit unserem besten Danke. Die großen Scheine lassen sich leicht übersehen, ich wünsche durchaus weiter nichts.

Aber mein Herr, erwiderte Alfred erstaunt und unwillig, warum heut, warum hier? Ich bin nicht im Stande, mich mit einem Geschäft einzulassen.

Ich forderte nichts als die Annahme des Geldes, sagte Felix, das uns so große Sorgen gemacht hat, und – die Rückgabe des Unterpfandes.

O! diese Papiere – diese Papiere! fiel der junge Edelmann ein, dessen Stirn sich erhellte. – Ich begreife es. Sie wollen Sie am Weihnachtsabend zurück haben. Hier sind sie, doch lassen Sie alles Weitere bis morgen.

Er faßte rasch nach seinem Taschenbuche, öffnete es und blickte erstaunt in die leere Abtheilung. – Was ist das? rief er heftig aus, indem er die andern Fächer durchsuchte, und plötzlich schien er von einem Gedanken jäh ergriffen zu werden, den er eben so schnell wieder von sich warf. – Unbegreiflich! sagte er vor sich hin. Die Papiere sind fort.

Fort?! antwortete Felix. Ihr Ehrenwort, dem ich vollen Glauben schenkte, hat mir Bürgschaft geleistet.

Mein Ehrenwort! rief Gravenstein, dunkel erröthend, ja gewiß, mein Ehrenwort! Diese Papiere – es ist unmöglich!

Ruhig, mein theurer Alfred, ruhig! sagte der Geheimrath, seinen Arm fassend und den furchtbaren starren Blick auf sich lenkend, den Gravenstein jetzt auf Elisen heftete. Sind es diese Papiere? fuhr er fort, indem er die Wechsel aus seiner Tasche holte und sie zwischen seinen Fingern in die Höhe hielt. Sind es diese werthlosen Dinger mit betrügerisch nachgemachter Unterschrift, welche man Ihnen als Unterpfand übergab mit der pfiffigen Clausel: auf Ehrenwort sie keinem Menschen zu zeigen? Er brach in ein lautes Gelächter aus und schlug die Zettel auseinander. – Zweitausend Thaler in drei Monaten zahlbar – Johannes Zippelmann. – Und hier dasselbe und nochmals dasselbe. So reden Sie doch, Herr Zippelmann. Wollen Sie zahlen? Reden Sie doch, Herr Stephani. Wie nennt man ein Unternehmen dieser Art? Was sagen unsere Gesetze dazu?

Zahlen? lächelte Herr Zippelmann, mit einem scheuen und triumphirenden Blick auf Felix. Es schaudert einem bis ins Herz hinein, daß so viel Laster auf Erden ist. Hehe! Laster und Sünde, die seit dem Freiheits- und Einheitsschwindel zehnfach größer geworden sind; aber zahlen

keinen Groschen! – Nicht um eine Welt – keinen Groschen! Es ist Fälschung und Betrug hier jedenfalls anzunehmen, sagte Stephani.

Also Fälschung und Betrug! rief der Geheimrath, und davor hat unsere Besorgniß Sie zu bewahren gesucht, theurer Alfred. Es blieb uns nicht verborgen, welche Künste man anwendete, um Ihr edelmüthiges Herz zu bestricken, um Sie in Sirenennetze zu ziehen, die für Sie gewebt waren.

Netze! sagte Gravenstein erblassend und seine krampfhaft geballten Hände öffnend. Was verstehen Sie darunter, Herr Geheimrath?

Ein andermal davon, Alfred; gewiß, wir wollen ein andermal davon reden, erwiderte Wilkau fein lächelnd. Jetzt handelt es sich darum, mit diesem beabsichtigten Betrug zu Stande zu kommen.

Geben Sie mir diese Wechsel zurück, sprach Gravenstein, indem er gebieterisch die Hand ausstreckte.

Wenn Sie es wünschen, will ich es thun, antwortete der Geheimrath, ihm freundlich zunickend; aber bedenken Sie wohl, Alfred, um was es sich dabei handelt.

Um mein Ehrenwort! sagte der junge Baron rasch, und um eine Sache, die, wie ich denke, mich allein angeht. Ich habe von diesem Herrn, Felix Herzer, diese Papiere als ein Unterpfand angenommen, gleichviel ob sie Werth haben, ob nicht; gleichviel, ob ich wußte, sie seien eine Posse in Wechselform oder ein Scherz, den wir uns Beide machten. Ich wußte genau, was ich that, und weiß eben so genau, was ich jetzt thun muß.

Er faßte die Papiere zusammen und wandte sich zu Elisen, die in einem Lehnstuhle neben ihrer Mutter saß, welche sie zu beruhigen strebte.

Ich habe nur noch Eines zu fragen, sagte er. Wie sind diese Papiere aus meinem Taschenbuch gekommen? Rede, liebe Elise, rief er, die Hände nach ihr ausstreckend, ich weiß, Du wirst wahrhaft sein.

Mein Gott! erwiderte die Braut ungeduldig lächelnd, Du wirst mir doch hier das Examen schenken?

Dann sprich einfach zu mir: Ich weiß es nicht! forderte er bittend.

Nein, sagte sie lachend, wir wollen den Scherz allseitig nicht weiter treiben, Alfred. Du weißt, heut morgen die Tropfen, dabei wurde Dein Taschenbuch untersucht.

Du – also Du! murmelte er tiefathmend.

Man hatte mir gesagt, Alfred, daß sie Dich betrügen wollten – vielleicht sind wir Alle getäuscht worden, Alle betrogen – aber ich verheimliche es nicht, meiner Liebe und meinem Glücke sollten Gefahr drohen von einer ränkevollen Nebenbuhlerin, die alle ihre Künste anwendete, um Dich und mich zu verderben.

Und darum, fiel Felix ein, der bisher still auf derselben Stelle gestanden hatte, darum verübten Sie einen Diebstahl für die gute Sache.

Elise wandte sich glühend vor Zorn zu ihm um, aber diese Röthe erlosch augenblicklich, denn über Felix Schulter fort sah sie in Clara's Gesicht, die in Begleitung ihres Vaters so eben hereintrat.

Unverschämt! rief der Geheimrath, indem er Herzer anblickte. Was führt Sie hierher? Welche Versammlung soll hier gehalten werden? – Mein lieber Alfred, ich behalte mir vor, Ihnen alle nöthige Aufklärung zu geben, aber in meinem Hause bin ich Herr, und wenn Personen, die nicht hierher gehören, sich eindrängen, so machen Sie ihnen begreiflich, daß dies nicht der Ort sei, wo ihre Gegenwart irgend eine Berechtigung haben könne.

Keine Berechtigung? erwiderte der Fabrikant, der sein gebeugtes Haupt aufhob und mit sanfter aber fester Stimme hinzufügte: Keine Berechtigung hätten wir an diesem Orte zu erscheinen, wo meine Ehre, die Ehre meiner Kinder auf immer vernichtet werden soll? Wo wir nichts wollen, als unsern unerbittlichen Widersachern zurufen: Gedenkt des Tages und dieser Stunde. Gebt uns Frieden und laßt ab, Unrecht und Schmach auf uns zu häufen.

Der Geheimrath wandte sich mit einer verächtlichen Handbewegung von ihm ab zu Alfred. – Noch einmal, sagte er, machen wir dieser Scene ein Ende. Sie ist peinlich genug für mich, wie für uns Alle. Thun Sie, was Sie wollen; ich für mein Theil kann in dem, was geschehen ist, nur eine schändliche, ehrlose Handlung erkennen.

Herr von Wilkau, antwortete Gravenstein, indem er seinen Platz verließ, dem Geheimrath entgegentrat und ihm starr ins Gesicht sah, ich muß bekennen, daß ich eine andere Ansicht von Ehre und Ehrlosigkeit habe. Ich frage in diesem Augenblick nicht, wie jene

Papiere in Ihren Besitz gelangten, aber ich würde in Ihrer Stelle sehr glücklich sein, wenn dies so geheim wie möglich bliebe.

Sie haben gehört, Alfred, welche Sorgen uns drückten, sagte der Geheimrath, und wenn Sie sich selbst fragen, fügte er mit einer halb drohenden, halb lächelnden Kopfbewegung hinzu, werden Sie sich eingestehen müssen, daß ich alle Ursache hätte, ganz anders gegen Sie zu verfahren.

Ich kenne keine Ursache, gab Gravenstein stolz zurück, die Sie bewegen konnte, sich selbst in eine Lage zu bringen, welche ich nicht näher erörtern mag.

Genug und übergenug! rief Wilkau zwischen Heftigkeit und erzwungener Mäßigung schwankend. Wir wollen von Ihren abenteuerlichen Irrfahrten schweigen, allein das darf und will ich aufs bestimmteste verlangen, daß diese junge Dame da, in Gegenwart meiner Tochter, Ihrer Verlobten, nicht länger hier verweilt. Sehen Sie mich an, wie Sie wollen, Alfred. Ich halte Alles für gänzlich abgethan; mich verlangt wahrlich nicht danach, irgend wie den Gerichten vorzugreifen; ich will auch Nichts wissen, Nichts hören! Ich will es sogar zugeben, daß Frieden zwischen uns sein und bleiben soll für ewige Zeiten, was ganz von diesem Herrn Herzer und den Seinigen abhängen wird. Aber nun, wenn Sie mich recht verstanden haben, machen Sie der Sache ein Ende; Ihnen gegenüber werde ich mich vollkommen rechtfertigen.

Nein, mein Herr, sagte Clara, indem Sie Ihren Vater verließ und mit strahlenden Augen sich vor den großen Mann stellte, mir gegenüber haben Sie sich zu rechtfertigen.

Ihnen gegenüber, mein schönes Kind? fragte Wilkau, indem er sie mit frivoler Herablassung betrachtete. Wir wollen vergnügt und verträglich sein, wir wollen vergessen und vergeben; allein, – fügte er hinzu, sich zu ihr niederbeugend, und seine Stimme wurde leise, obwohl er sehr deutlich und langsam sprach – wenn Sie wieder nächtliche Promenaden machen und romantisch auf Kirchhöfen umherschwärmen, so wählen Sie einen andern Freund als den, der hoffentlich sich niemals mehr dazu herbeilassen wird.

Ist es möglich! – o! – ist es möglich! flüsterte Clara todtenbleich ihre Hände im tiefsten Schmerze zusammenfaltend. Ihr Auge heftete auf Alfred mit einem unbeschreiblichen Ausdrucke des Vorwurfs und der

Anklage, dann aber wandte sie sich zu ihrem Bruder um, der neben sie getreten war, und den Geheimrath in einige Bestürzung versetzt hatte.

Herr von Wilkau, sagte Felix, ich weiß, wie Sie über mich denken, und erlaube Ihnen gern von mir zu behaupten oder auszusprechen, was Ihnen gefällt. Wagen Sie es aber meine Schwester zu beleidigen, mit verläumderischer Bosheit die anzutasten, deren natürlicher Beschützer ich bin, so werde ich Ihnen die ganze Reihe Ihrer unsittlichen Bestrebungen vorhalten und Sie öffentlich so behandeln, wie Sie es verdienen.

Wirklich! rief der Geheimrath von geheimer Furcht und Wuth erfüllt. Sie wollen das – Sie? – Entfernen Sie sich augenblicklich – wir werden uns weiter sprechen. Diese Frechheit ist unglaublich!

Unglaublich! schrie der Professor, sich an der Binde in die Luft ziehend.

Hehe! der Bursche wird gemein, schrie Zippelmann, über den Professor stolpernd, als Felix sich nach ihm umsah.

Welch entsetzlicher, abscheulicher Auftritt! rief Elise in den Armen ihrer Mutter, welche der Assessor unterstützte. Giebt es denn kein Mittel uns von dieser Gesellschaft zu befreien? Alfred, wenn ich denken müßte – ich verlange von Dir, diesen Menschen offen zu erklären, daß Du nichts mit Ihnen gemein hast.

Sei ruhig, mein Kind, sagte der Geheimrath, sei ganz ruhig. Von einer Gemeinschaft kann nicht die Rede sein. Fräulein Clara wird schweigen, sie wird gewiß schweigen, denn sie wird nicht wollen, daß ich sprechen soll. Oder meinen Sie etwa nicht? rief er mit Hohn, auf das junge Mädchen niederblickend, die ihre volle Fassung wieder gewonnen hatte. Wenn ich schweige, so habe ich meine Gründe, im Uebrigen aber –

Hier unterbrach ihn die volle stolze Stimme Clara's, die im Gefühl ihres Rechtes ihn mit überlegener Kraft anblickte. Reden Sie, rief sie ihm zu, ich befehle es Ihnen! Sie sollen mich nicht verläumden, wo Zeugen vorhanden sind, die ich im Namen der Wahrheit nicht vergebens auffordern werde.

Gewiß nicht, erwiderte Alfred, der sich ihr näherte und mit steigender Wärme zu ihr sprach. Es scheint, fuhr er lächelnd fort, als habe man eine strenge und geheime Ueberwachung zwar über uns verhängt, dennoch aber die rechten Fäden nicht gefunden. Jene nächtliche Scene, Herr Geheimrath, hat allerdings statt gehabt und ich bin dabei zugegen gewesen. Der, den sie zunächst angeht, wird wahrscheinlich den Muth nicht besitzen – Ihnen jemals die Wahrheit zu bekennen; ich aber betheure Ihnen mit meinem Ehrenworte, daß ich in jener Nacht mit Hochachtung für Fräulein Clara nach Haus zurückkehrte, und daß ich dem Zufalle sehr dankbar bin, der mich in Besitz eines Geheimnisses setzte, durch welches ich mich überzeugen konnte, wie nichtswürdig die Ränke sind, welche das Glück und die Wohlfahrt dieser jungen Dame anzutasten wagten.

Anzutasten wagten! wiederholte Elise mit glühenden Wangen. Was soll das heißen, Papa? Was ist geschehen? Was hast Du mir verschwiegen?!

Da haben Sie es, Alfred! rief Wilkau mit einem bitteren Lächeln. Schütten Sie kein Oel ins Feuer, fuhr er mit gedämpfter Stimme fort, Elise darf nichts weiter hören.

Alles soll sie hören, Alles! erwiderte Gravenstein. In welche unwürdige und elende Intrigue bin ich verstrickt worden?

Das ist das richtige Wort, sagte der Geheimrath; aber, mein Lieber, lassen wir doch die Details.

Nicht wo es sich um meine Ehre handelt; nicht wo ich die Ehre einer verfolgten und gekränkten Dame zu vertreten habe.

Der Geheimrath war mit seiner Geduld zu Ende. Der Zorn lief über seine Vorsicht hin; er verwünschte den tölpelhaften Eigensinn, den er schonen mußte, und der ihn dafür rücksichtslos an den Pranger stellte. – Die trotzige straffe Gestalt des Freiherrn war so unbiegsam wie ein Eichbaum, und sein Gesicht sah so roh ehrlich aus, als wolle er einen offenen Bruch herbeiführen.

Mein Gott! rief Wilkau, Sie müssen genachtwandelt haben, Herr von Gravenstein, oder was war es sonst, das Sie antrieb, Abends spät dem ehrenwerthen Fräulein hier Fensterpromenaden zu machen, und Briefchen aufzulesen, die hinausgeworfen wurden. – Nun, es waren Grillen, nichts als Grillen, fuhr er besonnener fort, als er den Eindruck bemerkte, den seine Enthüllungen auf Gravenstein machten. Man kann sich ja denken, was Sie bewog, und es ist nichts geradezu Unrechtes. Sie lieben Saitenspiel und Gesang und dazu kömmt der Reiz des Wunderbaren, das verlockende Entgegenkommen. Nicht wahr? Haha!

Hehe! fiel Herr Zippelmann ein, lachen Sie doch, Professor. Ihnen ist Sie auch einmal entgegen gekommen, und wenn ich gewollt hätte, hehe! aber keinen Groschen, keinen Pfennig, hehe!

Schweigen Sie! versetzte der Professor geschmeichelt grinsend, indem er auf Elise blickte. Mir sind sehr Viele entgegen gekommen, aber ich – nie!

Inzwischen hatte Gravenstein in stolzer Verwirrung Clara's Hand genommen. Ich habe Sie um Verzeihung zu bitten, sagte er, denn wirklich habe ich an ihrem Fenster gestanden, und wahr ist es, daß ein Brief in meinen Besitz gerieth, der nicht für mich bestimmt war. Aber wissen Sie, Herr Geheimrath, fuhr er fort, indem er sich zu Wilkau wandte, daß ich ihre Auslegung meiner Handlungen sowohl, wie die weiteren Beziehungen, welche Sie damit verknüpfen, für Verläumdungen erkläre, die ich verachte und verabscheue.

Wie? rief der Geheimrath erbleichend, das sagen Sie mir, Alfred!

O, mein Gott! schrie die Geheimräthin, lieber guter Alfred, besinnen Sie sich. Elise, komm her, gieb ihm Deine Hand. Gravenstein! was thun Sie an Wilkau, an uns, die wir Sie so herzlich elterlich lieben.

Meine Hand?! Ich bitte Dich, Mutter! rief Elise, die mit Heftigkeit sich sträubte und befreite, als die Geheimräthin sie Alfred nähern wollte. Wer mir so gegenüber steht, so mein Vertrauen verhöhnt, solche Schmach über mich bringt, kann unmöglich wollen, daß ich einen Schritt thue.

Mitten in dieser Verwirrung war der Bediente mit der rothen Nase in's Zimmer geschlüpft und hatte dem Geheimrath Etwas zugeflüstert.

Herein mit ihnen! rief Wilkau, auf der Stelle herein. Nur ein Wort noch, Alfred, um Ihnen die Augen zu öffnen. Da, da! fuhr er fort, auf Anton und Guste deutend, die eben von Friedrich hereingeschoben wurden, diese beiden Personen, welche vor dem Hause aufgefunden und heraufgenöthigt worden sind, kommen zur rechten Zeit, um Ihnen den Beweis zu liefern, wie ehrenhaft die Personen sind, deren Ehre Sie vertreten.

Anton Mertens, fuhr er mit feierlicher Betonung fort, im Namen Deines verewigten Vaters, der mir ein treuer Diener und Freund war, befehle ich Dir, aufrichtig zu sagen, ob diese Dame hier nicht mit dem jungen Herrn ein und dieselbe Person ist, welche von einem Säbelhiebe verwundet, von Euch verborgen wurde, als die Polizei sie verfolgte, und ob der Herr dort nicht derjenige ist, der das Pistol hier vor dem Hause abschoß, als er verbrecherischer Aeußerungen wegen verhaftet werden sollte!

Anton war im grausamsten Schrecken. Er schüttelte den Kopf und wandte seine ängstlichen Augen auf seine Frau, die ihm mit ihren unbefangenen Blicken und leisen Ellenbogenstößen Muth einzuflößen suchte und noch ehe der Geheimrath fertig war, ihre helle Stimme erschallen ließ. I, mein Gott! rief Guste, wie kämen wir denn dazu? Nichts können wir sagen, gnädigster Herr Geheimrath, und wie wäre denn das auch möglich, wegen der Länge der Zeit, der Nacht, der Verstörtheit und vielerlei anderer Umstände?

Ja, ja! fiel Anton triumphirend ein, so ist es, meine Herrschaften. Es ist alleweil unmöglich darüber noch zu urtheilen.

Herr von Gravenstein, sagte Clara, ihre Augen glänzend und groß zu ihrem Beschützer aufschlagend, da es die Absicht des Herrn von Wilkau ist, Ihnen allein zu beweisen, wie Unrecht Sie thun, eine mit gränzenlosem Haß und gränzenloser Unwürdigkeit verfolgte Familie nicht verderben und zertreten zu wollen, so glaube ich Ihnen auch nur eine Antwort ertheilen zu dürfen. Wenn es wahr sein sollte, was über mich und meinen Bruder hier gesprochen wurde, und was jene beiden guten Menschen sich nicht abpressen lassen wollen – wenn Alles wirklich so wäre, können Sie dann selbst glauben, daß etwas Unehrenhaftes, Gemeines und Schlechtes mich in eine so entsetzliche Lage bringen konnte? Ich habe nichts mehr zu sagen, fuhr sie mit sanfter, leiser, aber fester Stimme fort. Ich habe so viel Leiden erfahren, so traurige Tage und Nächte erlebt, ich bin bereit, mich zu unterwerfen.

Welche Heuchelei! rief Elise laut und verächtlich, indem sie sich zu Stephani wandte.

Antworte nicht, Felix! sagte Clara schnell, da sie sah, wie ihr Bruder vortrat und seine zürnenden Blicke auf Beide richtete. Ich bitte Dich inständigst, meine Sache mir allein zu überlassen.

Dann nur wenige Worte für mich, erwiderte der junge Mann, und indem er den Geheimrath von Kopf bis zu Füßen maß, sagte er: Sie haben Alles gethan, um uns unglücklich und entehrt aller Schande preiszugeben, und Alles ist mißrathen; jetzt versuchen Sie das Letzte, aber auch dies fällt auf Sie und Ihre Helfershelfer zurück. Hüten Sie sich weiter zu gehen, es liegt ein Abgrund vor Ihnen, in den Sie mit Hohn und Schmach beladen stürzen werden. Rufen Sie die Gesetze gegen uns auf, ich will den Richtern Erklärungen geben, und alle die Menschen dort, die Narren und Schufte, welche Sie Ihre Freunde nennen, werden dabei eben so übel fortkommen. Nehmen Sie daher meinen guten Rath an und schweigen Sie gegen Jedermann; am wenigsten aber forschen Sie den Verbrechern nach, die Sie so gern den Häschern überliefern möchten. Es könnte Sie bitter gereuen, wenn es bekannt würde, wer der Elende war, den Sie suchten. Wenden Sie sich an den Herrn Stephani dort und hören Sie, was er Ihnen räth. Nicht wahr, Herr Stephani, Sie rathen zum Frieden. Sie verlangen nicht, das dieser Pfuhl von Gemeinheit und Büberei jemals aufgedeckt werde?

Ich möchte allein verlangen und wünschen, sagte Stephani ruhig, daß Sie sich bereit finden ließen, diese Scene zu beenden.

Sehr würdig und sehr gerecht! versetzte Felix spöttisch. Ich glaube in der That, wir haben hier nichts mehr zu thun.

Alfred! rief Herr von Wilkau. Halt! Bleiben Sie – Herr von Gravenstein, ich habe ein Recht zu fordern, daß Sie bleiben.

Gravenstein hatte Clara seinen Arm geboten, um sie aus dem Zimmer zu führen. Welches Recht? fragte er stolz zurücktretend, und ohne ein weiteres Wort entfernte er sich.

Ein krampfhaftes Gelächter Elisens folgte ihm nach. Sie sank in den Lehnstuhl und bedeckte ihr glühendes, von Leidenschaft, Haß und tief gekränktem Stolz verzerrtes Gesicht mit ihrem Tuche. Stephani beugte sich tröstend über sie. Die Geheimräthin weinte; Wilkau stand wie erstarrt, die Hände geballt, seine Lippen bebten.

Hehe! schrie Herr Zippelmann, der Bube, der Felix! Liebster Geheimrath, wie sehen Sie aus? Gerade wie am Achtzehnten. Die verfluchte Einheit! Die deutsche Einheit! Aber, hehe! Professor, fassen Sie zu. Ich habe es immer gesagt, Alfredchen hatte etwas, was mir nicht gefiel.

Mir auch nicht, redete der Professor majestätisch den Kopf erhebend und seine Binde hoch ziehend. Er verstand mich nicht, Niemand verstand mich – jetzt sehen Sie die Folgen!

Gravenstein begleitete inzwischen Clara schweigend bis zu ihrer Wohnung. Felix führte den erschöpften Vater, Mertens mit seiner Frau hatten sich still davon gemacht, um die wahrscheinlichen Folgen dieses Abends in Ruhe zu bedenken. Ohne Zögern öffnete Alfred die Thür des Hauses und erst, als er in dem Wohnzimmer stand, wo die Lampen und Kerzen zwischen den Blumen und Festgeschenken noch brannten, brach er sein beharrliches Schweigen.

Seine finsteren Züge wurden weicher und seine Augen flogen über den einsamen Festtisch und die niedergebrannten Lichter hin, deren melancholisch düstres Geflimmer zu dem kummervollen Ernst der Anwesenden paßte.

Herr Herzer, sagte Alfred, ich bin Ihnen Genugthuung schuldig. Ich habe mich hinreißen lassen, ein Werkzeug abzugeben, das Sie verfolgen und verderben sollte. Als ich zuerst hier in diesem Zimmer war, überkam mich das Gefühl der Wahrheit. Ich suchte nach einem Auswege und fand ihn, indem ich das Unterpfand annahm, welches mir Ihr Sohn bot. Es war mir gleichviel, was es war, ich sah auf der Stelle, welche Absicht dabei waltete, aber ich war eben so überzeugt, daß das Pfand eingelöst werden würde. Ich würde Sie nie darum gedrängt haben, seien Sie dessen überzeugt, doch es ist anders gekommen. Hier sind die Papiere, nehmen Sie sie zurück. Ich bin schmerzlich getäuscht worden. Morgen verlasse ich diese Stadt; behalten Sie das Geld, bis ich es fordern werde.

Nicht also, sagte der Fabrikant. Das Kapital müssen Sie jetzt nehmen.

Das Einzige, was mich tief betrübt, fuhr Gravenstein fort, ist, daß ich mich anklagen muß, der Verläumdung Nahrung gegeben zu haben, welche die Ehre Ihrer Tochter anzutasten wagt. Aber glauben Sie, mein Herr, glauben Sie, Herr Herzer, fügte er stockend hinzu und langsam wandte er sich zu Clara um, diese Ehre ist mir so theuer, daß, wer es wagen will, sie zu berühren, auf mich treffen wird – auf mich!

Herr von Gravenstein, antwortete Herzer, ich danke Ihnen für diesen Trost, der mir wohlthut. Ja, diese Menschen haben tief in Alles gebohrt, was Menschen heilig ist, was aber meine Tochter betrifft, so ist es mein Entschluß, sie allen weiteren Anfechtungen zu entziehen. Clara wird in wenigen Tagen mit ihrem Bruder nach New-York gehen.

Eine heftige Ueberraschung schien die plötzliche dunkle Röthe in Gravensteins Gesicht zu bringen. Er stand stumm vor dem alten Vater, dann ließ er das Auge über Clara gleiten und sah ihr mit einem langen, fragenden Blicke ins Gesicht.

Ist es wahr? sagte er endlich.

Mein Vater will es so, erwiderte sie.

Aber Sie – Sie! rief er heftiger und seine Hand streckte sich aus, er hielt ihre Finger fest zwischen den seinen, die darin zitterten. Nein, Sie dürfen nicht gehen, fuhr er fort, wenn ich es ändern kann. Hören Sie mich an, Herr Herzer, und entscheiden Sie darüber. Ich muß fort – daß ich muß, werden Sie gerechtfertigt finden. Aber ich werde wiederkehren. Wenn der Sommer kommt, werde ich an Ihre Thür klopfen, mein Geld begehren und – wenn Clara's Stimme mich ruft, dann werde ich Sie von Ihnen fordern. Und nun, gute Nacht, Clara. Was war es, was jener unheimliche Mensch Ihnen von mir sagte und was Sie ihm antworteten? Ich werde Sie fragen, Clara, wenn ich wieder komme und Sie wiederfinde, dann sollen Sie mir Antwort geben.

Er zog ihre Hand an seine Lippen, ein Lächeln flog durch seine Züge und plötzlich war er hinaus, so rasch, daß Thür auf Thür zuschlug, ehe seine letzten Worte zu verklingen schienen.

Herzer stand einige Minuten nachsinnend vor seinen Kindern. In seinen Augen schimmerte eine Freude, die er niederkämpfte, um ruhig zu scheinen.

Felix hatte beide Arme um seine Schwester gelegt, die ihr Gesicht an seine Brust lehnte.

Sage mir, Clara, fragte ihr Vater, sage mir, ob Du gehen oder bleiben willst?

Bleiben, mein theurer Vater, bleiben wo Du bleibst, rief sie ihm entgegeneilend, und erwarten, daß der nächste Weihnachtsabend uns glücklicher beisammen findet!

Das Jahr ist verflossen und der Weihnachtsabend ist wiedergekommen. Eben als es dunkeln wollte, hielt ein eleganter Wagen vor der Thür des Fabrikanten. Alfred von Gravenstein hob seine junge Frau heraus, die mit

schnellen Schritten ins Haus eilte.

Wo ist mein Vater, fragte sie?

Oben im Saale, erwiderte die Haushälterin in seliger Geschwätzigkeit. – O! der liebe Herr hat den ganzen Tag gewartet und geseufzt. Endlich ist er allein hinauf gegangen, um den Christbaum anzuzünden.

Clara flog die Treppe hinauf. Da brannte der helle Baum. Es war wie es sonst war, aber der alte Mann stand, die Hände gefaltet allein in dem stillen Saale. Ein Ruf, ein lauter Schrei, und Clara lag an seinem Herzen. Er hielt sie in seinen Armen, er faßte ihren Kopf in beide Hände, um sie zu betrachten, bis seine feuchten Augen sie nicht mehr erkennen konnten.

Du bist glücklich, mein geliebtes Kind? fragte er.

Unaussprechlich glücklich, Vater! Alfred lebt für mich; gar Vieles ist anders geworden in ihm!

Herzer lächelte froh dem jungen Manne zu, der heiter und stattlich vor ihm stand.

Aber mein Bruder! fragte Clara. Wie geht es ihm?

Gut, sagte Herzer, alles gut! Ich habe heut einen Brief von ihm. Unser Geschäft gedeiht, er ist zufrieden. Seinen Brief an Dich baue ich Dir auf, sammt einem Glückwunsch von Mertens und seiner Frau. Du weißt, Felix hat sie beide nachkommen lassen und es geht ihnen gut alleweil, rief er lachend. Alle wirst Du wiederfinden, fuhr er dann fort, nur Einer hat das Zeitliche verlassen, Herr Zippelmann. Der ist selig gestorben, ohne die deutsche Einheit zu erleben und hat sein ganzes Vermögen Elisen vermacht, das heißt der Frau Geheimen Regierungsräthin Stephani.

O! wohl bekomm' es ihr, rief Clara, Alfred umarmend. Nicht wahr, wir haben nichts dagegen?

Nichts gegen dies würdige Paar, lachte Gravenstein. Aber unser Freund, der Professor?

Ach der! sagte Herzer, der ist noch viel unbegreiflicher und seine Nase noch viel dicker und röther geworden.

Aber fort damit, fort mit ihnen Allen! Leuchte uns du, alter Baum, zum frohen Feste. Da bin ich bei meinen lieben Kindern. Wer hätte es gedacht, als ich das letztemal kummervoll vor ihm stand! Und wenn er wiederkehrt, Clara, wenn der alte Baum wieder brennt, wo werde ich dann sein?

Bei uns! rief Clara, den alten Mann zärtlich küssend, und dann – flüsterte sie ihm leise zu, dann kommen wir nicht allein!

Bd. 90 *Gefährliche Liebschaften*, Pierre-Ambroise-François Choderlos de Laclos, Bd. 91 *Gegen den Strich*, Joris-Karl Huysmany, Bd. 92 *Geschichte des Fräuleins von Sternheim*, Sophie v. La Roche, Bd. 93 *Geschichte vom braven Kasperl und dem Annerl*, Clemens Brentano, Bd. 94 *Geschichten aus dem Wienerwald*, Ödön v. Horváth, Bd. 95 *Glanz und Elend der Kurtisanen*, Honore de Balzac, Bd. 96 *Glück und Unglück der berühmten Moll Flanders*, Daniel Defoe, Bd. 97 *Götz von Berlichingen*, Johann Wolfgang v. Goethe, Bd. 98 *Gullivers Reisen*, Jonathan Swift, Bd. 99 *Heidis Lehr und Wanderjahre*, Johann Spyri, Bd. 100 *Heinrich von Ofterdingen*, Novalis, Bd. 101 *Hiob Roman eines einfachen Mannes*, Joseph Roth, Bd. *102 Immensee*, Theodor Storm, Bd. 103 *Iphigenie auf Tauris*, Johann Wolfgang v. Goethe, Bd. 104 *Italienische Märchen*, Clemens Brentano, Bd. 105 *Ivannhoe*, Walter Scott, Bd. 106 Jahrmarkt der Eitelkeiten, William Makepaece Thackeray, Bd. 107 *Jane Eyre*, Charlotte Brontë, Bd. 108 *Jugend ohne Gott*, Ödön v. Horvath, Bd. 109 *Jürg Jenatsch*, Conrad Ferdinand Meyer, Bd. 110 *Kabale und Liebe*, Friedrich v. Schiller, Bd. 111 *Kasimir und Karoline*, Ödön v. Horvath, Bd. 112 *Kinder- und Hausmärchen*, Gebrüder Grimm, Bd. 113 *Kleiner Mann, was nun*, Hans Fallada, Bd. 114 *König Alkohol*, Jack London, Bd. 115 *Krambambuli*, Marie Ebner-Eschenbach, Bd. 116 *Lausbubengeschichten*, Ludwig Thoma, Bd. 117 *Lavinia - Pauline - Kora*, George Sand, Bd. 118 *Leben und Lüge*, Detlev von Liliencron, Bd. 119 *Lebensansichten des Katers Murr*, ETA Hoffmann, Bd. 120 *Lenz. Der hessische Landbote*, Georg Büchner, Bd. 121 *Lieutenant Gustl*, Arthur Schnitzler, Bd. 122 *Lord Jim*, Joseph Conrad, Bd. 123 *Luise*, Johann Heinrich Voß, Bd. 124 *Madame Bovary*, Gustave Flaubert, Bd. 125 *Märchen*, Wilhelm Hauff, Bd. 126 *Maria Stuart*, Friedrich v. Schiller, Bd. 127 *Max Havelaar*, Multatuli, Bd. 128 *Meister Floh*, ETA Hoffmann, Bd. 129 *Michael Kohlhaas*, Heinrich v. Kleist, Bd. 130 *Minna von Barnhelm*, Gotthold Ephraim Lessing, Bd. 131 *Moby Dick*, Hermann Melville, Bd. 132 *Nathan, der Weise*, Gotthold Ephraim Lessing, Bd. 133-1 und 133-2 *Nils Holgersson wunderbare Reise*, Selma Lagerlöf, Bd. 134 *Niels Lyne*, Jens Peter Jacobsen, Bd. 135 *Nußknacker und Mausekönig*, ETA Hoffmann, Bd. 136 *Oliver Twist*, Charles Dickens, Bd. 137 *Onkel Toms Hütte*, Herriett Beecher Stowe, Bd. 138 *Peter Schlemihls wundersame Geschichte*, Adalbert v. Chamisso, Bd. 139 *Peterchens Mondfahrt*, Gerdt v. Bassewitz, Bd. 140 *Pinocchio*, Carlo Collodi, Bd. 141 *Reinecke Fuchs*, Johann Wolfgang v. Goethe, Bd. 142 *Rheinmärchen*, Clemens Brentano, Bd. 143 *Rinaldo Rinaldini*, Christian August Vulpius, Bd. 144 *Robinson Crusoe*; Daniel Defoe, Bd. 145 *Romeo und Julia*, William Shakespeare Bd. 146 *Schach von Wuthenow*, Theodor Fontane, Bd. 147 *Schachnovelle*, Stefan Zweig, Bd. 148 *Schatzkästlein des rheinischen Hausfreundes*, Johann Peter Hebel, Bd. 149 *Schelmuffskys Reisebeschreibung*, Christian Reuter, Bd. 150 *Schloss Gripsholm*, Kurt Tucholsky, Bd. 151 *Siebenkäs*, Jean Paul, Bd. 152 *Sternstunden der Menschheit*, Stefan Zweig, Bd. 153 Tao te king, Laotse, Bd. 154 *Till Eulenspiegel*, Hermann Bote, Bd. 155 *Tolldreiste Geschichten*, Honorè de Balzac, Bd. 156 *Tom Jones, Geschichte eines Findelkindes*, Henry Fielding, Bd. 157 *Tom Sawyers Abenteuer und Streiche*, Mark Twain, Bd. 158 *Troquato Tasso*, Johann Wolfgang v. Goethe, Bd. 159 *Traumnovelle*, Arthur Schnitzler, Bd. 160 *Trost der Philosophie*, Boethius, Bd. 161 *Über den Umgang mit Menschen*, Adolph Freiherr v. Knigge, Bd. 162 *Uli der Knecht*, Jeremias Gotthelf, Bd. 163 *Uli der Pächter*, Jeremias Gotthelf, Bd. 164 *Ungeduld des Herzens*, Stefan Zweig, Bd. 165 *Ut oler Welt*, Wilhelm Busch, Bd. 166 *Vater Goriot*, Honorè de Balzac, Bd. *167 Väter und Söhne*, Ivan Sergejeviç Turgenev, Bd. 168 *Verlorene Illusionen*, Honorè de Balzac, Bd. 169 *Von der Freiheit eines Christenmenschen*, Martin Luther – Bd. 170 *Von der Ursache, dem Prinzip und dem Einen*, Bruno Giordano, Bd. 171 *Vor Sonnenuntergang*, Gerhard Hauptmann, Bd. 172 *Walden oder Leben in den Wäldern*, Henry D. Thoreau, Bd. 173 *Wilhelm Meisters Lehrjahre*, Johann Wolfgang v. Goethe, Bd. 174 *Wilhelm Meisters Wanderjahre*, Johann Wolfgang v. Goethe, Bd. 175 *Wilhelm Tell*, Friedrich v. Schiller

Von demselben Autor/Herausgeber sind bei BOD bereits erschienen:

Alle Tage Feiertage
ISBN 978-3-7386-0409-2, 280 S.
Allerlei Anlässe zum Aktionieren, Feiern und Gedenken

100 Kinderlieder
ISBN 978-3-7322-3024-2, 112 S.
100 Kinderlieder, altbekannt und immer wieder gern gesungen

Liederbuch (Deutsche Volkslieder)
ISBN 978-3-8423-6702-9, 312 S.
300 Volkslieder aus 8 Jahrhunderten und aller Herren Länder

Sagen und Erzählungen aus Marburg und Oberhessen
ISBN 978-3-7347-8909-0 , 164 S.
Allerlei Schwänke und Geschichten aus dem Marburger Land

Tausenderlei über die Freiheit
ISBN 978-3-7322-9721-4, 140 S.
Mehr als 1000 Zitate, Bonmots und Aphorismen über die Freiheit

Tausenderlei über das Glück
ISBN 978-3-7322-5525-2, 160 S.
Mehr als 1000 Zitate, Bonmots und Aphorismen über das Glück

Tausenderlei über die Liebe
ISBN 978-3-8423-7474-4, 140 S.
Mehr als 1000 Zitate, Bonmots und Aphorismen zum Thema Nr. Eins

Weihnachtsgedichte– Verse, Reime und Gedichte zum Fest
ISBN 978-3-7347-6393-9, 352 S.
290 Werke bekannter und unbekannter Dichter zum Weihnachtsfest

Weihnachtsgeschichten - Erzählungen und Märchen
ISBN 978-3-7347-6404-2, 392 S.
85 kurze und lange Texte zur Weihnachtszeit

Weihnachtsgeschichten 2
ISBN 978-3-7481-7533-9, 360 S.
35 kürzere und längere Geschichten zur Weihnacht

100 Weihnachtslieder
ISBN 978-3-7322-3375-5, 112 S.
100 Weihnachtslieder aus der Heimat und der ganzen Welt

Lob und Tadel an tessitore@web.de